DuMonts Kriminal-Bibliothek

Charlotte MacLeod wurde 1922 in Kanada geboren und wuchs in Massachusetts, USA, auf. Sie studierte am Boston Art Institute und arbei-tete danach kurze Zeit als Bibliothekarin und Werbetexterin. 1964 begann sie, Detektivromane für Jugendliche zu veröffentlichen, 1978 erschien der erste »Balaclava«-Band, 1979 der erste aus der »Boston«-Serie, die begeisterte Zustimmung fanden und ihren Ruf als zeitgenössische große Dame des Kriminalromans festigten.

Von Charlotte MacLeod sind in DuMonts Kriminal-Bibliothek bereits erschienen: »Schlaf in himmlischer Ruh'« (Bd. 1001), »... freu dich des Lebens« (Bd. 1007), »Die Familiengruft« (Bd. 1012), »Über Stock und Runenstein« (Bd. 1019), »Der Rauchsalon« (Bd. 1022), »Der Kater läßt das Mausen nicht« (Bd. 1031), »Madam Wilkins' Palazzo« (Bd. 1035), »Der Spiegel aus Bilbao« (Bd. 1037), »Kabeljau und Kaviar« (Bd. 1041), »Stille Teiche gründen tief« (Bd. 1046), »Ein schlichter alter Mann« (Bd. 1052), »Wenn der Wetterhahn kräht« (Bd. 1063), »Eine Eule kommt selten allein« (Bd. 1066), »Teeblätter und Taschendiebe« (Bd. 1072), »Miss Rondels Lupinen« (Bd. 1078), »Rolls Royce und Bienenstiche« (Bd. 1084), »Aus für den Milchmann« (Bd. 1090), »Jodeln und Juwelen« (Bd. 1092), »Arbalests Atelier« (Band 1097), »Mona Lisas Hutnadeln« (Bd. 1104) und »Der Mann im Ballon« (Bd. 1110) sowie der Sonder-Doppelband »Mord in stiller Nacht« (»Schlaf in himmlischer Ruh'« / »Kabeljau und Kaviar«, Bd. 2002).

Zu Charlotte MacLeods 80. Geburtstag erschien eine Ausgabe aller neun auf deutsch erschienenen Krimis der Balaclava-Serie in zwei Bänden: »Der Balaclava-Protz« und »Der Balaclava-Bumerang« (Bd. 2003/2004).

Herausgegeben von Volker Neuhaus

Charlotte MacLeod

Stille Teiche gründen tief

Aus dem Englischen von Beate Felten

DuMont

Die Originalausgabe erschien 1987 unter dem Titel *The Corpse in Oozak's Pond*
bei The Mysterious Press, Warner Books, New York, NY

Neuausgabe 2003 DuMont Literatur und Kunst Verlag, Köln

Umschlagmotiv von Pellegrino Ritter
Umschlag- und Reihengestaltung: Groothuis, Lohfert, Consorten (Hamburg)
Druck und Verarbeitung: Clausen & Bosse, Leck
Printed in Germany
ISBN 3-8321-3187-6

Für Jean und Lou Steinberg

DIE FAMILIE BUGGINS IN BALACLAVA COUNTY*

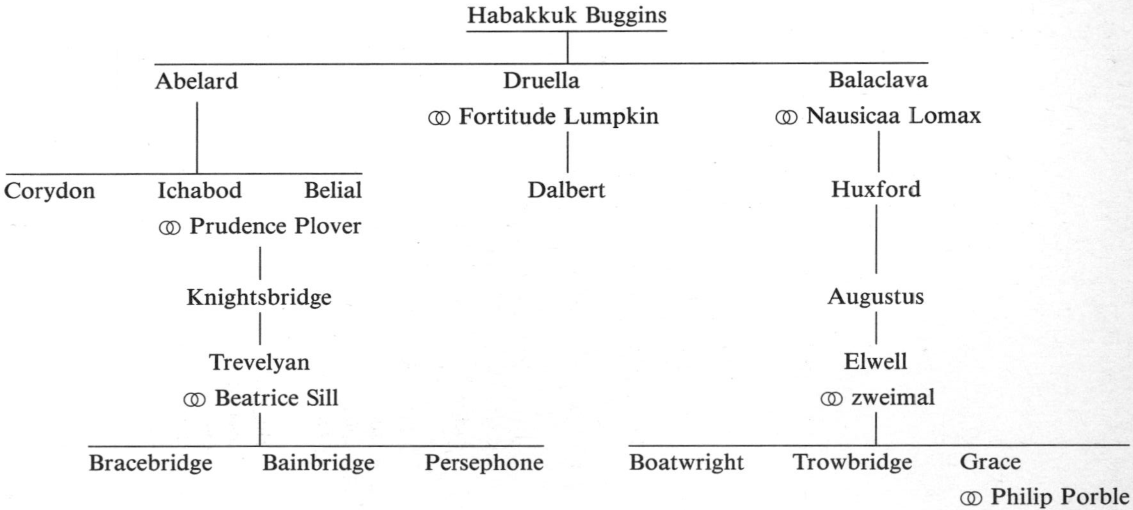

* Dieser unvollständige Stammbaum dient lediglich dazu, die verwandtschaftlichen Beziehungen zwischen den im folgenden Text erwähnten Personen zu veranschaulichen. Für weitere genealogische Informationen s. Marsh Shandy, Helen, BiblR Dr., DIE FAMILIE BUGGINS IN BALACLAVA COUNTY, The Pied Pica Press, Clavaton, Mass.

Kapitel 1

»›O grausam die Tat und schändlich der Verrat,
als der, dessen Antlitz nun so bleich
und den zuletzt so lebensfroh ihr saht,
tat sinken in die Tiefen von Oozaks Teich.‹«

Peter Shandy, Professor für Nutzpflanzenzucht am Balaclava Agricultural College und passionierter Liebhaber von Versen, die sich als Poesie ausgaben, deklamierte die Zeilen mit salbungsvoller Inbrunst. Helen Shandy, Kuratorin der Sammlung Buggins, nieste, als sie ein weiteres Bündel mit Papieren des Buggins-Archivs öffnete.

»Peter, Liebling, muß denn das wirklich sein?«

»Was willst du damit sagen? Kannst du nicht würdigen, wie unaussprechlich scheußlich diese Zeilen sind? Hör doch bloß:

›Obwohl mit dem Tode hart er gerungen,
zog Oozak sein Opfer mit sich hinab
und füllte seine armen Lungen,
ließ sinken Gus ins feuchte Grab.‹

Wann heißt ein Buggins jemals Gus?«

»Augustus Caesar Buggins, 1856–1904«, antwortete Helen und nieste erneut. »Das mit Oozaks Teich ist natürlich barer Unsinn. So einen Teich gibt es nicht und hat es niemals gegeben.«

»Fürwahr, schön gesagt! Da sitzt du hier und genießt seine Vorteile, und trotzdem bestreitest du seine Existenz. Oozaks Teich, meine Liebe, ist jene übergroß geratene Pfütze oberhalb der Methangasanlage, woher das Wasser kommt, welches das Rad dreht, das die Turbine antreibt, die den Dung zermalmt, der das Gas produziert, das in unserer ehrwürdigen Stätte der Gelehrsamkeit die Lampen brennen läßt, ganz zu schweigen von der Lampe, die du gerade anniest.«

Das betreffende Objekt war eine hübsche alte Messinglampe. Helen gab dem grünen Glasschirm einen entschuldigenden Klaps. »Das soll also ein Teich sein? Ich dachte immer, daß es sich dabei um so etwas wie ein künstliches Reservoir handelt. Teiche haben doch normalerweise keine Betonränder, oder?«

»Hatte Oozaks Teich auch noch nicht, als die allerersten Studenten von Balaclava Buggins' College das liebe Hornvieh dorthin geleiteten, um es an seinen moosigen Ufern schlürfen zu lassen.«

»Ich habe immer gedacht, das Hornvieh hätte an dem Teich drüben beim Fachbereich Haustierhaltung geschlürft?«

»Mitnichten, meine Schöne. Dort schlürft es zwar heutzutage, wenn es in der richtigen Stimmung und der Teich nicht zugefroren ist. Doch dabei handelt es sich keineswegs um die ursprüngliche Schlürfstätte. Dort pflegte nämlich einst die Gattin unseres College-Gründers die Wäsche der Studenten zu waschen.«

»Aha!« rief Helen. »Daher also der Name Waschteich!«

»Genau. Der Name jener Mrs. Buggins lautete übrigens Nausicaa. Höchstwahrscheinlich Nohsicker ausgesprochen. Die alten Kuhställe befanden sich dort, wo heute die Methananlage steht. Damals gab es eine Wasserleitung, die aus hohlen Baumstämmen gefertigt war und vom Teich herunterführte, um schließlich die Tröge für all jene Kühe zu füllen, die keine Lust hatten, zum Teich hochzusteigen. Man erzählt sich, daß dort der junge Dalbert Buggins dereinst beim Reinigen der Tränke den genialen Einfall hatte, die Wasserkraft von Oozaks Teich zu nutzen, um damit eine Mühle anzutreiben. Es gab eine Zeit, da pflegten die Wasser von Oozaks Teich das gesamte College-Mehl zu mahlen. Doch als im Laufe der Zeit die Technologie immer größere Fortschritte machte, entstand schließlich aus der Mühle das Kraftwerk. Doch Oozaks Teich plätschert auch heute noch fröhlich wie eh und je.«

»Dalbert.« Helen studierte ihren noch unvollständigen Familienstammbaum. »Da ist er ja schon. Er war Balaclavas Neffe – nicht sein Sohn, wie gemeinhin angenommen wird. Balaclavas einziger Sohn Huxford ist im Bürgerkrieg gefallen.«

»Sehr richtig. Und Huxfords Cousin Corydon hat sich anschließend das Gehirn zermartert, um ein Wort zu finden, das sich mit Chickamauga reimt, damit er auch die passende Ode für den gefallenen Helden verfassen konnte. Apropos Oden und Buggins-Barde, wo war ich eben stehengeblieben?«

»Zweifellos an einer höchst genialen Stelle. Sollten wir uns nicht lieber ein wenig ausruhen, damit wir morgen fit für die Zeremonie am Murmeltiertag sind? Ich hoffe nur, das kleine Untier wird den Anstand besitzen, diesmal seinen Schatten zu sehen. Letztes Jahr hat es uns immerhin noch sechs zusätzliche Winterwochen aufgebrummt.«

Helen nieste wieder voll wissenschaftlicher Resignation. Schließlich hatte sie sich den ganzen Staub selbst zuzuschreiben. Vor sechs Monaten hatte sie nämlich bei einem Symposium in Arizona eine Arbeit über Belial Buggins, den Bruder von Corydon Buggins, vorgelegt. Die Aufregung, die sie damit in akademischen Kreisen entfacht hatte, war Präsident Svenson Anlaß genug gewesen, sie damit zu beauftragen, einen genauen historischen Bericht über Balaclava und sämtliche übrigen Buggins zu verfassen.

Die Buggins waren eine Familie von Schriftstellern und Sammlern gewesen. Helen verfügte daher zwar über ausreichend Material für ihre Arbeit, problematisch war nur, genug Zeit zu finden, um sich dem Thema zu widmen. Als Angestellte der College-Bibliothek wurde sie ständig von Bibliothekar Philip Porble und seinen getreuen Anhängern gestört. Sie versuchte daher gar nicht länger, im Buggins-Raum zu arbeiten, sondern hatte damit begonnen, kiloweise Dokumente in das kleine Backsteinhaus am Crescent unterhalb des Campus zu schleppen, das sie mit Shandy und ihrer Katze Jane Austen teilte.

Zu diesem Zweck hatte sie notgedrungen das Gästezimmer im oberen Stockwerk zu einem gemütlichen kleinen Arbeitszimmer umfunktioniert. Das Kämmerchen unten im Haus, in dem Shandy die Arbeiten seiner Studenten zu korrigieren und ähnliche Pflichten zu erledigen pflegte, war schon für eine Person zu klein, ganz zu schweigen von zweien, auch wenn beide Shandys eher zierlich waren. Sie hatten bereits mit dem Gedanken gespielt, einen weiteren Raum anbauen zu lassen, doch Februar war nicht gerade die ideale Zeit, um Wände einzureißen. Februar war im Grunde für so gut wie gar nichts die richtige Zeit in Balaclava County, Massachusetts. Daher war auch der Murmeltiertag am 2. Februar ein derart herausragendes Ereignis im College-Kalender.

Selbstverständlich ertrug Präsident Svenson es nicht, von irgendeinem x-beliebigen Punxsatawney Pete oder Cochituate Chuck

Wettervorhersagen aus zweiter Hand zu bekommen. Das College besaß daher sein eigenes Murmeltier. Der schlummernde Balaclava Beauregard lag schon auf Abruf bereit oder, um es genau zu sagen, in seiner Höhle oben am Ufer jenes Gewässers, das, wie Helen inzwischen erfahren hatte, den Namen Oozaks Teich trug. Punkt halb sieben am nächsten Morgen würde das verdrießliche Murmeltier aus seinem gemütlichen Quartier hervorgezerrt und auf eine Plattform aus Schnee gesetzt werden, die man eigens flachgestampft hatte, damit es bequem seine meteorologische Aufgabe erfüllen konnte.

Tatsächlich würde Beauregard seinen Schatten wahrscheinlich überhaupt nicht sehen, egal, wie das Wetter auch sein mochte. Er würde sich nicht einmal die Mühe machen, die Augen überhaupt zu öffnen, da Murmeltiere bekanntlich zu den hartnäckigsten Winterschläfern unter den Säugetieren zählen. Was sowieso völlig schnuppe war, da die gesamte Studentenschaft, der Großteil des Lehrkörpers, deren Familien sowie eine beträchtliche Zahl der Ortsbewohner anwesend sein würden, um ihn bei seiner Arbeit zu unterstützen.

Nachdem schließlich der offizielle Murmeltierschattenbeschauer den Tatbestand festgestellt und die betreffende Vorhersage gemacht hatte, würde man Beauregard wieder zurück in sein Bett verfrachten. Danach würde ein Freudenfeuer angezündet werden, und von einem großen Schlitten aus, vor den vier imposante Balaclava Blacks gespannt waren, würden heiße Schokolade und Krapfen an die jubelnde Menge verteilt. Die Pferde, die mit Decken gut gegen die Kälte geschützt waren, würden stampfen und schnauben, ihre Mähnen schütteln, die Glöckchen an ihren Geschirren klingen lassen und eine gute Portion Hafer erhalten. So fühlten sie sich nicht vernachlässigt, und kein irregeleitetes Erstsemester kam in Versuchung, die Tiere mit Krapfen zu füttern und damit gegen die strengen diätetischen Regeln für die Ernährung der College-Tiere zu verstoßen, die Professor Stott vom Fachbereich Haustierhaltung aufgestellt hatte.

Die Studenten dagegen würden natürlich alles essen, was sie in die Finger bekamen, und es sich hervorragend schmecken lassen. Sie würden College-Lieder singen und Schneeballschlachten organisieren. Zum Schluß würden sie Schneekugeln zu riesigen Ballen rollen und einen Schneemann errichten, der den Winter symbolisierte und mit lautem Gejohle ins Feuer geworfen wurde, woraufhin das Feuer erlosch und der Spaß ein Ende hatte. Die Pferde würden daraufhin den Schlitten wieder zurück zur Scheune ziehen, die Studenten hinter dem Schlitten herrennen, um ihn über die Fahrspur zu schieben, und sich dann zerstreuen, um wieder in ihre Seminarräume zu gehen und mit ihrer Arbeit fortzufahren.

Zugegeben, das Ganze war ein ziemlich albernes Unterfangen, doch Shandy wollte es sich trotzdem um nichts in der Welt entgehen lassen. Helen übrigens auch nicht. Man hatte ihr einen Ehrenplatz auf dem Schlitten versprochen, wo sie ihrer guten Freundin Iduna Stott beim Verteilen der Krapfen helfen sollte. Sie lächelte ihrem Ehemann zu, der immer noch verzückt in Corydons unglaublich scheußliche Verse vertieft war.

»Lies mir ruhig noch ein bißchen vor, Liebling. Auf die Art kannst du mir helfen, mich abzuhärten. Es gibt Unmengen von dem Zeug, und ich befürchte, früher oder später muß ich sowieso alles durchackern.«

Shandy kam dieser Bitte nur allzu gern nach:

»›*Lang forschten sie nach Gussie dem Lieben.*
In Feld und Wald suchten sie seine Gebeine –
Keiner wußte, daß er in Oozaks Schlamm geblieben,
Die Taschen voller schwerer Steine.
So lag er dorten, bis schließlich dann
Augustus begann zu quellen,
Doch immer noch hielten drunten den Mann
Die Steine im Mantel, die harten Gesellen.
Doch Freiheit naht, der Stoff zerreißt,
Der einst ihn hinabzog so grausam und flink,
Durch Otters Zahn, der ihn zerbeißt,
Doch vielleicht war's auch ein Mink.‹«

»Und vielleicht brauchen wir jetzt 'nen Drink.« Helen schob ihre Papierberge zur Seite. »Scotch oder Sherry, Schatz?«

»Scotch, wenn du ihn mir schon so liebenswürdig anbietest. Es sei denn, du möchtest, daß ich dich verwöhne?«

»Nein, bleib ruhig sitzen. Meine Nase muß sich unbedingt von dem ganzen Staub erholen. Warum liest du nicht das Gedicht zu Ende und gibst mir eine kurze Zusammenfassung, wenn ich zurückkomme?«

»Ich dachte, du wolltest dich abhärten?«

»Du liebe Zeit, wie abgehärtet möchtest du mich denn haben? Corydon scheint offenbar kein Ende zu finden, meinst du nicht auch?«

Womit sie vollkommen recht hatte. Shandy fuhr also mit seiner Lektüre fort und ließ sich jede einzelne überwältigende metrische Form und jeden Reim auf der Zunge zergehen. Besonders gefielen ihm die Strophen, in denen Corydon schlüssig bewies, daß Augustus sich keineswegs freiwillig in Oozaks Teich geworfen hatte, etwa weil er einem Anfall von Depression erlegen war, nachdem er sich der Lektüre der gesammelten Werke von Felicia D. Hemans hingegeben hatte, wie man zuweilen gemutmaßt hatte. In Wirklichkeit hatte man ihm ein Schlachtermesser in den Rücken gestoßen und seine Taschen mit zwei Steinkugeln von den Torpfosten vor einem Haus beschwert, das bis vor kurzem von einem mysteriösen Fremden bewohnt worden war, der sich Henry J. Doe nannte. Mr. Doe und Mr. Buggins waren sich über den Verkauf eines Pferdes in die Haare geraten. Es wurde als bedeutsam vermerkt, daß sowohl Mr. Doe als auch das Pferd spurlos verschwanden, und zwar in eben jener grauenhaften Nacht, in welcher Augustus nach vielen Jahren glücklicher Ehegemeinschaft erstmals versäumte, in die liebenden Arme seiner darob verständlicherweise höchst besorgten Gattin zurückzukehren. Corydon schloß mit einem frommen Epilog:

»›Soll Strafe in Bälde ereilen
Den schändlichen Doe unverhohlen,
Denn Dieben soll niemand Gnade erteilen,
Wo auch immer ein Pferd sie gestohlen.
Und soll die Rache im weißen Gewand
Ihn bereuen lassen Tag und Nacht
Und strafen ihn mit eiserner Hand,
Daß den guten Gus er umgebracht.‹«

»Corydon hat sich hier zwar wirklich Mühe gegeben«, sagte Helen, die mit den Drinks zurückgekehrt war, während Shandy immer noch laut vorlas. »Meiner Meinung nach ist er allerdings kläglich gescheitert. Ich hoffe wirklich, das war jetzt alles?«

»Wir galoppieren schon in Windeseile auf die Zielgerade zu«, versicherte Shandy. »Aber das hier mußt du unbedingt noch hören:

›Denn Gus wird von Freund und Bruder betrauert
Und von seiner betagten Mutter bedauert.
Doch selbst wenn mit Wasser er vollgesogen,
Ist seine Seele nicht um trock'ne Ewigkeit betrogen.
Und immer noch liebevoll gedenken wir gleich
Der bleichen Leiche in Oozaks Teich.«

»Sehr eingängig«, sagte Helen, »den Schluß mit Reimpaaren zu gestalten. Muß ich mir unbedingt merken. Glaubst du, daß der Geist von Augustus später um den Teich herumgepatscht ist?«

»Oh, das ist er ganz bestimmt. Ich wette zehn zu eins, daß Corydon über die glucksende Erscheinung ebenfalls ein Gedicht verfaßt hat.«

Helen seufzte. »Ich fürchte, da könntest du recht haben. Aber wollen wir hoffen, daß es August nicht in den Sinn kommt, ausgerechnet morgen aufzutauchen. Du weißt ja, wie genau es Sieglinde Svenson mit den Anstandsformen nimmt. Die Gattin unseres geschätzten Präsidenten würde das Erscheinen eines Geistes, der seines Erdenlebens aufgrund eines gescheiterten Pferdehandels verlustig gegangen ist, bestimmt nicht als erbauliches Vorbild für die zukünftigen Farmer von Balaclava County ansehen.«

Kapitel 2

Obwohl die Shandys daran gewöhnt waren, früh aufzustehen, kostete es sie einige Überwindung, am nächsten Morgen um halb sechs aus den Federn zu kommen. Es war noch fast völlig dunkel im Zimmer, als Shandy die Vorhänge aufzog.

»Es schneit ein wenig«, berichtete er. »Das ist gut. Zu verhangen, als daß Beauregard seinen Schatten sehen kann, und nicht stürmisch genug, um uns den Tag zu verderben.«

»Vorausgesetzt, der Schnee weicht die Krapfen nicht auf.« Helen holte ihre wollene Unterwäsche aus der Schrankschublade. »Ich sitze schließlich mit im Schlitten, weißt du. Gott sei Dank wird der Boden zur Isolierung gegen die Kälte mit Stroh ausgelegt. Iduna, Mrs. Mouzouka und ich werden an der Mensa abgeholt, mit all den Thermoskannen und Körben. Ich fürchte, du wirst dir also eine andere Frau suchen müssen.«

»Ich habe zwar keine Ahnung, Madam, welch merkwürdige Frühlingsriten wir Ihrer Meinung nach auf dieser Expedition vollziehen sollen, doch ich möchte Ihnen hiermit versichern, daß ich zur Durchführung sicherlich keine exotische Zufallsbekanntschaft benötige«, erwiderte Shandy streng. »Ich werde meinen Krapfen einsam und allein verspeisen, wie es sich schickt, allerdings nicht auf nüchternen Magen. Wäre es nicht vernünftig, unser Heim mit etwas Warmem im Bauch zu verlassen?«

»Mit was beispielsweise? Meinst du, eine Tasse Tee und ein Stück Toast würden dir vielleicht die nötige Kraft verleihen?«

»Schon möglich, wenn sich ein pochiertes Ei auf dem Toast befindet. Soll ich nach unten gehen und den Kessel aufsetzen?«

»Das wäre nett.« Helen griff nach ihrem weichen blauen Pullover, der so gut zu ihren Augen paßte, und zog ihn über ihre kurzen blonden Locken. »Wenn du schon einmal dabei bist, könntest du mir eigentlich auch ein Ei machen. Die Pochierpfanne ist oben in der linken Schublade. Und vergiß nicht, den Toast mit Butter zu bestreichen.«

»Spar dir deine Nörgelei, bis du sie brauchst, Weib. Ich habe meinem ältesten Neffen bereits den Toast mit Butter bestrichen, als du noch als Säugling in den Armen deiner Mutter lagst. Apropos Arme ...«

»Liebling, bitte nicht jetzt.« Helen entwand sich bedauernd Peters Umarmung. »Die Pflicht ruft, und wir müssen gehorchen, oder Beauregard wird sauer und lehnt jede Kooperation ab. Wer zieht ihn überhaupt in diesem Jahr heraus?«

»John Enderble ist immer noch der oberste Murmeltierwecker.«

Professor emeritus Enderble, Experte für heimische Fauna und Verfasser des hochgelobten Bestsellers *Das unverstandene Nagetier,* war zweifellos genau der richtige Mann für diese Aufgabe. Als die Shandys ihr Haus verließen, konnten sie sehen, wie John und seine Frau Mary, beide dick vermummt gegen die Kälte, bereits den Weg hochstiegen, der zunächst zum Campus und schließlich oben auf den Hügel führte, wo Oozaks Teich ungeschützt unter dem flockengefüllten Himmel lag. Shandy ließ Helen an der Fakultätsmensa zurück und eilte den Enderbles nach, für den Fall, daß er dem nicht mehr ganz jungen Paar beim Besteigen des Hügels diskret zu Hilfe kommen konnte.

Doch dieses Problem erledigte sich von selbst. Eine Gruppe Studenten lief den beiden gerade mit zwei kleinen Schlitten entgegen, die prächtig mit Schaffellen, Kissen und Balaclava-Fahnen herausgeputzt waren. Mary Enderble wurde galant auf den einen Schlitten verfrachtet, und John nahm schließlich nach einiger Überredung auf dem zweiten Platz. So viele junge Leute wie möglich griffen nach den beiden Seilen und zogen, während der Rest um die Schlitten herumschwärmte und die anderen mit »Mush! Mush!« anfeuerte.

»Eigentlich sollten wir ›Weg frei für den Murmeltierkönig und seine Königin‹ rufen«, erklärte einer der Musher Professor Shandy. »Aber das klingt irgendwie bescheuert. Daher haben wir beschlossen, es bei ›Mush! Mush!‹ zu belassen.«

»Ich bin sicher, daß Professor Enderble und seine Gattin diese Entscheidung billigen«, versicherte Shandy.

Schließlich zählte nicht der Lärm, den sie veranstalteten, sondern die gute Absicht. Er hätte eigentlich wissen müssen, daß die Studenten sich einen Weg ausdenken würden, wie sie den beiden

den kalten Aufstieg ersparen konnten. Die Mädchen und Jungen von Balaclava waren im großen und ganzen hochanständige junge Leute, und jeder, der sich nicht anpassen wollte, wurde von seinen Kommilitonen schnell eines Besseren belehrt.

Shandy und die Mush-Brigade hatten den Hügel beinahe zur Hälfte erklommen, als der große Schlitten sie überholte: gezogen von Odin, Thor, Hoenir und Heimdallr und gelenkt von Präsident Svenson persönlich. Mrs. Svenson befand sich selbstverständlich an seiner Seite. Sieglinde wußte sehr wohl, daß sie Thorkjeld Svenson an einem Tag wie diesem besser im Auge behielt.

Zwischen der statuenhaften Mrs. Svenson und der wogenden Iduna Stott sah Helen aus wie eine Schneeflockenfee. Sogar Mrs. Mouzouka, Leiterin der Haushaltsabteilung und selbst nicht gerade zierlich, wurde von den beiden Walküren völlig in den Schatten gestellt. Iduna warf der jubelnden Menge Handküsse zu. Helen und Mrs. Mouzouka lächelten und winkten. Sieglinde Svenson, heiter und selbst in einer blauen Skijacke und Hose aus Nylon wunderschön anzusehen, hob immer wieder die Hand mit der Innenfläche nach außen zu einem majestätischen Gruß, wie er von den Mitgliedern der Königshäuser weltweit gepflegt wird. Die Tatsache, daß sie statt eines eleganten weißen Handschuhs einen wolligen roten Fäustling trug, tat der Würde dieser Geste keinerlei Abbruch.

Die Fakultätsmitglieder waren in großer Zahl erschienen. Shandy entdeckte seine Nachbarn, die Jackmans mit ihren vier Kindern, alle sechs mit den gleichen Langlaufanzügen herausgeputzt. Dickie war gerade damit beschäftigt, Wendys Gesicht mit Schnee einzureiben. Wendy heulte. Dann trat Wendy Dickie gegen das Schienbein, und Dickie heulte. Shandy suchte das Weite.

Zahlreiche Bürger von Balaclava Junction waren ebenfalls herbeigeströmt. Fred Ottermole, der Polizeichef und beinahe der einzige Vertreter des Gesetzes, war mit seiner hübschen Frau Edna Mae und ihren vier Söhnen erschienen. Die Ottermole-Sprößlinge waren zwar nicht so elegant gewandet wie das Jackman-Quartett, hatten dafür jedoch weitaus bessere Manieren. Shandy erspähte außerdem Mrs. Betsy Lomax, die zweimal die Woche für Helen und ihn putzte. Sie war in Begleitung von Mrs. Purvis Mink, der Gattin eines der College-Wachmänner. Mrs. Mink hatte sich endlich die Gallensteine entfernen lassen und schien wieder in guter Form zu sein. Genau dasselbe konnte man auch von Cronkite Swope sagen, seines Zeichens rasender Reporter beim

All-woechentlichen Gemeinde- und Sprengel-Anzeyger für Balaclava. Er hatte bereits seine neue Kamera gezückt, um den Augenblick der Wahrheit für seine immense Leserschaft festzuhalten.

Die großen Thermoskannen wurden angezapft, und der heiße Kakao floß in Strömen. Man reichte Krapfen in riesigen flachen Körben herum, die Studenten aus Pam Waggoners Kurs für Volkskunst geflochten hatten. Dann nahm John Enderble seinen Platz vor Beauregards Höhle ein, und der Countdown begann.

»Fünf, vier, drei, zwei, eins - *Murmeltier!*«

Der große Moment war gekommen. Professor Enderble griff in das Loch, zog ein graubraunes Fellbündel heraus und hielt es hoch, damit Cronkite Swope es fotografieren konnte. Man hätte meinen können, das Gebrüll der Massen würde Beauregard wecken, doch dem war nicht so. Erst als Enderble das Murmeltier freundlich, aber streng zurechtgewiesen und daran erinnert hatte, daß jetzt die Zeit gekommen war, seine jährliche Pflicht zu erfüllen, für die das College ihm so großzügig Futter und Unterkunft gewährte, gab Beauregard schließlich klein bei und raffte sich auf.

Enderble setzte ihn auf den plattgetretenen Schnee. Professor Stott, Leiter des Fachbereichs Haustierhaltung, unübertroffener Schweine-Experte und nebenbei offizieller Schiedsrichter in Sachen Murmeltierschatten, neigte mit ernstem Forscherblick den Kopf und wies dann freudig mit dem Daumen nach unten. Die Begeisterung der Menge kannte keine Grenzen. Enderble hob Beauregard in die Höhe, dankte ihm für seine Mitarbeit, obwohl der kleine Held bereits wieder eingeschlafen war, und setzte ihn zurück in seine Höhle, während Cronkite einen weiteren Schnappschuß machte.

Jetzt wurde das Freudenfeuer angezündet, das knackend und krachend seine dünnen blauen Rauchkringel über Oozaks Teich schickte. Die offenbar unerschöpflichen Kakaokannen waren wieder in Betrieb, und damit auch niemand zu kurz kam, trugen eifrige Studenten wiederaufgefüllte Körbe mit Krapfen zu den Zuschauern, die zu weit hinten standen, um sich am Schlitten bedienen zu können.

Peter Shandy, der eine leidenschaftliche Vorliebe fürs Zählen hatte, versuchte zu schätzen, wie viele Krapfen an diesem festlichen Morgen von wie vielen eifrigen Kiefern zerkaut wurden. Er wußte zwar, daß keinerlei Aussicht bestand, eine genaue Zahl zu errechnen, fuhr jedoch trotzdem mit Zählen fort. Diese Arbeit gab ihm immerhin die Rechtfertigung, allein auf einem kleinen Erdhügel zu stehen, wie Napoleon bei Regensburg, und den Blick über die Menge schweifen zu lassen.

Das Freudenfeuer loderte. Shandy konnte die angenehme Wärme, die es verströmte, bis auf seinen Erdhügel spüren. Die Hitze ließ sogar das Eis am Rande des Teiches schmelzen, doch das war gut so. Das Wasser des kleinen Stausees mußte weiter fließen, sonst arbeitete die Methangasanlage nicht.

Da es aus einer Quelle gespeist wurde, fror das *Skunk Works Reservoir,* wie Oozaks Teich inzwischen überall genannt wurde, sowieso nie ganz zu. Zu den ersten Grundsätzen, die Studienanfängern hier beigebracht wurden, gehörte die Regel, im Winter keinen Fuß auf das trügerische Eis zu setzen. Der Waschteich war nicht nur größer und bequemer zu erreichen, sondern wurde außerdem regelmäßig vom Schnee freigefegt und daher von den Studenten zum Schlittschuhlaufen und von den Fakultätsmitgliedern zum Curlingspielen aufgesucht. Mit Ausnahme dieses einen Tages kam im gesamten akademischen Jahr kaum je einer hier herauf, höchstens vielleicht das Wartungspersonal oder einer der Wachmänner. Beauregard störte es nicht weiter, völlig in Ruhe gelassen zu werden.

Der Schneemann, der den Winter darstellen sollte, nahm immer mehr Form an. Jemand hatte aus einer der Depotscheunen eine Leiter geholt. Ein besonders großer Student stand darauf und nahm die kompakte Schneekugel in Empfang, die man ihm hochreichte, und setzte sie der Schneegestalt als Kopf auf. Eine rothaarige junge Frau stand unmittelbar hinter ihm und schwenkte ein buntes Kopftuch, da sie der Meinung war, daß man aus Gründen der Gleichberechtigung keinen Schneemann, sondern lieber eine Schneefrau bauen sollte.

Der Rotschopf erinnerte Shandy ein wenig an Birgit, die kampflustige fünfte Tochter der Svensons, die inzwischen den ehemaligen College-Studenten Hjalmar Olafssen geheiratet hatte, der seinerzeit sämtliche Prüfungen mit Auszeichnung bestanden hatte. Inzwischen waren die beiden mit der Zucht einer besonders erlesenen Himbeersorte beschäftigt, ganz, wie es zu erwarten gewesen war. Shandy hatte ihr jüngstes Baby noch nicht gesehen und war sich auch nicht sicher, ob er es überhaupt wollte. Angeblich sah es nämlich haargenau aus wie sein Großvater mütterlicherseits. Völlig in Gedanken versunken, hatte sich Shandy gerade einen weiteren Krapfen aus einem der rundgereichten Körbe genommen, als der

Rotschopf mit einem Mal zu schreien begann. Natürlich hatte es an diesem Morgen bereits eine Menge Geschrei gegeben, doch dieser Schrei klang irgendwie anders. Shandy befürchtete zunächst, daß die Leiter umkippte, was jedoch nicht der Fall war. Dann bemerkte er, daß die Frau auf etwas zeigte, das zwischen den schmelzenden Eisschollen im Teich trieb.

Da Shandy am Vortag zufällig nach Haubenspechten Ausschau gehalten hatte, befand sich sein Feldstecher noch in einer der Taschen seiner Winterjacke. Er riß ihn heraus, schaute kurz hindurch und rannte zur Böschung hinunter.

Irgend jemand brüllte: »Ach was, das ist doch bloß eine Puppe!« Doch da Shandys Feldstecher sehr gut war, wußte er es besser. Er betrachtete den Krapfen, den er noch in der Hand hielt, verspürte ein komisches Gefühl im Magen und ließ ihn unauffällig in den Schneematsch fallen.

Schaulustige drängten sich nach vorn. Polizeichef Ottermole versuchte, sie von der Böschung fernzuhalten, war jedoch damit nicht sehr erfolgreich, bis Präsident Svenson sich einen Weg durch die Menge bahnte und brüllte: »Zurücktreten!«

Da sie wußten, daß es verdammt unklug wäre, ihm nicht zu gehorchen - er würde sonst anfangen, sie paarweise hochzuheben und in die Schneewehen zu schleudern -, wich die Menge zurück. Nachdem er den Uferbereich geräumt hatte, pflanzte sich Svenson vor das Feuer, hob seine mächtigen Arme und dröhnte: »Maul halten!«

Die Menge verfiel sogleich in völliges Schweigen. Sogar Wendy Jackman wagte nicht einmal mehr zu wimmern. Dann tat Svenson genau das, was Shandy befürchtet hatte. »Shandy«, befahl er, »sagen Sie es ihnen.«

Es gab keinen Ausweg. Peter Shandy war inzwischen durch die unergründlichen Wege des Schicksals und den eisernen Willen von Thorkjeld Svenson Balaclavas Spezialist für Leichen, die an unerwarteten Stellen aufgefunden wurden. Er räusperte sich und erhob seine Stimme.

»Es sieht ganz so aus, als ob hier jemand ertrunken ist. Ich weiß nicht, wer es ist. An Rettung ist nicht mehr zu denken, dem Opfer kann niemand mehr helfen.«

Er hielt seinen Feldstecher in die Höhe, um ihnen zu zeigen, woher er sein Wissen nahm. »Unsere Wartungscrew ist für alle Notfälle ausgerüstet. Wir werden daher sofort mit der Bergung beginnen. Wenn Sie schon sensationslüstern genug sind, hier herumzustehen und zuzusehen, sorgen Sie wenigstens freundlicherweise dafür, daß Sie uns nicht im Weg sind. Falls Sie wissen, ob irgend jemand aus unserem Ort vermißt wird, teilen Sie dies bitte sofort Polizeichef Ottermole mit. Ansonsten helfen Sie uns jetzt am besten damit, daß Sie sich ruhig verhalten und nach Hause gehen. Ich brauche Studenten und Fakultätsmitglieder wohl kaum daran zu erinnern, daß der Unterricht zur gewohnten Zeit beginnt. Diejenigen, die in den Stallungen erwartet werden«, fügte er nach einem entsprechenden Zeichen von Professor Stott hinzu, »machen sich am besten gleich auf den Weg. Sie sind bereits eine halbe Minute zu spät dran.«

Verspätung bei der Versorgung der Nutztiere galt am Balaclava Agricultural College als höchstes Sakrileg. Mehrere Studenten schnappten nach Luft und spurteten in Richtung Stallungen davon. Daraufhin setzte ein Massenexodus ein. Die aufgeschreckten Bürger murmelten etwas von Arbeit, Verpflichtungen oder Kinder zum Schulbus bringen und setzten sich in Richtung Campus oder Straße in Bewegung. Einige Personen sprachen noch kurz mit Fred Ottermole, der gerade von Cronkite Swope abgelichtet wurde, während Edna Mae und die Jungen ihm zur Seite standen und sich in seinem Glanz sonnten.

Shandy machte sich nicht die Mühe, bei Ottermole nachzufragen, welche Informationen er gerade erhalten hatte, sondern schickte Studenten, um das Gummischlauchboot, das man in der Methangasanlage für Arbeiten an den Schleusen bereithielt, eines der Netze, die man normalerweise für Treibgut benutzte, und eine Plane zu holen, mit der die Leiche bedeckt werden konnte, nachdem man sie sicher ans Ufer geholt hatte. Er beauftragte jemanden, Doktor Melchett, den College-Arzt, und auch Harry Goulson, den Leichenbestatter, anzurufen. Melchett würde nicht gerade erfreut sein über die Aussicht, daß eine triefende Wasserleiche seine gepflegte Praxis in Unordnung brachte, Goulson jedoch nahm sie, wie sie kamen. Shandy betete zu Gott, daß dieses Exemplar sich nicht etwa auflösen würde, wenn sie es aus dem Wasser zogen.

In weniger als einer Minute war das Schlauchboot zur Stelle, Ruder und Netz wurden an Bord geschafft, und man war bereit abzulegen. Präsident Svenson machte schon Anstalten hineinzusteigen, doch seine Gattin hielt ihn zurück.

»Thorkjeld, du setzt dich auf keinen Fall in dieses kleine Boot. Du würdest bloß naß werden und dir einen Schnupfen holen. Überlaß das lieber Peter.«

»Warum soll Shandy sich einen Schnupfen holen und ich nicht?«

»Peter wird sich keinen Schnupfen holen, denn er wird bestimmt nicht wie ein Wal in einer Badewanne herumtoben und damit das Boot zum Kentern bringen. Komm jetzt, wir müssen den Pferdeschlitten zurückbringen. Mrs. Mouzouka braucht die Thermoskannen für den Frühstückskaffee.«

Da Svenson niemandem außer sich selbst zutraute, das Vierergespann Balaclava Blacks sicher zurückzulenken, mußte er wohl oder übel mit soviel Anstand, wie er aufbringen konnte, gehorchen, was ihm schon im Normalfall reichlich schwergefallen wäre. In dieser Situation überstieg es jedoch eindeutig seine Kräfte.

»Ich erwarte, daß Sie mir später in meinem Büro einen genauen Bericht abstatten, Shandy«, knurrte er, um zu zeigen, daß immer noch er es war, der das Ruder in der Hand hielt, ganz gleich, ob er nun mit im Boot saß oder nicht. Dann folgte er seiner Frau zum Pferdeschlitten.

»Ein Glück«, brummte Ottermole, der insgeheim schon befürchtet hatte, vor seiner Familie einen Gesichtsverlust zu erleiden. Seine Ehre gebot es ihm, persönlich zur Crew zu gehören, doch mit diesem Behemoth an Bord wäre weder für einen Mann seiner Statur noch eine andere Person genug Platz geblieben. Für Shandy und ihn dagegen war das Boot groß genug. Außerdem hatte der Polizeichef keine Ahnung, wie sie es anstellen sollten, die Leiche zu bergen, nahm jedoch an, daß Shandy es wußte.

Helen war nicht gerade glücklich, mitansehen zu müssen, wie die Drecksarbeit wieder einmal an Shandy hängenblieb, doch es blieb ihr nichts anderes übrig, als sich für ihre Gedanken zu schämen und zu hoffen, daß diese lächerliche Karikatur von einem Boot nicht auseinanderbrechen würde. Shandy verschwendete keinen Gedanken an das Schlauchboot oder sonst etwas, denn ihm ging das, was er draußen auf dem Teich hatte treiben sehen, nicht aus dem Kopf. Er stieg ins Boot, setzte sich zwischen die Ruderdollen und mußte feststellen, daß der dünne Plastikboden unter seinem Gesäß sich genauso eiskalt anfühlte, wie er befürchtet hatte. Er half Ottermole ins Boot, nahm Ruder und Netz und ließ sich das Seil geben, nach dem zu fragen, er zwar vergessen hatte, das der betreffende Student jedoch in weiser Voraussicht trotzdem mitgebracht hatte.

Er legte die Ruder in die Dollen und reichte dem Polizeichef Netz und Seil.

»Hier, Ihr Schoß ist größer als meiner. Ich rudere, Sie steuern.«

Ottermole versuchte mit größter Konzentration zu verhindern, daß er sich grün verfärbte. »Okay, wie Sie wünschen. Menschenskind, mein Arsch ist jetzt schon eiskalt.«

»Fangen Sie lieber noch nicht an zu meckern«, warnte ihn Shandy. »Swope macht gerade ein Foto von Ihnen.«

Da Shandy der kleinere und ältere von beiden war, hätte er eigentlich den Polizeichef rudern lassen können, doch für einen Mann seiner Größe war er sehr kräftig, und es war ihm durchaus bewußt, daß die Gefahr zu kentern weitaus geringer war, wenn er das Kommando übernahm. Er brauchte sowieso nicht allzuviel zu tun. Ein Dutzend kräftiger Ruderschläge, und schon waren sie so nahe an der Leiche, daß Ottermole aufhören konnte, so zu tun, als habe er seinen Magen unter Kontrolle.

»Jesses Maria, warum habe ich bloß diese fünf Krapfen gegessen?« jammerte er, als er den ersten richtigen Blick auf ihren Fund werfen konnte. An der Stelle, wo das Gesicht hätte sein sollen, war lediglich gräulicher Nebel zu sehen.

»Irgendeine Idee, wer es sein könnte?« erkundigte sich Shandy.

»Woher zum Teufel soll ich das denn wissen? Ich kann doch gar nichts erkennen!«

»Wird denn jemand vermißt?«

»Drei Kids von der High School, die nach Boston getrampt sind, und der alte Hooker, der wieder mal auf Sauftour ist. Das hier ist ein Mann mittleren Alters, würde ich sagen. Großgewachsen und gutgenährt, aber das könnte natürlich auch daher kommen, daß der Körper angeschwollen ist, weil ...« Der Polizeichef hielt inne, um sich einem quälenden inneren Konflikt zu widmen.

Peter Shandy war ein Mann der Rübenfelder. Außerdem hatte er gut daran getan, auf den letzten Krapfen zu verzichten. »Am besten, wir versuchen, das Netz um den Körper zu legen. Werfen Sie es darüber, dann drehen wir ihn um und wickeln ihn hinein.«

»Klar, das machen wir.« Ottermole schluckte heftig und blickte uferwärts, um festzustellen, ob Cronkite Swope immer noch knipste, faßte sich jedoch ein Herz, als er sah, daß die Kamera in seine Richtung zeigte, und griff nach dem Netz.

Es stellte sich heraus, daß Theorie und Praxis bei Shandys Plan reichlich weit auseinanderklafften, doch als Leiche und Schlauchboot endlich parallel nebeneinander trieben und jeder ein Ende des Netzes festhielt, gelang es den beiden Männern schließlich, den Körper damit zu bedecken. Als nächstes kam die gräßliche Aufgabe, die Leiche umzudrehen. Dies ließ sich, so versicherten sie einander, sehr viel besser mit den Rudern als mit den Händen durchführen. Nach beträchtlichem Platschen und diversen mühseligen Versuchen hatten sie es endlich mehr schlecht als recht geschafft. Sie wickelten ein Stück Seil um den grauenhaften Fang und zogen ihn an Land, wo das Freudenfeuer inzwischen eine brauchbare Anlegestelle freigeschmolzen hatte.

Bis auf Cronkite Swope stand niemand mehr am Ufer. Die hilfsbereiten Studenten hatten sich entfernt, wenn auch zweifellos widerwillig, um ihre Seminarräume aufzusuchen. Mrs. Ottermole hatte die Jungen zur Schule gebracht. Doktor Melchett war immer noch nicht eingetroffen.

Melchett war für solche Untersuchungen wirklich nicht der geeignete Mann, dachte Shandy. Er wäre weitaus besser in einer Privatpraxis in einem vornehmen Stadtteil von Boston aufgehoben, wo er wohlhabende Damen wegen nervöser Erschöpfungszustände behandelte, die auf die Teilnahme an zu vielen Wohltätigkeitsveranstaltungen zurückzuführen waren. Nur ein grausames Schicksal in Form einer gutgehenden Familienpraxis hielt ihn in Balaclava Junction.

Seit Balaclava Buggins' erster Student eine Mandelentzündung bekommen hatte, waren die offiziellen College-Ärzte stets Melchetts gewesen. Als das College immer größer geworden war, hatte natürlich auch die Stellung als College-Arzt immer mehr an Prestige gewonnen. Shandy fragte sich, ob es wohl der Großvater oder der Urgroßvater des momentanen Melchett gewesen war, der jene Leiche untersucht hatte, über die Corydon Buggins sein abscheuliches Gedicht verfaßt hatte. Allerdings hatte die Abscheulichkeit inzwischen für ihn einen völlig anderen Beigeschmack bekommen. Er kniete sich in den Schneematsch, um das Netz wieder loszuwickeln.

»Wer ist es denn?« Cronkite Swope hatte sein Notizbuch gezückt. »Haben Sie ihn schon identifizieren können, Fred?«

»Noch nicht.« Ottermole versuchte, das Fundstück, das sie an Land gebracht hatten, tunlichst nicht anzusehen. »Er ist verschimmelt oder so.«

»Ich vermute«, sagte Shandy, »daß es sich dabei um einen Bart handelt. Hat zufällig einer von Ihnen einen Taschenkamm bei sich?«

»Wollen Sie etwa sein Gesicht damit kämmen?« Ottermole schnappte nach Luft.

»Das hatte ich eigentlich vor. Es sei denn, Sie wollen es selbst übernehmen.«

Ottermole machte sich am Reißverschluß einer seiner vielen Taschen zu schaffen und zauberte einen hübschen rosa Plastikkamm hervor. »Nein, das können Sie bestimmt besser«, stieß er zwischen zusammengepreßten Zähnen hervor. »Ich muß nachsehen, ob der Arzt kommt.«

Er verschwand in einem Fichtenwäldchen in der Nähe, und keiner war taktlos genug, ihm zu folgen. Mit Hilfe von Cronkite Swope, der vor sich hinmurmelte, daß auch Dan Rather vor einer solchen Aufgabe bestimmt nicht zurückgeschreckt wäre, gelang es Shandy, das grausige Fundstück von seinem Netz zu befreien.

»Harry Goulson ist natürlich auch nicht da«, schnaubte Shandy, dem die Lage der Dinge auch nicht gerade gefiel.

»Harry könnte sich aber wenigstens von den Angehörigen bezahlen lassen«, konterte Swope.

»Vorausgesetzt, wir finden heraus, wer die Angehörigen sind.«

Shandy mußte zugeben, daß die vielen grauen Haare, die an dem toten Gesicht klebten, etwas besonders Widerwärtiges hatten. Swope richtete sich auf und stellte sein Objektiv ein, schien dann jedoch zu dem Schluß zu kommen, daß der berühmte Professor Shandy beim Kämmen einer Wasserleiche nicht unbedingt ein geeignetes Motiv abgab. Schließlich stellte er fest, daß der gesamte Film verknipst war, oder behauptete es zumindest, und entfernte sich ein beträchtliches Stück, um einen neuen Film einzulegen.

Shandy hatte indes seine Schwierigkeiten mit dem Bart. Während des Teichaufenthaltes waren unzählige Wasserlinsen in die Haare geraten, die zudem in der kalten Luft zu gefrieren begannen. Es gelang ihm zwar, den Schnauzbart von den Augenbrauen zu trennen, die leider nicht üppig genug waren, um die halboffenen Augen, die eine dem Fundort angemessene wasserblaue Farbe aufwiesen, zu bedecken. Außerdem machte er eine Nase aus, die offenbar ursprünglich einmal eine echte Yankee-Adlernase hatte werden wollen, jedoch irgendwann durch einen Bruch an dieser Entwicklung gehindert worden war.

Die Lokalisierung des Mundes, der hoffnungslos irgendwo unter einer Unmenge von Wasserpflanzen und Barthaaren verborgen war, ging schließlich über seine Kraft. Er würde es Harry Goulson überlassen, ihn unter etwas günstigeren Bedingungen ans Licht zu bringen. Mit einem der Ohren hatte Shandy jedoch mehr Glück, es war auffallend groß, stand entschlossen und kraftvoll vom Schädel ab und wies ein übergroßes Ohrläppchen auf, eine Tatsache, die angeblich dem glücklichen Besitzer ein langes, gesundes Leben verhieß. Doch nicht einmal darauf konnte man sich offenbar mehr verlassen.

Ottermole hatte seinen Mann inzwischen gefunden. Er kam mit großen Schritten über die Anhöhe, die Uniformmütze resolut hochgeschoben, Doktor Melchett im Schlepptau. Der Arzt war, wie Shandy erwartet hatte, nicht gerade erfreut.

»Wer ist es denn diesmal?«

»Mich dürfen Sie nicht fragen«, sagte Shandy. »Ich habe zwar den Eindruck, daß ich ihn schon einmal gesehen habe, aber ich kann ihn absolut nicht einordnen.«

Melchett betrachtete die sterblichen Überreste mit professioneller Nüchternheit. »Irgendwie kommt er mir auch bekannt vor, aber zu meinen Patienten gehört er nicht. Ottermole, wenn überhaupt jemand, müßten Sie ihn eigentlich kennen.«

»Also, ich kenne ihn nicht. Ich würde allerdings gern wissen, warum er so komisch angezogen ist.«

»Komisch angezogen?« Melchett sah sich die triefenden Kleidungsstücke genauer an. »Tatsächlich, meine Güte, die sehen wirklich merkwürdig aus. Shandy, was halten Sie davon?«

»Da bin ich vollkommen überfragt. Ich weiß zwar, daß wir Neuengländer uns nur schwer von etwas trennen können, aber diese Kleidungsstücke sehen aus, als wären sie 100 Jahre alt. Bei Gott, ich frage mich« - einer schrecklichen Eingebung gehorchend, kniete sich Shandy neben die Leiche und griff mit den Händen in die klammen Taschen des enganliegenden schwarzen Jacketts. Er war nicht besonders überrascht, als er feststellen mußte, daß sich in jeder der beiden Taschen ein großer, glatter Stein befand.

Kapitel 3

Vielleicht war's auch ein Mink«, murmelte Shandy und wischte sich die halberfrorenen Hände an seinen Hosenbeinen ab.

Cronkite Swope hatte gute Ohren. »Alles in Ordnung, Professor?« fragte er besorgt.

»Ja, ich glaube schon. Verflucht, ich wünschte, Mrs. Lomax wäre noch hier.«

»Tante Betsy? Warum denn?«

»Sie würde wissen, ob es hier in der Gegend noch Mitglieder der Familie Buggins gibt.«

»Donnerkeil! Genau!« rief Melchett. »Kein Wunder, daß er mir so bekannt vorgekommen ist. Dieser Mann hier sieht haargenau aus wie die Vergrößerung der Daguerrotypie von Balaclava Buggins, die bei euch im Foyer des Verwaltungsgebäudes hängt. Und liegt da nicht auch noch irgendwo einer seiner Anzüge herum? Ob er das vielleicht ist?«

Shandy schüttelte den Kopf. »Unter gar keinen Umständen. Balaclavas Sonntags-Kirchgehanzug wird als heilige Reliquie in einem Glasschrank in der Bibliothek aufbewahrt. Jedenfalls das, was davon übriggeblieben ist. Schätzungen meiner Frau zufolge haben sich um 1905 die Motten über die Rockschöße hergemacht, was leider erst bemerkt wurde, nachdem sie bereits mehrere Jahrzehnte lang ihren Schaden angerichtet hatten.«

Er zog das Jackett so glatt, wie es ging, und begutachtete den Stoff. »Diese Dandyklamotten scheinen in hervorragendem Zustand zu sein, wenn man die besonderen Umstände in Betracht zieht. Ich würde sagen, sie stammen aus einem Theaterfundus oder dergleichen. Es sei denn, unser Fremder hier hat sie in Auftrag gegeben. In dem Fall muß er gut betucht gewesen sein, um sich eine solche Marotte leisten zu können, und verrückt genug, um die Sachen auch noch anzuziehen. Sie haben Ihr ganzes Leben lang in Balaclava Junction gelebt, Melchett. Können Sie sich nicht daran erinnern, ob dies auf einen Buggins zutreffen könnte?«

Der Doktor hatte schon angefangen, den Kopf zu schütteln, als ihm plötzlich etwas einfiel. »Bracebridge! Teufel auch, ich wette, das hier ist Bracebridge Buggins. Na so was, nach all den Jahren!«

»Wie vielen Jahren?« erkundigte sich Shandy.

Melchett rieb sich das Kinn. »Mal überlegen, war es vielleicht in den Fünfzigern? Nein, das muß früher gewesen sein. Unmittelbar nach dem Krieg, ich würde sagen vielleicht 1946, um die Zeit. Brace ist in einer Konteradmirals-Uniform aufgekreuzt, die Brust mit Orden behängt und den Kopf voller Seemannsgarn. Er ist ein paar Tage lang im Ort herummarschiert und hat angegeben, dann ist er wieder verschwunden, und danach habe ich ihn nie mehr gesehen. Ungefähr eine Woche später sind zwei Leute in Straßenanzügen erschienen und haben nach ihm gesucht. Aber wir haben nie herausbekommen, wer sie waren und was sie von ihm wollten.«

»Interessant«, sagte Shandy. »Hat er seine gebrochene Nase als Kriegsverletzung ausgegeben?«

»Nein, die war damals noch nicht gebrochen. Ich frage mich, wann das wohl passiert ist.« Melchett wagte sich mit großer Vorsicht an eine Untersuchung. »Irgendwann während der letzten 30 Jahre oder so, genauer kann ich das leider auch nicht sagen. Es handelt sich jedenfalls nicht um einen frischen Bruch.«

»Hm. Ist er hier in der Gegend aufgewachsen?«

»Drüben an den Seven Forks. Ich habe ihn nie gut gekannt. Brace war natürlich viel älter als ich.«

Von wegen älter, vorausgesetzt allerdings, es handelte sich hier tatsächlich um Bracebridge Buggins. »Um noch einmal auf meine ursprüngliche Frage zurückzukommen, leben eigentlich heute noch irgendwelche Mitglieder der Familie Buggins hier in der Gegend?«

Melchett starrte ihn an. »Selbstverständlich. Ihre Nachbarin Grace Porble gehört zu den direkten Nachkommen von Balaclava selbst. Haben Sie das nicht gewußt?«

Shandy hatte es tatsächlich nicht gewußt. Helen wußte es vielleicht, aber sie hatte es irgendwie nie erwähnt. Für ihn war Grace Porble immer nur die Ehefrau des Bibliothekars gewesen und ein einflußreiches Mitglied des Gartenclubs, der ihn gelegentlich zu Vorträgen einlud. Er sah sie jetzt bedeutend häufiger, seitdem seine Frau sich mit ihr angefreundet hatte, doch er hegte immer noch gewisse Vorbehalte gegen eine Frau, die sich mehr dafür interessierte, Blumen zu Sträußen zu arrangieren, als sie zu züchten.

Da Grace eine natürliche Höflichkeit und hervorragende Manieren besaß, war Shandy bisher immer davon ausgegangen, daß sie aus einer ›guten Familie‹ stammte, wie seine Mutter gesagt hätte, doch sie hatte sich nie über ihre Herkunft ausgelassen, und Shandy war nicht neugierig genug gewesen, sie zu fragen.

»Hat Grace Brüder?«

»Zwei. Trowbridge ist Geologe irgendwo drüben im Westen, und Boatwright ist Kapitän auf einem Trampschiff. Segelt angeblich überall in der Weltgeschichte herum. Tolles Leben, was?«

»Segelt er auch manchmal zurück nach Balaclava Junction?«

»Warum sollte er das?« erwiderte Melchett leicht verbittert. »Nein, Grace und ihre Brüder haben sich nie besonders nahegestanden. Ihre Mutter ist früh gestorben, und ihr Vater hat dann wieder geheiratet.«

»Lebt er noch?«

»Nein, aber ich glaube, die Stiefmutter ist noch am Leben. Sie hat auch wieder geheiratet, einen Grundstücksmakler aus Florida. Die Jungens konnten sie jedenfalls nicht ausstehen und haben sich abgesetzt, so früh es ging. Grace hat sich, soweit ich weiß, ganz gut mit ihr verstanden. Grace ist ein ganzes Stück jünger als ihre Brüder. Deshalb hat sie sich wohl besser anpassen können, vermute ich. Jedenfalls ist sie zu Hause geblieben und hat dann in Boston an einem dieser vornehmen Colleges, ich glaube, es war Simmons, studiert. Ich nehme an, sie hat gehofft, später hier als College-Bibliothekarin arbeiten zu können, aber der alte Doktor Brinkle starb, als sie noch Studentin war, und Phil Porble wurde als sein Nachfolger eingestellt. Das Ergebnis war, daß Grace und Phil unmittelbar nach Grace' Examen geheiratet haben. Meine Frau und ich sind der Meinung, daß sie hervorragend zueinander passen«, fügte Doktor Melchett etwas wichtigtuerisch hinzu. »Obwohl es wirklich keine besonders eindrucksvolle Hochzeit war. Grace' Cousine war ihre einzige Brautjungfer.«

»Handelt es sich dabei um eine Cousine von der Buggins-Seite?« erkundigte sich Shandy.

»Ja, Persephone. Sie ist übrigens die Schwester von Bracebridge. Die jetzige Mrs. Mink. Ihr Mann ist einer der Wachmänner am College.«

»Ach so, die Frau von Purvis Mink. Die Dame mit den Gallensteinen. Oder vielmehr ohne die Gallensteine, sollte ich jetzt wohl besser sagen.«

»Allerdings«, sagte Melchett spitz, ein wenig verärgert über die Leichtfertigkeit, mit der Shandy ein so brisantes Thema behandelte. »Ich brauche wohl nicht eigens zu erwähnen, daß Sephy natürlich niemals dieselben Chancen wie Grace hatte.«

»Purvis Mink ist ein verdammt guter Mann«, protestierte Polizeichef Ottermole barsch, seinerseits aufgebracht über Melchetts Andeutung, ein pflichtbewußter Polizeibeamter könnte in irgendeiner Weise weniger wert sein als ein Weichling von Bibliothekar.

»Das habe ich ja auch gar nicht bestritten«, fuhr Melchett ihn an. »Tatsache ist jedenfalls, daß Persephone aus Ichabods Familie stammt und nicht aus Balaclavas. Und Sie wissen schließlich genausogut wie ich, daß keiner von Ichabod Buggins' Nachkommen je auf einen grünen Zweig gekommen ist.«

»Ach ja? Und wie kommt es dann, daß Bracebridge Konteradmiral geworden ist?«

»Und warum, meinen Sie wohl, haben die beiden Männer nach ihm gesucht? Eine Uniform anzuziehen bedeutet noch lange nicht, daß man auch das Recht hat, sie zu tragen.«

»Mhmja«, sagte Shandy. »Da haben Sie irgendwie recht, Melchett. Wenn es sich bei diesem Mann hier tatsächlich um Bracebridge Buggins handelt, sind die alten Kleidungsstücke, die er trägt, vielleicht lediglich ein weiteres Beispiel für seine Vorliebe für Verkleidungen. Waren er und Persephone die einzigen Nachkommen?«

»Nein. Brace hatte noch einen Zwillingsbruder, Bainbridge. Bain ist von zu Hause weggelaufen und in die Armee eingetreten, als er noch zur High School ging. Es hat damals einigen Ärger gegeben, weil er falsche Angaben über sein Alter gemacht und die Unterschrift seines Vaters gefälscht hat. Die Eltern haben sich zwar sehr aufgeregt, aber nicht genug, um sich an die Behörden zu wenden und ihn wieder herauszuholen, bevor er zum Kriegseinsatz nach Europa geschickt wurde. Die Zwillinge haben ihren Eltern nur Kummer gemacht, seit dem Tag, an dem sie geboren wurden. Bainbridge ist jedenfalls nie zurückgekommen.«

»Sie meinen, er ist im Krieg gefallen?«

»Das hat man allgemein angenommen. Mit Sicherheit kann ich das natürlich auch nicht sagen. Ich war damals schließlich noch in der Vorschule. Aber vielleicht erinnern Sie sich noch, Ottermole?«

»Den Teufel tu' ich. Ich war damals noch nicht mal geboren.«

Eins zu Null für die Jungs in Blau. Shandy hätte es vielleicht amüsant gefunden, wenn er in Gedanken nicht immer noch bei den Mitgliedern der Familie Buggins gewesen wäre. »Wie haben denn die Eltern geheißen? Lebt von ihnen vielleicht noch einer?«

»Ja, ich glaube, beide«, sagte Melchett. »Trevelyan und Beatrice wohnten immer noch in dem alten Ichabod-Buggins-Haus, als ich sie zuletzt gesehen habe. Obwohl es den beiden gesundheitlich nicht besonders gut geht.«

»Purvis' Tante Minerva wohnt bei ihnen«, warf Ottermole ein. »Wenn die alte Min den Laden nicht schmeißen würde, wären sie bestimmt übel dran.«

»Ja, Miss Mink ist wirklich 'ne treue alte Seele«, erwiderte Melchett automatisch, da dies hier in der Gegend das übliche Klischee war, wenn man von älteren Damen sprach, die noch im vollen Besitz ihrer geistigen Fähigkeiten waren. »Tja, hier kann ich jetzt wohl nichts mehr tun, und ich werde zur Visite im Krankenhaus erwartet. Tod durch Ertrinken, würde ich sagen.«

»Wie lange hat der Körper etwa im Wasser gelegen?« erkundigte sich Shandy, der keine verbindliche Antwort erwartete und auch keine erhielt.

»Schwer zu sagen, wenn man die Wassertemperatur und alles andere berücksichtigt. Nicht sehr lange, denke ich, höchstens vielleicht ein oder zwei Wochen. Es wäre mir wirklich lieber, Sie würden den Coroner hinzuziehen.«

Als der Doktor von dannen eilte, ließ Ottermole ein Schnauben vernehmen. »Sieht Melchett mal wieder ähnlich, den Schwarzen Peter weiterzugeben. Aber wenigstens haben wir einiges in Erfahrung gebracht. Am besten, ich gehe und hole Sephy Mink. Sie ist bestimmt die Richtige, um ihn zu identifizieren, nicht?«

»Sie oder ihre Eltern«, stimmte Shandy zu. »Es sei denn, sie sind allzu wackelig auf den Beinen. Wenn ich Sie wäre, würde ich allerdings Goulson bitten, den Toten zuerst ein wenig, eh, in Ordnung zu bringen. Mit dem Bart war ich nicht gerade erfolgreich. Ich befürchte, ich habe sogar ein paar Zähne aus Ihrem Kamm gebrochen, als ich versucht habe, die Wasserlinsen herauszureißen.«

»Schon in Ordnung. Ich muß gestehen, daß ich sowieso nicht mehr viel Lust habe, ihn zu benutzen.«

Ottermole warf das rosa Plastikskelett in den Teich. Er, Shandy und Swope hatten bereits einiges gemeinsam durchgestanden*, er brauchte daher vor ihnen nicht den starken Mann zu markieren. »Wo zum Henker bleibt eigentlich Harry?«

»Ich laufe runter und rufe ihn an, wenn Sie möchten«, schlug Cronkite Swope vor. »Ich muß sowieso mit der Redaktion telefonieren und Bescheid sagen, daß eine Exklusivmeldung ansteht.«

»Bestelle denen ruhig, sie sollen das alte Titelblatt wegschmeißen«, sagte Ottermole.

»Es ist eh' noch nichts gesetzt«, versicherte Cronkite. »Gibt es vielleicht im *Skunk Works Reservoir* ein Telefon, das ich benutzen könnte, Professor?«

»Nein, bloß eine Sprechanlage. Sie müssen wohl den öffentlichen Fernsprecher im Verwaltungsgebäude benutzen. Aber ich kann Ihnen ein wenig Kleingeld geben, falls Sie es brauchen.«

Fernsprecher fielen in Präsident Svensons Sparprogramm. Professoren wurden dafür bezahlt, daß sie Studenten unterrichteten, und nicht dafür, daß sie mit Außenstehenden schwatzten. Studenten hatten zuzuhören und zu lernen. Lehrkörper und Verwaltungsangestellte wurden fürs Arbeiten bezahlt. Je weniger Telefone also vorhanden waren, desto weniger neigte man auch dazu, wertvolle Zeit mit unnützem Gerede zu vertun und die Kosten in die Höhe zu treiben.

Keiner würde je auf die Idee kommen, Thorkjeld Svensons Logik in Zweifel zu ziehen, selbst wenn jemand genug Mut hätte, es zu versuchen. Es war allgemein bekannt, daß die Einsparungen, die aus seinen diversen Pfennigfuchsereien resultierten, sich in einer besseren Bezahlung des Lehrkörpers und des Verwaltungspersonals, in einer besseren Verpflegung und besseren Studentenunterkünften niederschlugen. Zudem wuchsen die Studiengebühren nicht so sprunghaft an wie in anderen, mit weniger strenger Hand geführten Instituten. Cronkite Swope, dem Balaclavas Finanzpolitik sehr wohl bekannt war, nahm Shandys Kleingeld dankbar entgegen und sauste in Richtung Telefon davon.

Doch der Zufall wollte es, daß Swope Shandy einen Vierteldollar sparte. Auf seinem Weg zum Telefon kam ihm nämlich Harry Goulson mit seinem in diskretem Anthrazitgrau gehaltenen Leichenwagen entgegen. Die Front des Wagens zierte eine weiße

* *»Der Kater läßt das Mausen nicht«,* DuMont's Kriminal-Bibliothek Bd. 1031.

Taube, die einen Lorbeerkranz im Schnabel trug. Der Reporter schwankte. Sollte er zurück auf den Hügel rennen und fotografieren, wie der Leichenbestatter aus seinem Wagen stieg? Oder sollte er weiterlaufen und seinen Chefredakteur anrufen, der inzwischen sicher schon vor Wut schäumte, weil Cronk immer noch nicht mit einem drolligen Schnappschuß von Beauregard aufgekreuzt war? Der Chefredakteur hatte ja keine Ahnung!

Gestärkt durch seine Kenntnis von Dingen, die sein Vorgesetzter nicht einmal ahnte, und wohl wissend, daß Harry Goulson sich immer genug Zeit ließ, weil es seinen Kunden nie in den Sinn kam, aufzustehen und wegzugehen, entschied sich Swope dafür weiterzustürmen. Eine weise Entscheidung, wie sich herausstellte. Goulsons Wagen blieb nämlich im Schneematsch stecken. Der Leichenbestatter und Fred Ottermole mußten sich mit ihrem verlängerten Rücken gegen die Stoßstange stemmen, während Peter Shandy so lange alle Gänge durchprobierte, bis er schließlich einen gefunden hatte, der funktionierte.

Als sich der Wagen endlich wieder auf *terra* mehr oder weniger *firma* befand, beschloß man, daß es das beste wäre, ihn dort auch zu lassen und lieber die Leiche herunter zum Leichenwagen zu bringen. Als Swope schließlich zurückkam, lag die sterbliche Hülle des Unbekannten bereits sauber und ordentlich auf einer Bahre ausgestreckt. Der gefrorene Körper mußte irgendwann, keiner wußte genau, wann, begonnen haben zu tauen, und Harry Goulson stand gedankenverloren über den Toten gebeugt.

»Waren Bracebridge und Bainbridge eineiige Zwillinge?« fragte Professor Shandy gerade.

»Einerseits ja, andererseits nein«, lautete Goulsons wenig zufriedenstellende Antwort. »Ich meine damit, man konnte sie auseinanderhalten, wenn sie zusammen waren, aber wenn sie einzeln auftauchten, wurde es ganz schön schwierig. Außerdem habe ich seit etwa 40 Jahren keinen von beiden mehr zu Gesicht bekommen.«

»Wie können Sie dann mit Sicherheit sagen, ob dieser Mann hier Bracebridge oder Bainbridge ist?«

»Wenn ich ehrlich bin, kann ich nicht mal mit Sicherheit sagen, daß es überhaupt einer von ihnen ist. Aber daß es ein Buggins ist, darauf wette ich meine letzte Flasche Formaldehyd. Eigentlich müßte es Brace sein, weil Bain 1944 nach der Normandie-Invasion als vermißt gemeldet wurde. Und so aus dem Stegreif wüßte ich auch wirklich nicht, wer es sonst sein könnte. Es gibt in Balaclava

County noch ein paar andere, inoffizielle Buggins, wie es so schön heißt. Belial hatte es schließlich faustdick hinter den Ohren, aber das brauche ich Ihnen wohl kaum zu sagen, denn Sie kennen ja selbst Henny Horsefalls Tante Hilda. Aber das ist alles schon eine ganze Zeit her, und inzwischen werden es auch immer weniger.«

»Wer es auch ist«, sagte Shandy, »am besten, wir schaffen ihn in den Wagen. Ottermole will Persephone Mink holen und zu Ihnen bringen, weil er hofft, daß sie ihn identifizieren kann. Falls dies nicht der Fall sein sollte, müssen wir uns halt an die Eltern wenden.«

»Tja, also das dürfte ziemlich unmöglich sein«, sagte Goulson. »Genau das ist nämlich auch der Grund, warum ich erst so spät hergekommen bin.«

»Allmächtiger! Sie wollen doch damit nicht etwa sagen, daß sie auch tot sind?«

»Doch. Momentan liegen sie Seite an Seite bei mir in der Kühlzelle. Wissen Sie, das war wirklich reichlich merkwürdig. Vielleicht war es auch überhaupt nicht merkwürdig, könnte man wohl genausogut sagen, wenn man bedenkt, daß die beiden schließlich bereits über 80 und ganz schön wackelig auf den Beinen waren. Lange Rede, kurzer Sinn, Sie wissen ja, wie das so ist mit den knarrenden Toren, wie wir sie in der Branche immer zu nennen pflegen. Meinem fachmännischen Urteil zufolge hätte Trevelyan durchaus 90 werden können, und Beatrice hätte ihn vielleicht noch um ein oder zwei Jahre überlebt. Aber verflixt und zugenäht, gestern nacht sind sie doch tatsächlich sanft entschlafen.«

»Beide gleichzeitig?« wollte Fred Ottermole wissen.

»Die Frage kann ich Ihnen leider nicht beantworten, Fred. Ich weiß bloß, daß Miss Mink heute morgen gegen zehn vor sechs hochgegangen ist, um ihnen das Frühstück zu bringen, genau um die Zeit, als ich gerade meine Stiefel angezogen habe, um herzukommen und rauszufinden, was Beauregard diesmal zu prophezeien hatte. Unser Junge besucht ja momentan den Einbalsamierungslehrgang, wie Sie wissen, und Mrs. Goulson steht nicht gern so früh auf. Sie war gestern abend unterwegs, um über die Neuaufnahmen im hiesigen Damenclub der *Ladies of the Sunbeam* zu berichten.«

»Arabella schreibt die Gesellschaftskolumnen für den *Gemeinde- und Sprengel-Anzeyger*«, warf Cronkite Swope ein, als ob dies nicht bereits allen bekannt gewesen wäre.

»Genau«, sagte Goulson. »Arabella wußte ja, daß Sie hier sein würden, Cronk, um über das große Ereignis zu berichten, und daß Sie wie immer großartige Arbeit leisten würden. Jedenfalls ist Miss Mink nach oben ins Schlafzimmer gegangen, wie ich eben bereits sagte, und da lagen die beiden dann. Steif wie die Bretter in ihren Flanellnachthemden, im Tode wie im Leben miteinander vereint. Und da stand nun Miss Mink und wußte nicht, was sie mit ihren zwei Tellern Porridge anfangen sollte.«

»Sie könnte es doch so machen wie Edna Mae«, schlug Polizeichef Ottermole vor. »Sie backt sie immer wie Pfannekuchen und schüttet Ahornsirup darüber. Ach herrje, das hätte ich jetzt wohl besser nicht gesagt. Aber beide in ein und derselben Nacht? Menschenskind, das ist ja wirklich ein Ding.«

Womit er vollkommen recht hatte. Shandy wünschte sich allerdings eine etwas genauere Definition. »Hat Miss Mink den Arzt geholt? Melchett hat gar nichts davon gesagt.«

»Zuerst hat sie mich angerufen«, sagte Goulson. »Ich habe ihr gesagt, ich würde mich sofort auf den Weg machen, was ich auch getan habe, aber in der Zwischenzeit sollte sie Doktor Fotheringay benachrichtigen. Der war nämlich ihr Hausarzt und nicht Melchett. Wir sind dann etwa zur selben Zeit dort eingetroffen.«

»Und hat Doktor Fotheringay die Totenscheine ausgestellt, bevor Sie die Leichen mitgenommen haben?«

»Hat er. Der Heimgang der beiden lieben Verstorbenen wurde sozusagen mit einem einzigen Federstrich dokumentiert. Allerdings hatte der Doktor Probleme mit seinem Kugelschreiber, daher ist Miss Mink hingegangen und hat ihm eins von den dicken braunen Dingern geholt, die wie ein Wiener Würstchen aussehen. Die gab es letzten Sommer in ›Sam's Hot Dog Restaurant‹ immer gratis dazu, wenn man ein Gourmet Spezial bestellte. Miss Mink war ziemlich bestürzt, daß der Doktor bei einem solch tragischen Anlaß ein so unwürdiges Schreibgerät benutzen mußte. Aber ich habe ihr versichert, daß der heilige Petrus Trevelyan und Beatrice diese unbedeutende Kleinigkeit bestimmt nicht ankreiden wird, wenn sie gemeinsam ans Perlentor pochen.«

»Sie haben offenbar wirklich ein Talent für das passende Bonmot, Goulson«, sagte Shandy. »Was hat Fotheringay denn als Todesursache eingetragen, wissen Sie das zufällig noch?«

»Mal überlegen. Bei Beatrice Lungenversagen und bei Trevelyan Herzstillstand. Oder doch anders herum? Ich bin im Moment so unter Druck, daß ich überhaupt nicht mehr weiß, wo mir der Kopf steht. Drei Todesfälle hintereinander, und nicht mal ein ordentliches warmes Frühstück im Magen. Miss Mink hat mir zwar eine Portion Porridge angeboten, aber irgendwie habe ich mich dafür nicht erwärmen können.«

Shandy räusperte sich. »Herzstillstand und Lungenversagen, wie? Das scheint mir allerdings eine reichlich vage Art von Diagnose, finden Sie nicht?«

»Das schreibt Doktor Fotheringay fast immer bei Leuten, die so alt sind. Eins von beiden, meine ich natürlich. Bloß diesmal hat er beides schreiben müssen.«

»Verstehe. Aber hat er die beiden denn sorgfältig untersucht, bevor er zu diesem Schluß gekommen ist?«

»Das kann ich Ihnen wirklich nicht sagen, Professor. Als Bestattungsunternehmer habe ich mich zunächst im Hintergrund zu halten und muß den Arzt zuerst hineingehen lassen. Ich habe so lange unten gewartet. Bei dieser Gelegenheit hat mir Miss Mink auch den Porridge angeboten. Und dann ist der Arzt wieder nach unten gekommen, hat mir die Formulare überreicht und gesagt, daß er jetzt wieder nach Hause fährt, um ordentlich zu frühstücken. Was schließlich durchaus verständlich ist.«

»Damit haben Sie sicher recht«, sagte Shandy. »Trotzdem nehme ich an, daß Sie, Ottermole, bestimmt der Meinung sind, daß die Umstände derart, eh, ungewöhnlich sind, daß Sie beabsichtigen, den Coroner einzuschalten. Dann kann er einen Blick auf die beiden alten Leute und natürlich auch auf unseren Unbekannten hier werfen, bevor Goulson mit seiner Arbeit beginnt.«

»Klar, selbstverständlich«, schwindelte Ottermole tapfer. »Sie haben mir sozusagen gerade das Wort aus dem Mund genommen, Professor. Ich wette, dann wissen Sie auch schon, was ich als nächstes tun werde«, fügte er listig hinzu.

»Nun ja, ich nehme an, Sie beabsichtigen, sich ein wenig mit Miss Mink zu unterhalten«, kam Shandy ihm entgegen. »Falls Sie jemanden brauchen können, der dabei Notizen macht, bin ich übrigens gern bereit, diese Aufgabe zu übernehmen und Sie zu begleiten.«

»Warum nicht? Je mehr, desto besser. Cronk kann ruhig auch mitkommen und Fotos machen. Wir könnten auch noch bei Sephy Mink vorbeifahren und sie mitnehmen, wenn wir schon einmal dabei sind, aber vielleicht ist sie schon längst da.«

»Verflixt«, sagte Shandy. »Vorhin war sie hier. Ich habe sie zusammen mit Mrs. Lomax gesehen.«

»Klar«, schnaubte der Polizeichef. »Vielleicht wäre sie immer noch hier, wenn Sie es nicht so furchtbar eilig gehabt hätten, alle wegzujagen, so daß keiner gesehen hat, wie ich die Leiche geborgen habe. Wollen Sie, daß ich den Streifenwagen hole? Ich muß Sie allerdings warnen, die Stoßdämpfer sind inzwischen völlig hinüber, und ich bin mir nicht sicher, wie lange es der Hauptbremszylinder noch macht, aber vielleicht haben wir Glück, und der Wagen hält noch lange genug durch.«

Der Professor wußte genau, daß Ottermole damit diskret anzudeuten versuchte, daß sie doch lieber Shandys Wagen nehmen sollten, und er konnte es ihm kaum verübeln. Shandy wollte es ihm gerade anbieten, doch Cronkite Swope kam ihm zuvor.

»Wenn Sie möchten, können wir auch den Pressewagen nehmen, Fred.«

»Ach ja? Ich habe gar nicht gewußt, daß es einen gibt.«

»Allerdings. Der *Gemeinde- und Sprengel-Anzeyger* geht schließlich mit der Zeit. Als ich nach meinem Sturz mit dem Motorrad im Krankenhaus gelegen habe, ist unser Herausgeber, Mr. Droggins, schnurstracks zu ›Lunatic Louie's Gebrauchtwagenmarkt‹ gegangen und hat einen 74er Plymouth Valiant gekauft.«

»Wie nett von ihm«, brummte Shandy.

Wenn man bedachte, was Swope alles getan hatte, um die Auflage des *Gemeinde- und Spengel-Anzeygers* auf seine jetzige schwindelerregende Höhe zu treiben, und wie knapp er bei der Ausübung seiner journalistischen Pflicht dem Tode entronnen war, konnte Shandy wirklich nicht ganz einsehen, warum sich Droggins nicht für ein etwas neueres Modell entschieden hatte. Doch das behielt er für sich. Er mußte wieder an die beiden alten Leutchen denken, an den Porridge, den sie unberührt zurückgelassen hatten, an die beiden glatten Steine in dem alten Jackett des Ertrunkenen und an die Wasserlinsen, die an seinem Bart festgefroren waren.

Den übrigen Anwesenden gingen offenbar ganz ähnliche Gedanken im Kopf herum. Niemand sagte ein Wort, als Goulson und Ottermole gemeinsam die Bahre hochhoben und in den Leichenwagen schoben. Nur das leise Klicken von Cronkite Swopes Kamera störte die gespenstische Ruhe, die sich über Oozaks Teich gesenkt hatte.

Kapitel 4

»Mein Gott, was ist denn das?«

Polizeichef Ottermole hatte allen Grund für diese Frage. Lautes Gebrüll und Gerassel, heftiges Glöckchengeklingel und wahrlich plutonisches Hufedonnern näherte sich vom unteren Teil des Hügels und verwandelte die Stille in ohrenbetäubenden Lärm.

»Entweder es ist Lützows wilde, verwegene Jagd oder Präsident Svenson bei einer Spritztour mit den Balaclava Blacks«, mutmaßte Shandy, wobei sich letzteres als zutreffend herausstellte.

Svenson stand in voller Größe im Schlitten, nach vorn gebeugt wie Ben Hur in seiner letzten Runde. Seine graue Strickmütze war vom Winde verweht, sein grauschwarzes Haar in beträchtlicher Unordnung. Er klatschte mit den Zügeln, trieb die Blacks zu immer halsbrecherischerem Tempo an, und das Brüllen, das dabei aus seiner mächtigen Kehle drang, klang unheilsschwanger: »Shandy! Shandy! Shandy!«

Peter Shandy stellte sich in sicherer Entfernung vom Weg hin und fuchtelte mit den Armen, da er wußte, daß er sich bei diesem Getöse unmöglich Gehör verschaffen konnte. Svenson bemerkte sein Signal und brachte den Wirbelsturm in Pferdegestalt sicher zum Stehen. Shandy ging auf die dampfenden Tiere zu, wobei das mit den Zügeln in der Hand zweifellos am meisten dampfte.

»Üben Sie bereits für den Angriff der leichten Brigade, Präsident?« erkundigte er sich freundlich.

»Arrgh! Wir haben einen Brief gekriegt.«

»Wir? Meinen Sie damit sich und Sieglinde oder sich und mich?«

»Ich meine das College, verdammt noch mal! Sofort einsteigen!«

Man tat gut daran, Thorkjeld Svenson nicht zu widersprechen, selbst wenn es um unbedeutende Kleinigkeiten wie Leib und Leben ging. Shandy teilte nur noch schnell Ottermole und Swope mit, daß sie Mrs. Mink abholen und bei Goulson auf ihn warten sollten, und stieg gehorsam in den Schlitten.

»Gehe ich recht in der Annahme, daß ich den Brief lesen soll, Präsident?«

»Urrgh!«

Svenson drückte ihm das Papier in die Hand und ließ die Blacks wenden, ohne auch nur leicht an den Zügeln zu ziehen. Auch wenn er noch so in Rage war, was relativ oft vorkam, hatte Balaclavas Präsident noch nie in seinem Leben einem Kind oder einem Tier etwas anderes als väterliche Fürsorge entgegengebracht. Shandy machte es sich auf dem Stroh bequem, das immer noch fast die Hälfte des Schlittens ausfüllte, und begann zu lesen. Als er ungefähr in der Mitte des Briefes angekommen war, explodierte er.

»Herr des Himmels! Präsident, das ist ja wirklich der Gipfel!«

»Arrgh«, stimmte Svenson zu.

»Die müssen absolut irrsinnige, vollkommen hirnverbrannte Idioten sein!«

»Ungh.«

»Hier steht ja, daß Oozaks Teich dem College überhaupt nicht gehört.«

»Ich weiß sehr wohl, was da steht«, schnauzte Svenson ihn an. »Was haben Sie vor, dagegen zu unternehmen?«

»Ich?«

»Wofür zum Teufel glauben Sie wohl, daß wir Sie bezahlen?«

»Nun ja, eh, ich habe bisher immer angenommen, daß ich dafür bezahlt werde, Agronomie zu unterrichten.«

Svenson ließ ein Schnauben hören.

»Heißt das, ich bin vom Unterricht befreit?«

»Nein! Wer zum Teufel war Ichabod Buggins?«

»Mhmja, also ich wäre nicht übermäßig überrascht, wenn sich herausstellen sollte, daß er der Urgroßvater des Mannes war, den wir gerade im Teich als Augustus verkleidet gefunden haben.«

»Welcher Augustus?«

»Buggins natürlich. Er war Balaclavas Enkel.«

»Drücken Sie sich verständlich aus.«

Shandy drückte sich so verständlich wie möglich aus, was reichlich schwierig war, sobald er auf das Thema Bracebridge-Bainbridge zu sprechen kam. Die Wolke auf Svensons Stirn wurde schwärzer als das Fell auf Lokis Rücken. Svenson klatschte mit den Zügeln und ließ Pferde und Schlitten wieder wenden.

»Wo zum Teufel wollen Sie denn jetzt hin?«

»Goulson. Sie absetzen.«

»Ich kann auch laufen, vielen Dank.«

»Blah.«

Shandy gab auf und befaßte sich wieder mit dem unerfreulichen Schreiben. Im Wesentlichen besagte es folgendes: Die Sozietät Patter, Potter, Patter und Foote war von den Erben des verstorbenen Ichabod Buggins mit der Wahrnehmung ihrer Rechte beauftragt worden. Es handelte sich dabei um ein bestimmtes Stück Land, das bis ins kleinste langweilige Detail beschrieben wurde und sich letztlich als der Morgen herausstellte, in dem sich das seit 1765 bekannte Gewässer befand, das auf frühen Landkarten als Oozaks Teich verzeichnet war.

Es wurde behauptet, das College habe das Gebiet unbefugt genutzt und rechtswidrig zu eigenen Zwecken Wasser aus dem Teich abgeleitet, obwohl sich besagter Teich bereits zum Zeitpunkt der Gründung des College im Besitz von Ichabod Buggins befunden habe.

Falls man nicht zu einer Einigung kommen könne, was die Höhe der Schadensersatzleistungen betreffe, selbstverständlich rückwirkend bis zu dem Zeitpunkt, als die erste College-Kuh illegal den ersten Schluck Teichwasser zu sich genommen hatte - der juristische Fachjargon war zwar verwirrend, doch Shandy verstand die Bedeutung mühelos -, werde der Wasserzustrom mit sofortiger Wirkung gesperrt. Das bedeutete, daß das College und andere Ortsteile, die von der Methangasanlage abhängig waren - unter anderem auch Shandys Haus -, ohne Elektrizität sein würden, bis eine andere Stromquelle gefunden war.

»Was für ein dummes Gewäsch«, schnaubte Shandy. »Der Teich und das ganze angrenzende Gebiet haben Balaclava Buggins gehört.«

»Da steht, daß das nicht stimmt.«

»Das habe ich selbst gelesen. Die behaupten, daß Balaclava den Teich aufgrund einer sogenannten fairen Wette, was immer das auch bedeuten mag, an Ichabods Vater Abelard verloren hat. Wann ist Balaclava Buggins je in seinem Leben ein Wagnis eingegangen?«

»Als er das College gegründet hat.«

»Das war doch ein kalkulierbares Risiko, das auf einer vernünftigen Überlegung basierte. Falls Balaclava sich tatsächlich ab und zu bemüßigt gefühlt haben sollte, bei irgendeinem Wettkampf im Hufeisenwerfen oder dergleichen Wetten abzuschließen, wäre er doch nicht so dumm gewesen, sich dabei ausgerechnet auf eine solche Wette mit seinem Roßtäuscher von Bruder einzulassen.«

»Vielleicht war er besoffen.«

»Mhmja, diese Möglichkeit besteht natürlich immer.« Schließlich war der Collegegründer auch der Erfinder des Balaclava-Bumerangs gewesen, einer Kombination aus selbstgebranntem Kirschbrandy und heimischem Apfelwein, sicher kaum der geeignete Trunk für zaghafte Pichler. »Aber Abelard wäre dann bestimmt noch viel besoffener gewesen«, beharrte Shandy. »Balaclava war schließlich ein knallharter Trinker.«

»Der Kerl ist jedenfalls lange genug nüchtern geblieben, um dem alten Balaclava Oozaks Teich abzujagen.«

»Abelard Buggins hat nichts dergleichen getan! Und sein angeblicher Erbe Ichabod auch nicht!« Shandy erhob nicht oft vor Wut die Stimme, doch in diesem Fall konnte er nicht anders.

Svenson bemerkte es und übertönte ihn. »Woher zum Teufel wollen Sie das wissen?«

»Ich weiß es, weil es mir in den Daumen juckt.«

»Mit Ihren Daumen werden Sie vor Gericht überhaupt nichts ausrichten. Die behaupten schließlich, daß sie Beweise haben.«

»Um Sie zu zitieren: Blah! Die Beweise kauf' ich denen erst ab, wenn ich sie gesehen habe, vorausgesetzt, sie sind nicht gefälscht, und daß sie das sind, darauf können Sie ruhig Ihre Stiefel verwetten. Die Mitglieder der Familie Buggins waren schon immer fantastische Witzbolde, das wissen Sie genauso gut wie ich. Sehen Sie, Präsident, Sie brauchen meine Hilfe gar nicht, um dieses Problem zu lösen. Sie brauchen nur Helen und einen Anwalt.«

»Helen ist Ihre Frau.«

»Na und? Helen ist eine hervorragende Wissenschaftlerin und eine Expertin, was die Familie Buggins betrifft. Außerdem ist sie Angestellte des College.«

»Urrgh!«

Svensons Schlußargument war unwiderlegbar. Auch näherte man sich inzwischen Harry Goulsons großem, weißem, holzverkleidetem Haus, und die Schlittenkufen knirschten abscheulich über die schneefreien Stellen auf der Main Street. Der Präsident brachte sein Gespann zum Stehen, anscheinend durch reine Gedankenübertragung, und Shandy kletterte aus dem Schlitten.

Ein angeschlagener grüner Valiant mit einem Presseausweis hinter der Windschutzscheibe stand vor dem Haus. Shandys Kohorten waren demnach schon eingetroffen. Noch genauer gesagt, sie waren bereits im Begriff, sich wieder zu entfernen. Persephone Mink ging einen Schritt hinter Ottermole und Swope. Sie sah verzweifelt und störrisch zugleich aus.

»Vielleicht hat er ja auch blaue Kontaktlinsen getragen«, spekulierte Fred Ottermole.

»Von wegen blaue Kontaktlinsen«, schniefte Persephone. »Denken Sie v'leicht, ich erkenn' meinen eig'nen Bruder nich'?«

»Aber Sie haben doch weder Bain noch Brace seit Ihrer Kindheit gesehen.«

Mrs. Mink antwortete nicht, sondern knöpfte lediglich ihren feinen schwarzen Mantel bis unters Kinn zu und zupfte distinguiert an dem schwarzen Kopftuch mit roten Tupfen, das sie sich um ihr Haar gebunden hatte. Es hatte einmal eine Zeit gegeben, als jede anständige Dame in Balaclava County für Anlässe wie diesen einen schwarzen Hut im Schrank parat liegen oder wenigstens eine Tante zur Hand hatte, von der man sich so etwas borgen konnte. Doch diese Zeiten waren vorbei. Shandy war ziemlich überrascht, daß Sephy überhaupt daran gedacht hatte, Trauerkleidung anzulegen. Zugegebenermaßen waren die roten Tupfen ein wenig gewagt, doch das schwarze Tuch zeigte zumindest, daß sie versucht hatte, aus dem, was sie besaß, das Beste zu machen.

Vielleicht hatte Purve sie an die Anstandsregeln erinnert. Purve legte ziemlich großen Wert auf Formalitäten, wie jeder Wachmann, von dem erwartet wurde, daß er mit zwei Vorgesetzten wie den Brüdern Clarence und Silvester Lomax gleich gut auskam. Vielleicht legte Persephone ja selbst ebenfalls Wert auf Formalitäten. Shandy wußte, wieviel Mrs. Lomax von Sephy Mink hielt. Sie hatte es oft genug verlauten lassen. Er nahm seinen alten Tweedhut ab.

»Guten Morgen, Mrs. Mink. Darf ich Ihnen mein herzliches Beileid wegen des traurigen Verlusts aussprechen.«

»Vielen Dank, Herr Pruffessur. Ich bin nich' g'rade erfreut darüber, auch wenn ich nich' ganz so schrecklich trauere, wie Fred hier zu denken scheint«, erwiderte sie und rollte dabei ihr R in typischer Balaclava-Manier. »Tschuldigung, aber ich bin auf'm Weg zum Pfarrhaus.«

Persephone ging, Ottermole blieb und schüttelte verständnislos den Kopf. »Sie behauptet, daß es keiner der Zwillinge ist.«

»Was haben Sie da eben über Kontaktlinsen gesagt?« erkundigte sich Shandy.

»Sie behauptet, Brace und Bain hätten beide braune Augen gehabt. Aber die Augen von unsrer Leiche hier sind blau, daher weiß sie auch, daß es die beiden nicht sein können.«

»Verflucht. Es sei denn, der Mann hätte tatsächlich getönte Linsen getragen. Haben Sie Goulson schon gefragt?«

»Daran habe ich bis gerade noch gar nicht gedacht«, gestand der Polizeichef.

»Dann gehen wir doch einfach zurück und fragen ihn.«

Shandy durchquerte als erster Goulsons geschmackvoll eingerichteten Flur, wobei er sorgfältig darauf achtete, nur auf die transparenten Plastikläufer zu treten, die Arabella auf dem Teppichboden aus grauem Plüsch verteilt hatte, und steuerte auf Goulsons Arbeitsraum zu. Der Leichenbestatter war momentan nicht bei der Arbeit, sondern stand lediglich da, einen melancholischen Ausdruck auf seinem wie immer freundlichen Gesicht.

»Hallo, Professor. Sieht ganz so aus, als ob wir mit unserem Latein am Ende wären.«

»Das hat Ottermole mir gerade auch erzählt. Ist es möglich, daß der Mann getönte Kontaktlinsen trägt?«

»Nein. Das war auch mein erster Gedanke, als sie sagte, daß die Jungs braune Augen gehabt hätten.«

»Hat sie denn recht damit?«

Goulson zog die Schultern hoch. »Die eigene Schwester sollte es wohl am besten wissen. Ich glaube, sie waren tatsächlich braun – eine Art Haselnußbraun. Das heißt also, wir sind genau da, wo wir angefangen haben, oder?«

»Ich denke, wenn die Nachricht erst einmal herum ist, erfahren wir sicher noch etwas«, sagte Shandy. Wie er diese Stadt kannte, war die Neuigkeit bereits herum wie ein Lauffeuer. »Hat der Coroner Ihnen schon gesagt, wann er hier sein wird, Ottermole?«

»Er hat gesagt, er macht, so schnell er kann.«

Ottermole grinste. »Er sagt, er kommt immer gern her zu uns, weil wir hier die interessantesten Leichen haben.«

»Ungh«, sagte Shandy, da Thorkjeld Svenson nicht anwesend war, um es an seiner Stelle zu sagen. »Ich freue mich, daß unser Unglück wenigstens einen Menschen beglückt. Sie können ruhig weiter Ihre Topfpflanzen gießen oder was Sie auch gerade vorhatten, Goulson. Ich bin sicher, Sie, eh, wollen bestimmt noch nicht mit Ihrer Arbeit anfangen, bevor der Coroner sich die Leichen angesehen hat. Wir schauen später noch einmal bei Ihnen herein. Kommen Sie, Swope. Sparen Sie sich Ihren Film für Miss Mink.«

»Dann besuchen wir sie also trotzdem noch?« fragte Ottermole einigermaßen überrascht.

»Warum nicht?« antwortete Shandy. »Trevelyan Buggins und seine Frau sind schließlich immer noch tot, nicht?«

»Als ich sie zuletzt gesehen habe, waren sie es jedenfalls noch«, meinte Harry Goulson mit einem Anflug seiner üblichen Frohnatur. »Sephy Mink hat darum gebeten, die sterblichen Überreste sehen zu dürfen, was nur natürlich ist. Schließlich waren die beiden ja ihre Eltern. Ich habe ihr meine rein fachliche Meinung mitgeteilt und gesagt, daß es sicher eine Erlösung war, und sie hat mir zugestimmt.«

»Aber soviel ich gehört habe, hat sie nicht gesagt, für wen es eine Erlösung war«, knurrte Ottermole. »Ich vermute, es wird ihr und Purve wohl kaum das Herz brechen, daß sie jetzt nicht mehr drei- oder viermal die Woche rüber nach Five Forks rennen und entweder etwas bringen oder tragen oder sonstwie bei der Arbeit helfen müssen, was natürlich nichts anderes bedeutet, als daß sie selbst alles erledigen mußten.«

»Da wäre ich mir aber gar nicht so sicher«, sagte der Leichenbestatter. »Ich muß immer wieder feststellen, daß diejenigen Verstorbenen, für die man besonders viel getan hat, von den Angehörigen am meisten vermißt werden. Persephone Mink ist keine Frau, die sich in aller Öffentlichkeit gehenläßt, genausowenig wie Sie oder ich, aber sie trauert bestimmt trotzdem.«

Er nickte, mehr für sich selbst als für seine Zuhörer. »Ja, sie spürt den Verlust ganz sicher, die arme Seele. Und sie wird ihn noch verflixt stärker spüren, wenn sie erst einmal Zeit gefunden hat, sich hinzusetzen und über alles nachzudenken. Vielleicht sollte ich Betsy Lomax anrufen, damit sie rüber zu den Minks gehen und Sephy mit einer schönen heißen Tasse Tee erwarten kann, wenn sie von dem Gespräch mit dem Pfarrer zurückkommt. Wie ich Betsy kenne, würde es mich allerdings nicht wundern, wenn sie schon längst da ist und den Wasserkessel bereits aufgesetzt hat. Ich nehme an, Purve ist trotzdem arbeiten gegangen?«

»Er war zwar da«, sagte Ottermole, »aber ich weiß nicht, ob er geblieben ist. Purve hat diese Woche tagsüber Dienst. Cronk und ich haben ihn auf der Straße getroffen. Er war spät dran. Er hat uns erzählt, seine Tante habe angerufen, um ihnen Bescheid zu sagen, aber Sephy war schon weg zum Teich, und er hat gewartet, bis sie zurückkam, um es ihr schonend beizubringen. Er hat sie nur ungern alleingelassen, aber er meinte, er wollte lieber erst auf die Wachstation und da warten, bis Clarence und Sil eine Vertretung für ihn gefunden hätten.«

»Ich nehme an, es ist schwer zu entscheiden, was in einer solchen Situation am wichtigsten ist«, sagte Cronkite Swope, der sich bisher, ganz im Gegensatz zu seiner sonstigen Art, erstaunlich ruhig verhalten hatte.

»Yeah, besonders wenn Präsident Svenson einem im Nacken sitzt und Gift und Galle spuckt, weil man angeblich seine Arbeit vernachlässigt.«

»Präsident Svenson würde eher persönlich die Schicht übernehmen, wenn es sein müßte, als einen Mann unter Druck zu setzen, der eine Familienkrise zu bewältigen hat«, erwiderte Shandy ein wenig steif.

Andererseits hätte Thorkjeld Svenson möglicherweise auch die Alternative gewählt, Purve bei lebendigem Leibe in Stücke zu reißen und anschließend auf ihm herumzutrampeln, wenn er erst herausgefunden hätte, daß Purves Frau nicht nur eine Buggins, sondern sogar eine direkte Nachfahrin des verfluchten Ichabod war – und es war durchaus möglich, daß er davon tatsächlich Kenntnis hatte, da er immer genau das wußte, was einem am wenigsten lieb war. Vielleicht war es doch ganz gut gewesen, daß Mink sich dafür entschieden hatte, im Büro aufzukreuzen.

Shandy informierte Goulson noch einmal darüber, daß er später wiederkommen würde, und folgte Swope und Ottermole nach draußen zu dem grünen Valiant. Cronkite Swope war nicht gerade ein zaghafter Fahrer, wie Shandy ziemlich schnell feststellte. Trotzdem erschien ihm die Fahrt nach First Fork, verglichen mit der Nantucket-Schlittenfahrt, die er mit Svenson und den Blacks erlebt hatte, recht langweilig und farblos.

Das Heim von Ichabod Buggins war ebenfalls recht langweilig und farblos, wenn auch nicht gerade baufällig. Purvis und Persephone Mink hatten offenbar getan, was sie konnten. Sturmfenster aus Plastik waren über den ausgetrockneten hölzernen Schiebefenstern angebracht worden. Der Abfall, der sich im Vorgarten angesammelt hatte, hielt sich in Grenzen. Die alten Holzwände waren gestrichen worden, möglicherweise sogar während der letzten zehn Jahre.

Aber Purve und Sephy hatten schließlich auch noch ihr eigenes Haus, um das sie sich kümmern mußten, und es war geradezu unmöglich, ein Gebäude, das bereits seit einem Jahrhundert oder mehr immer weiter verfiel, ordentlich in Schuß zu halten, wenn man es nicht ganz abreißen und völlig neu wiederaufbauen wollte. Ichabod konnte seinen Erben nicht sehr viel hinterlassen haben, und seinen Nachkömmlingen war es offenbar auch nicht gerade gut gegangen.

Shandy wußte alles über Familien wie die von Ichabod, die es gerade noch so schafften, sich Generation für Generation über Wasser zu halten. Meist waren es die unsicheren Kantonisten, die weiter in den alten Häusern wohnen blieben. Normalerweise befand sich ein schlecht gepflegtes Grundstück hinter dem Haus, wo im Sommer irgendwelche Pflanzen wuchsen, wenn die wenigen frei herumlaufenden mageren Hennen nicht gerade den Samen aufgekratzt hatten, noch bevor die Pflanzen anfangen konnten, sich zu entwickeln. Vielleicht gab es auch ein Schwein in einem notdürftig zurechtgezimmerten Stall, wenn genug Geld da war, um ein Ferkel zu kaufen, und genügend Abfall, um es damit zu mästen. Mit Jagen und Fischen und einigen Gelegenheitsjobs versuchte man, mehr schlecht als recht über die Runden zu kommen.

Diejenigen, die ein bißchen Grips besaßen, legten sich entweder tüchtig ins Zeug und sorgten dafür, daß sich ihre Lage besserte, was hier eindeutig nicht der Fall gewesen war, oder setzten sich ab und suchten ihr Glück anderswo. Wenn sie ein ruhiges Plätzchen in der Nähe fanden, wie beispielsweise Sephy, kamen sie, so oft es ging, zurück nach Hause, um zu helfen. Zogen sie weit weg, schickten sie vielleicht hin und wieder Geld. Bainbridge hatte möglicherweise nicht lange genug gelebt, um in dieser Hinsicht viel tun zu können.

Dann gab es natürlich auch noch die Familienmitglieder, die sich einfach absetzten und versuchten, ihre Herkunft zu vergessen. Bracebridge Buggins schien zu dieser Sorte zu gehören, wenn Doktor Melchetts Beschreibung zutraf. Aber wie weit war er gekommen?

Er war jedenfalls nicht in Oozaks Teich gelandet, es sei denn, seine Schwester log, und Harry Goulson deckte sie. Aber warum um alles in der Welt sollte er so etwas tun? Es sei denn, Persephone Mink war diejenige, die diese verrückte Klage gegen das College eingefädelt hatte, und Harry erhoffte sich daraus einen finanziellen Gewinn.

Shandy konnte sich allerdings nicht erklären, warum Harry Goulson seinen guten Namen für einen solchen Mumpitz hergeben sollte. Ganz abgesehen von der ethischen Frage, ob er so etwas überhaupt tun würde, stellte sich auch noch die Frage, warum zum Teufel er dies tun sollte.

Goulson stammte aus einer für die Verhältnisse in Balaclava Junction wohlhabenden Familie. Nach dem Tod seines Vaters war Goulson in den Genuß eines erklecklichen Erbes gekommen und hatte ein Geschäft übernommen, in dem die Kunden nie lange auf sich warten ließen. Genauso war es bei seinem Vater gewesen und bei dessen Erzeuger ebenso. Goulsons Bestattungsinstitut gehörte zu den ältesten Unternehmen im County, und Harry Goulson war äußerst stolz auf sein Erbe. Warum sollte er den guten Namen seiner Familie entehren und seinen hervorragenden Ruf riskieren, indem er Bestechungsgeld einsteckte, das er überhaupt nicht nötig hatte?

Hatte er etwa eine Affäre mit Persephone Mink? Völlig unmöglich, dachte Shandy. Das würde er nicht wagen, denn er war schließlich mit einer perfekten professionellen Schnüfflerin wie Arabella verheiratet. Außerdem war Persephone Mink eine tugendhafte Frau. Shandy wußte aus erster Quelle, nämlich aus dem Mund von Betsy Lomax, daß es im ganzen Ort keine Hausfrau gab, die ihre Kupfertöpfe so glänzend polieren konnte wie Sephy Mink. Eine derart hingebungsvolle Topfpoliererin würde wohl kaum Zeit für heimliche Liebesbeziehungen finden.

Und warum sollte Goulson überhaupt eine andere Frau brauchen? Arabella sah hervorragend aus, konnte sich angeregt unterhalten, ohne dabei zu langweilen, kleidete sich flott, aber nicht auffällig, war eine fähige Hausfrau und eine hervorragende Assistentin. Wenn es darum ging, letzte Hand an einen lieben Verstorbenen zu legen, verließ sich Goulson stets ganz und gar auf Arabellas Geschmack und künstlerisches Geschick. Wer würde schon ein solches Genie aufgeben?

Mrs. Goulson hatte ihren Gatten mit nur einem Kind beglückt, was jedoch nicht auf fehlende eheliche Zuneigung zurückzuführen war, sondern auf irgendwelche Frauenprobleme, wie Mrs. Lomax vage angedeutet hatte. Außerdem war der Junge ein wirklich netter Bursche, wie man ihn sich nur wünschen konnte, trat begeistert in die Fußstapfen seiner Vorfahren und hatte seit langem eine feste Freundin, nämlich Lizanne Porble, an der es selbst für die vernarrtesten Eltern kaum etwas auszusetzen gab. Goulson hatte immer den Eindruck gemacht, sehr zufrieden mit seinem Los zu sein. Soweit Shandy sehen konnte, hatte er auch verdammt wenig Grund, sich zu beklagen.

Wenn Harry Goulson also weder aus amourösen noch aus finanziellen Gründen gelogen hatte, hatte er es dann vielleicht aus Gefälligkeit getan? Man mußte sich nur dieses deprimierende kleine Haus ansehen und an die drei alten Leutchen denken, die hier lebten: Sephys Eltern und Purvis' Tante brauchten ein Dach über dem Kopf und hatten wahrscheinlich nicht einmal genug Geld, sich einen Sack Nägel zu kaufen, um die Schindeln darauf zu befestigen. Shandy verstand durchaus, warum sich Persephone dazu entschlossen haben könnte, sich auf irgendeine Intrige einzulassen, um dem College Geld abzuknöpfen – zumindest, wenn auch nur ein Fünkchen Hoffnung bestand, daß die Seite von Trevelyan Buggins so etwas wie einen legitimen Anspruch darauf hatte.

Sephy würde es bestimmt nicht für sich selbst tun, was Goulson zweifellos wußte. Purvis Mink verdiente einen ordentlichen Wochenlohn. Ihre Kinder waren für den College-Besuch von den Studiengebühren befreit. Zwei Töchter hatten bei Mrs. Mouzouka studiert, anschließend eine Imbißstube neben der Seifenfabrik in Lumpkinton aufgemacht und gut verdient. Dann hatten sie eine zweite in Hoddersville aufgemacht und schließlich, als ihre Ehemänner versetzt wurden, beide Restaurants mit gutem Gewinn verkauft. Mrs. Lomax hatte Professor Shandy einmal alles über die Mink-Töchter erzählt, als er zu Hause geblieben war, weil er fälschlicherweise angenommen hatte, dort in Ruhe und Frieden Klausuren korrigieren zu können.

Die Minks selbst hätten demnach ganz zufrieden sein können, aber vielleicht waren sie es aus irgendeinem Grund doch nicht. Shandy würde dies nicht wissen, aber Goulson schon. Bei Arabellas Tätigkeit für den *Gemeinde- und Sprengel-Anzeyger* und Harrys Mitgliedschaft in sämtlichen hiesigen Clubs und Logen entging den Goulsons so gut wie nichts. Selbst jetzt, wo ihre Eltern von ihrem Erdendasein erlöst waren, fühlte sich Persephone ihnen vielleicht immer noch zu sehr verpflichtet, um das Komplott, das sie inzwischen angezettelt hatte, wieder rückgängig zu machen, und Goulson würde die Gründe möglicherweise verstehen.

Doch dies war nun wirklich nicht der geeignete Zeitpunkt, um herumzustehen und sich Spekulationen hinzugeben. Miss Minerva

Mink, denn nur um die konnte es sich handeln, beobachtete sie bereits durch den geflickten Spitzenvorhang an der Eingangstür. Wie in Dreiteufelsnamen konnte er es anstellen, zu fragen, ob sie es für möglich hielt, daß Mr. und Mrs. Buggins ermordet worden waren?

Kapitel 5

Shandy räusperte sich und lüpfte den Hut. »Miss Mink?«

Die Frau, die vor ihm in der Tür stand, antwortete mit einem matten Nicken. Alles an ihr wirkte müde. Kein Wunder, dachte Shandy, wenn man bedachte, was für einen anstrengenden Morgen sie bisher gehabt hatte. Doch er hatte irgendwie das Gefühl, daß Miss Mink immer müde aussah.

Sie trug ein relativ langes Kleid aus irgendeinem schlaffen grauen Stoff und darüber eine Strickjacke aus grauem Garn. Das Kleid war zwar nicht gerade schäbig und ganz sicher nicht schmutzig, doch es hing an ihrem mageren Körper, als habe es von Anfang an gewußt, daß es zwecklos wäre, so zu tun, als sei es elegant.

Alles an Miss Mink schien schlapp und kraftlos, ihre Schultern, ihre Wirbelsäule, die Spitze ihrer dünnen Nase, die Furchen, die ihr Mund, dessen Mundwinkel offenbar bereits seit 60 Jahren nach unten wiesen, in ihr gräuliches Gesicht gegraben hatte. Ihre Strümpfe waren grau und ausgebeult. Ihre schwarzen Schuhe sahen so aus wie die Schuhe, die sämtliche Großmütter getragen hatten, als Shandy noch ein kleiner Junge gewesen war, geschnürte Halbschuhe mit kubanischen Absätzen. Die meisten Frauen würden wohl heute diesen Begriff nicht mehr benutzen, mutmaßte Shandy, doch er ging jede Wette ein, daß Miss Mink es immer noch tat. Er versuchte ein weiteres Mal höflich, mit ihr ins Gespräch zu kommen.

»Ich nehme an, Sie kennen Polizeichef Ottermole, und dieser junge Mann hier ist Cronkite Swope vom *Gemeinde- und Sprengel-Anzeyger*. Wir sind vorbeigekommen, um Ihnen unser, eh, Beileid auszusprechen.«

»Ihr Beileid können Sie mir morgen zwischen zwei und vier oder zwischen sieben und neun in Goulsons Trauerkapelle aussprechen«, informierte sie ihn mit einer Stimme, die genauso grau war wie ihre Strümpfe. »Es ist momentan auch kein Angehöriger da, der Besucher empfangen könnte.«

Miss Mink machte Anstalten, die Tür wieder zu schließen, doch Shandy hielt den Knauf an der Außenseite der Tür fest. »Eigentlich sind wir auch gekommen, weil ...«

»Ich weiß sehr genau, warum Sie gekommen sind.« Ihre Stimme blieb vollkommen unbewegt. »Sie sind hier, weil Sie Persephone überreden wollen, die Klageandrohung fallenzulassen. Sie sollten sich wirklich in Grund und Boden schämen, Frederick Ottermole, diesen Speichellecker der herrschenden Klasse gegen arme, ausgebeutete Erdarbeiter auch noch zu unterstützen.«

»Höh? Wie bitte?« Miss Minks Zurechtweisung hatte den Polizeichef sichtlich erschüttert. Shandy fragte sich, ob sie einmal Ottermoles Klassenlehrerin gewesen war. »Stimmt das etwa, was sie gerade über Sie gesagt hat, Professor?«

»Ich habe nur gesagt, daß er die Mittellosen bis aufs Blut aussaugt«, erläuterte Miss Mink, immer noch ohne jeden Funken von Emotion in der Stimme.

»Nein, das haben Sie nicht gesagt.« Ottermole hatte inzwischen sein Selbstbewußtsein wiedergefunden. »Sie haben etwas von Speichellecken gesagt. Und daß Purve und Sephy Erdarbeiter sind, was nicht stimmt. Purve ist Wachmann, und Sephy haßt jede Art von Gartenarbeit, weil sie eine Heidenangst vor Bienen hat.«

»Ich habe mich rein figurativ ausgedrückt«, brummte Miss Mink, aber von Figuren wollte Ottermole nichts hören.

»Der Professor dagegen«, fuhr er mit sichtlichem Stolz fort, »züchtet hauptsächlich Rüben, wenn er nicht gerade für mich arbeitet. Sozusagen als mein inoffizieller Deputy. Da ich außer Budge Dorkin keine feste Mannschaft habe, muß ich versuchen, mit wenig auszukommen. Allerdings wäre das nicht nötig, wenn die Leute sich endlich aufraffen würden und ich genug Stimmen bekäme, daß ich genug Geld bewilligt kriege, um das Polizeirevier ordentlich führen zu können. Wann haben Sie übrigens das letzte Mal an einer Bürgerversammlung teilgenommen, Miss Mink?«

Sie schaute ihn an. Shandy bemerkte, daß sie blasse, wäßrig blaue Augen hatte, genau wie die Leiche des unbekannten Mannes, die sie gefunden hatten.

»Jetzt kommen Sie mir bloß nicht auf die Tour, Frederick. Sie wissen haargenau, daß ich nicht so einfach mir nichts, dir nichts verschwinden und Mr. und Mrs. Buggins mutterseelenallein zurücklassen kann. Ich hatte schließlich in dem Bereich, für den ich Verantwortung übernommen habe, meine Pflicht zu erfüllen, oder etwa nicht? Was soll jetzt bloß aus mir werden?« schloß sie düster.

»Na ja, ich meine, Purve und Sephy ...«

»Leben bereits mit Purvis' Mutter im selben Haus – und wie ich Rosalinda Mink kenne, wird sich daran bis an ihr Lebensende nichts ändern.«

»Na und? Es gibt doch in dem Haus noch zwei freie Schlafzimmer, jetzt, wo die Kinder alle ausgezogen sind.«

»Ich kann mir unmöglich vorstellen, daß ein Haus groß genug sein kann, daß ich darin mit Rosalinda unter einem Dach leben könnte. Und wenn ich nur daran denke, daß ich die ganze Zeit schön gemütlich in meinem eigenen Heim hätte wohnen können, wenn ich nicht so dumm gewesen wäre, meine Gutmütigkeit vor meinen gesunden Menschenverstand zu stellen.«

Zum ersten Mal bebte Miss Minks Stimme vor tiefempfundener Entrüstung. »Wie ich den Tag bereue, an dem ich mich von meinem hübschen Cousin Algernon habe überreden lassen, ihm meinen Anteil an unserem Heim zu überschreiben. Tante Amalia sollte ihr Leben in Frieden beschließen können, wie er sich ausdrückte, in dem beruhigenden Wissen, daß sie bis ans Ende ihrer Tage ein Dach über dem Kopf haben würde. Und ehe ich mich versah, hatte Algernon den ganzen Besitz verspielt. Tante Amalia ist schließlich drüben im Armenhaus gelandet, und ich wurde vor die Tür gesetzt.«

Die Lippen mit den heruntergezogenen Mundwinkeln spannten sich zu einem dünnen grauen Strich. »Wenn Persephone Mink aus meinem furchtbaren Fehler keine Lehre zieht, ist sie noch dümmer, als ich angenommen habe. Das habe ich ihr auch selbst gesagt. Bestehe auf deinem Recht, Sephy, habe ich gesagt. Man kann schließlich nie wissen. Purvis scheint mir zwar ganz gesund zu sein, aber solche Menschen sterben immer als erste. Eines Tages fällt er einfach tot um, habe ich gesagt, und was soll dann aus dir werden? Sephy hat das nicht gern gehört, muß ich zugeben, aber ich habe sie daran erinnert, daß sie es bestimmt noch schlimmer finden würde, wenn sie zum Sozialamt marschieren und zugeben müßte, daß sie bettelarm ist.«

»Aber das würde sie auf keinen Fall sein«, protestierte Shandy. »Für alle College-Angestellten wird eine Lebensversicherung abgeschlossen, und Mrs. Mink würde außerdem bis an ihr Lebensende die Pension ihres Mannes beziehen.«

Minerva Mink rümpfte die Nase. »Das Witwenscherflein.«

»Aber man kann nie vorsichtig genug sein. Hi, Min.«

Der Einwurf stammte von einer riesigen, leuchtendroten Person mit orangefarbenem Haar, purpurroten Wangen und scharlachroten Lippen, die seitlich aufgemalt waren wie in den späten Werken von Pablo Picasso. Sie kam von der Rückseite des Hauses hergewatschelt und trug unförmige Gummistiefel, die mit roten Farbspritzern übersät waren, höchstwahrscheinlich in der Absicht, eine einheitliche Gesamtwirkung zu erzielen. Darüber trug sie ein Gebilde, das Shandy als rotes Kleid zu identifizieren glaubte, obwohl er vermutete, daß es genausogut ein roter Petticoat oder lediglich ein übergroßes Hemd sein konnte. Was immer es auch sein mochte, es quoll in üppigen Falten und Ausbuchtungen unter einem schmutzigen Anorak hervor, den sie mit zu Fäusten geballten Händen von innen vor ihrem Körper zusammenhielt, während die Jackenärmel leer herunterbaumelten, was die ohnehin schon plumpe, ungeschlachte Gestalt nur noch mehr verzerrte.

»Wußte gar nicht, daß du Besuch erwartet hast, Min«, krächzte sie, ohne die Zigarette, die in einer Ecke ihres blutroten Mundes steckte, zu entfernen. »Wollte bloß mal nachschauen, ob ich was für dich tun kann.«

Miss Mink zuckte zusammen, als habe man sie mit einer Hutnadel gestochen. Sie starrte die Erscheinung an, als könne sie sich gar nicht vorstellen, wer dieser Mensch war, gewann dann aber ihre Fassung zurück. Es gelang ihr sogar, sich zu einem herablassenden Lächeln durchzuringen.

»Du bist nur gekommen, weil du hier herumschnüffeln wolltest, und du kannst tatsächlich etwas für mich tun, nämlich auf der Stelle wieder dahin verschwinden, wo du hergekommen bist. Wenn ich von Leuten wie dir Hilfe brauche, werde ich mich schon melden, also vielen Dank.«

»Huh. Da versucht man, hilfsbereit zu sein, und das kommt dann dabei heraus.« Die Menschenfreundin spähte unter ihren zerzausten zinnoberroten Locken hervor, konnte aber auch in den Gesichtern der Männer keinen Hinweis auf eine herzliche Begrüßung entdecken und entfernte sich wieder.

Cronkite Swope, der offenbar Probleme mit seiner Nase hatte, steckte seine Taschentücher weg und versuchte, das Thema zu wechseln. »Was wissen Sie über die Klageandrohung, Miss Mink?«

»Das ist eine Familienangelegenheit und geht Sie überhaupt nichts an, junger Mann.«

»Nun seien Sie doch nicht so, Miss Mink. Sie werden doch wohl Mitleid mit einem armen Zeitungsreporter haben, der sich sein Geld sauer verdienen muß?«

Cronkite Swope war außerdem ein sehr gutaussehender junger Bursche, was die Hälfte aller jungen Damen in Balaclava County sicher gern bestätigt hätte. Vielleicht fragte sich Swope auch, warum er nicht ebenfalls sein Glück versuchen sollte, wenn es der hübsche Vetter Algernon seinerzeit so erfolgreich geschafft hatte, sich bei seiner Cousine einzuschmeicheln.

Möglicherweise wäre ihm dies sogar gelungen, wenn nicht ausgerechnet in diesem Moment draußen ein Wagen vorgefahren wäre, gerade als er sein schönstes Lächeln voll aufgedreht hatte. Es war ein amerikanischer Wagen neueren Datums in diskretem Braun, und Shandy war nicht überrascht, Persephone Mink am Steuer sitzen zu sehen. Was ihn allerdings überraschte, war die Tatsache, daß Grace Porble neben ihr saß.

Doch dann fiel Shandy ein, daß Grace nicht nur die Gattin des College-Bibliothekars, sondern auch eine waschechte Buggins war. Sie kam als erste die Treppe herauf.

»Wie geht es Ihnen, Miss Mink? Wie furchtbar, daß beide in derselben Nacht gestorben sind, Onkel Trev und Tante Bea. Vielleicht war es ja wirklich das Beste für sie, aber es ist trotzdem ein schrecklicher Schock! Na so was, Peter Shandy! Was machen Sie denn hier?«

»Ich glaube, man nennt es wohl, jemanden unzulässig unter Druck setzen«, antwortete Miss Mink, bevor Shandy zu Wort kommen konnte. »Das versucht er jedenfalls. Er ist hier, um über die Klageandrohung zu sprechen.«

»Tante Minerva!« rief Persephone. »Du hast doch wohl nicht etwa vor dem Reporter darüber gesprochen?«

Sowohl Grace als auch Persephone rückten von Cronkite Swope ab, als habe er eine schwere Grippe. Miss Mink schüttelte ihr gepflegtes graues Haupt.

»Ich habe bloß gesagt, daß es sich um eine Familienangelegenheit handelt, die niemanden etwas angeht.«

Grace Porble seufzte. »Es wäre mir lieber, wenn du überhaupt nichts gesagt hättest. Phil ist sowieso schon völlig außer sich.«

»Ich sehe absolut nicht ein, welchen Grund er hätte, sich aufzuregen«, brauste Miss Mink auf. »Schließlich hat er mit der ganzen Angelegenheit nicht das geringste zu schaffen.«

»Also Purve ist auch nicht gerade glücklich«, sagte Persephone. »Aber ich weiß wirklich nicht, warum wir hier draußen vor der Tür stehen. Komm doch mit ins Haus, Tante Minerva. Am besten, du setzt dich hin, bevor du uns noch umfällst.«

Sie legte den Arm um die graue Strickjacke und führte die Tante ihres Ehemannes ins Haus. Grace Porble blieb neben Peter Shandy stehen.

»Peter«, murmelte sie und blickte zu Cronkite Swope hinüber, um sicherzugehen, daß er nicht zu lauschen versuchte. Das war jedoch nicht der Fall, denn er war ein wohlerzogener junger Mann. Aber Fred Ottermole lauschte, und Grace starrte ihn vorwurfsvoll an, woraufhin er sich zurückzog. »Peter, warum sind Sie wirklich hier?«

»Ich habe etwas im Auftrag des Präsidenten zu erledigen, wenn ich ehrlich sein soll. Hat Ihre Cousine Ihnen denn noch nicht von dem Mann erzählt, der nicht ihr Bruder war?«

»Der Mann, den Sie und Fred Ottermole aus Oozaks Teich gefischt haben? Sie glauben doch nicht im Ernst, daß diese Sache hier damit etwas zu tun hat? Peter Shandy, wenn Sie versuchen sollten, aus dem Tod von Sephys Eltern einen Skandal zu machen, werde ich Sie eigenhändig erwürgen.«

»Verflucht, Grace, ich versuche überhaupt nichts dergleichen. Am besten, wir besprechen die ganze Sache einmal unter vier Augen. Ich hatte keine Ahnung, daß Sie mit Mrs. Mink so eng befreundet sind.«

»Sephy und ich sind sozusagen Cousinen. Helen wird Ihnen wahrscheinlich genau sagen können, welchen Grades. Ich selbst weiß es nicht. Jedenfalls haben wir uns immer gern gemocht. Wir haben sogar zusammen gewohnt, bevor wir geheiratet haben, und zwar in dem kleinen Haus, wo eure beiden Professorinnen Pam Waggoner und Shirley Wrenne jetzt leben. Damals hat man es das ›Jungfernhaus‹ genannt, aber das dürfen Sie auf keinen Fall Shirley verraten. Peter, ich muß jetzt ins Haus gehen. Sorgen Sie bitte dafür, daß dieser Swope-Junge hier verschwindet, bevor er irgend etwas über die Familie in die Zeitung bringt.«

»Grace, Sie wissen doch ganz genau, daß er das sowieso tun wird. Warum nehmen Sie ihm also nicht den Wind aus den Segeln, indem Sie ihm ein paar interessante Informationen für den Nachruf geben?«

»Oh, das ist eine gute Idee. Wahrscheinlich sollte ich das wirklich tun.«

Nicht allzu glücklich gesellte sich die Gattin des Bibliothekars zu dem jungen Reporter und begann, ihm die bescheidenen Glanzlichter im ereignislosen Leben ihrer verstorbenen Verwandten darzulegen. Shandy nutzte die Gunst der Stunde und schlüpfte ins Haus.

Das alte Heim der Buggins' sah innen genauso aus, wie er erwartet hatte, sauber und deprimierend, wie Miss Minks graues Kleid. Die Zimmer waren winzig, die Böden hatten sich gesenkt. Die Möbel waren offenbar von Anfang an nichts Besonderes gewesen und waren im Laufe der Zeit auch nicht besser geworden. Es gab zu viele gehäkelte Deckchen, zuviel Kleinkram und Schnickschnack, zu viele lackierte Holzarbeiten und verblaßte Tapeten, zu viele vergilbte Fotografien, nicht genug Licht und Luft. Als er das Wohnzimmer betrat, in dem Mrs. und Miss Mink standen, war in den ihm zugewandten Gesichtern nichts zu erkennen, das auf einen freundlichen Empfang schließen ließ.

»Eh, entschuldigen Sie bitte die Störung, meine Damen. Grace unterhält sich gerade mit Swope über den Nachruf. Sie hat mich geschickt, um ein Foto von Mr. und Mrs. Buggins für die Zeitung zu holen. Sie sagt, Sie wüßten schon, welches.«

Zu Shandys großer Erleichterung kauften ihm die beiden Frauen diese unverschämte Lüge ab. »Ich nehme an, Grace meint das Bild, das Arabella Goulson am 50. Hochzeitstag der beiden gemacht hat«, sagte Persephone. »Weißt du, wo es ist, Tante Minerva?«

»Ich nehme an, deine Mutter hat es oben in der obersten Kommodenschublade aufbewahrt, aber ich werde auf keinen Fall hochgehen und es holen. Mrs. Buggins war immer sehr eigen. Sie würde es bestimmt nicht gern sehen, daß eine Hausangestellte in ihren Privatsachen herumschnüffelt.«

»Aber Tante Minerva, du warst doch nie eine Hausangestellte.«

»Kannst du mir dann freundlicherweise sagen, was ich sonst gewesen sein soll?«

Persephone seufzte und ging das Foto holen. Arabella Goulson hatte das Bild effektvoll in einem dekorativen Klapp-Passepartout plaziert, doch was die abgelichteten Personen anging, hatte auch sie nicht viel ausrichten können. Der Kuchen, den die beiden gerade anschnitten, war zwar eindrucksvoll verziert, und die Kleidung, die sie trugen, war anscheinend eigens für diesen Festtag erstanden worden, doch das Paar, das darin steckte, war so schmächtig und farblos, daß es die reichverzierte Leckerei, das Ansteckbukett und das Sträußchen im Knopfloch kaum zu rechtfertigen schien. Shandy fragte sich, wie dieses armselige Paar je eine Tochter wie Persephone hatte hervorbringen können, ganz zu schweigen von den Zwillingen.

Inmitten des ganzen Durcheinanders auf dem Kaminsims entdeckte er ein Foto der Zwillingsbrüder, das aussah, als hätte man es für die Abschlußfeier der High School aufgenommen, bei der Bainbridge dann gefehlt hatte. Die beiden sahen sich zwar sehr ähnlich, wie Harry Goulson gesagt hatte, doch nicht so ähnlich, daß man sie nicht hätte auseinanderhalten können, wenn sie nebeneinander standen. Beide hatten die typische Buggins-Nase und das Buggins-Kinn. Wenn sie sich einen Bart hätten wachsen lassen, als sie älter wurden, hätten sie wohl beide Balaclava Buggins genauso ähnlich gesehen wie der Mann aus dem Teich.

Jammerschade, daß es nur ein Schwarzweißfoto war, denn so konnte man natürlich die Augenfarbe nicht erkennen. Die Augen sahen nicht dunkel genug aus, um braun zu sein, aber zweifellos war das Foto im Laufe der vielen Jahre erheblich verblaßt. Und Goulson hatte gesagt, sie seien haselnußbraun gewesen, was so gut wie alles bedeuten konnte.

Miss Mink räusperte sich und erinnerte Shandy an den eigentlichen Zweck seines Kommens. »Ist das das Foto, das Sie haben wollten?«

»Ja richtig«, stotterte er, »das ist, eh, genau das, eh, was wir brauchen. Ein sehr liebenswertes Paar, nicht wahr? Es muß ein schrecklicher Schock für Sie gewesen sein, die beiden, eh, so zusammen zu finden. Wenn man jedoch bedenkt, daß Mrs. Buggins an Lungenentzündung litt ...«

»Mutter hatte bestimmt keine Lungenentzündung«, unterbrach Persephone scharf. »Wenn das der Fall gewesen wäre, hätten wir sie bestimmt ins Krankenhaus gebracht.«

»Ich dachte, Dr. Fotheringay hätte als, eh, Todesursache Atemstillstand angegeben? Das bedeutet doch Lungenentzündung, nicht wahr?«

»Das bedeutet, daß sie aufgehört hat zu atmen, als sie gestorben ist. Das tut man normalerweise, wenn man stirbt.«

»Verstehe. Und Ihr Vater starb an Herzversagen.«

»Genau.«

»Was dann wohl bedeutet, daß normalerweise das Herz aufhört zu schlagen, wenn man aufgehört hat zu atmen. Wie recht Sie haben, Mrs. Mink. Hatte Mr. Buggins denn schon länger ein schwaches Herz?«

»Nein, letztes Mal, als Papa sich untersuchen ließ, hat Doktor Fotheringay sogar gesagt ...« Persephone unterbrach sich und preßte die Lippen zusammen. »Vielen Dank, daß Sie vorbeigekommen sind, Professor Shandy. Die Beerdigung findet Mittwoch morgen um halb neun in der First Church statt, falls Sie vorhaben, daran teilzunehmen.«

Kapitel 6

Helen Shandy legte das Sandwich, das sie gerade aß, zurück auf den Teller und funkelte ihren Mann über den Küchentisch hinweg an. »Peter, ich kann unmöglich hingehen und Grace Porble aushorchen, wenn sie gerade mitten in den Vorbereitungen für eine Beerdigung ist. Außerdem würde ich sie sowieso nicht erreichen können. Sie hat alle Hände voll mit der armen Sephy zu tun.«

»Wie meinst du das, die arme Sephy? Ich wußte gar nicht, daß du mit Purvis Minks Frau so intim bist.«

»Natürlich bin ich das. Sephy ist doch schließlich auch Mitglied im Gartenclub, oder etwa nicht?«

»Du mußt es ja wissen«, antwortete Shandy und steckte Jane Austen heimlich ein Stückchen Huhn von seinem Sandwich zu.

»Ich habe gesehen, was du da gerade gemacht hast, Peter Shandy. Dabei weißt du ganz genau, daß Jane Austen bei Tisch nichts bekommen soll!«

Die kleine Tigerkatze sprang auf Helens Schoß und begann, sich die weißen Schnurrhaare mit ihrer weißbestrumpften Pfote zu putzen. Helen strich ihr mit dem Finger über das zarte Mäulchen.

»Und du weißt das auch ganz genau, du kleiner Schnorrer. Grace ist völlig außer sich wegen der Sache mit Sephys Eltern, Peter. Sie hat sogar extra deswegen ihren Bonsai-Workshop ausfallen lassen.«

»Grundgütiger, ich hatte ja keine Ahnung, welche schwerwiegenden Folgen dieser unglückselige Vorfall nach sich ziehen würde!«

Helen erhob sich, scheinbar um die Teekanne aufzufüllen, in Wirklichkeit jedoch, weil sie um den Tisch herumkommen und Shandy ihre Gattinnenhand auf die Schulter legen wollte. »Liebling, du hast doch wohl nicht vor, Grace und Sephy Schwierigkeiten zu machen?«

Shandy ignorierte Janes Absichten, was sein Sandwich betraf, stand auf und umarmte Helen. »Ich kann leider noch nicht sagen, ob es irgendwelche Schwierigkeiten geben wird. Der Coroner wird so bald wie möglich bei Goulson eintreffen. Ich hoffe nur, daß er feststellen wird, daß die beiden alten Leute eines natürlichen Todes gestorben sind.«

»Warum sollten sie das nicht?« sagte Helen. »Es könnte doch durchaus sein, daß Mr. Buggins mitten in der Nacht aufgewacht ist, seine Frau tot neben sich im Bett vorgefunden hat und vor Schreck einen Herzinfarkt bekam?«

»Sicher könnte das sein. Es wäre auch möglich, daß die Leiche, die wir aus dem Teich gezogen haben, sich heute morgen als Augustus Buggins verkleidet und sich die Taschen mit Steinen gefüllt hat und dann nur so zum Spaß in Oozaks Teich gesprungen ist. Was mir so schwer im Magen liegt, ist die Tatsache, daß alle drei Leichen genau zu dem Zeitpunkt auftauchen, als die Nachkommen von Ichabod Buggins damit drohen, das College wegen illegaler Wassernutzung des Teiches zu belangen.«

»Was um alles in der Welt willst du damit sagen?«

Shandy erklärte es ihr und benutzte dabei Worte, die von leicht profan bis eindeutig obszön reichten. Helen hörte zu, zunächst sprachlos, dann erbost.

»Unser hochverehrter Präsident hat dir also mal wieder wie gewöhnlich den ganzen Schlamassel aufgehalst. Ich wünschte, Thorkjeld Svenson würde dahin entschwinden, wo der Pfeffer wächst.«

»Das würde er ganz bestimmt, wenn du ihn freundlich genug darum bitten würdest.«

»Du brauchst es gar nicht auf die lustige Tour zu versuchen.«

Helen entwand sich seiner Umarmung und nahm die Katze auf den Arm. »Komm zu Mami, Jane. In Krisenzeiten müssen wir Frauen zusammenhalten. Aber ich warne dich, Peter. Wenn sich herausstellen sollte, daß Sephy Mink tatsächlich rechtmäßige Ansprüche auf Oozaks Teich hat ...«

»... dann solltest du lieber schnell lernen, wie man Talgkerzen zieht, denn das wird die einzige Beleuchtung sein, bei deren Licht du die Geschichte der Familie Buggins weiter erforschen kannst«, beendete Shandy ihren Satz. »Der Präsident hat mir übrigens diesmal den Schlamassel nicht allein aufgehalst. Ein ordentlicher Teil davon ruht sozusagen auch in deinen Händen. Svenson erwartet nämlich von uns, daß wir als Team aktiv werden. Wenn es eine Information gibt, die das College vor der Klage bewahren kann, müßte sie sich eigentlich im Archiv befinden, und du bist die einzige, die über das nötige Spezialwissen verfügt, um sie ausfindig zu machen. Du wirst wahrscheinlich einen offiziellen Befehl auf deinem Schreibtisch finden, wenn du in die Bibliothek gehst.«

»Doktor Porble wird toben.«

»Das tut er jetzt schon«, versicherte Shandy seiner Frau. »Grace hat heute morgen Miss Mink mitgeteilt, wie sauer Phil über die Klageandrohung ist. Sie schien übrigens selbst ganz schön aus dem Häuschen zu sein.«

»Die arme Grace, wer wäre das nicht an ihrer Stelle? Doktor Porble steht zweifellos voll und ganz auf seiten des College, genau wie du auch, während sie zu Sephy hält. Ich übrigens auch, wenn auch nicht im selben Ausmaß wie Grace. Aber schließlich war sie ja auch nicht meine Trauzeugin.«

Sieglinde Svenson hatte es sich nicht nehmen lassen, diese Funktion höchstpersönlich zu übernehmen und anschließend zur Feier des Tages einen wunderbaren Smörgåsbord mit sieben Sorten Hering auszurichten, um wirklich sicherzugehen, daß der ehemals eingefleischte Junggeselle Peter Shandy tatsächlich in den Hafen der Ehe einlief, wie es sich gehörte. Sieglinde stand bestimmt auch auf einer der beiden Seiten, war jedoch viel zu verbindlich und diplomatisch, um irgend jemanden wissen zu lassen, auf welcher. Jedenfalls war zu erwarten, daß es in dieser Frage eine Menge geteilter Meinungen und vielleicht sogar einen richtigen Bürgerkrieg geben würde, bevor die Eigentumsrechte für Oozaks Teich geklärt werden konnten. Falls dies überhaupt je gelingen sollte.

»Verflucht!« explodierte Shandy. »Ich wünschte, der Tote wäre wirklich Bracebridge Buggins. Meinst du, es ist möglich, daß Persephone Mink sich bei der Identifizierung geirrt hat?«

»Sephy irrt sich nie«, sagte Helen, »da kannst du fragen, wen du willst. Peter, Liebling, ist dir eigentlich aufgefallen, daß die Porbles schon seit längerem von der Sache gewußt haben müssen, wenn Doktor Porble und Grace bereits eine Auseinandersetzung wegen der Klage hinter sich hatten, als du sie heute morgen gesehen hast? Thorkjeld hat aber seinen Wutanfall erst bekommen, nachdem er in seinem Büro war und die Post durchgesehen hatte.«

»Ja, der Gedanke ist mir tatsächlich durch den Kopf gegangen. Offenbar muß Persephone Mink bereits seit geraumer Zeit gewußt haben, was los war. Anwaltsbriefe werden nicht so einfach über Nacht geschrieben. Es muß in der Familie bereits diverse Diskussionen gegeben haben, bevor es zu irgendwelchen Aktionen gekommen ist, und es ist kaum wahrscheinlich, daß Grace nicht irgendwie darin verwickelt war. Da sie mit Persephone so eng befreundet ist und die beiden auch noch miteinander verwandt sind, hat Persephone ihr bestimmt schon vor einiger Zeit von der Klageandrohung erzählt.«

»Und Grace hat es dann Doktor Porble erzählt, und Sephy hat es bestimmt auch Purvis mitgeteilt. Sie führen eine sehr gute Ehe, glaube ich.«

Genau wie Trevelyan und Beatrice. »Ich frage mich allerdings, wie verständnisvoll Purvis Mink wohl auf die Aussicht reagiert, einen sicheren Arbeitsplatz mit hervorragenden Sozialleistungen und einer großzügigen Pension zu riskieren. Immerhin würde er sich auf ein unsicheres Unternehmen einlassen, bei dem Geld von dem Institut erpreßt werden soll, dem er seinen Job verdankt und von dem er seine Sozialleistungen und die Pension erwartet«, sagte Shandy.

»Nicht besonders verständnisvoll, denke ich«, gab Helen zu. »Purvis liebt seine Arbeit, sagt Sephy, besonders den Nachtdienst. Es macht ihm immer Riesenspaß, Eulen zu beobachten.«

»Chacun à son goût«, sagte Shandy, dessen eigenes Steckenpferd Habichte waren. »Ich nehme an, Persephone hat sich zu dieser verrückten Klageandrohung verleiten lassen, weil es sie gereizt hat, so leicht an Geld zu kommen. Aber ich kann wirklich nicht verstehen, warum Purvis nicht versucht hat, sie davon abzubringen.«

»Sephy würde sich bestimmt nicht von der Aussicht auf leicht verdientes Geld verleiten lassen.«

»Teufel auch, irgend etwas muß sie doch verleitet haben!«

»Familienstolz, nehme ich an. Liebling, kannst du dir nicht vorstellen, wie sich ein Mädchen fühlen muß, das angeblich zur hiesigen Aristokratie gehört und dann in einem schäbigen alten Haus aufwächst, wo jeder Pfennig umgedreht wird? Außerdem hat sie immer die abgetragenen Sachen von Grace anziehen müssen. Grace hat zwar so getan, als würden sie nur miteinander die Kleider tauschen, weil sie doch Cousinen waren, aber alle wußten, daß Sephy nicht einmal einen Fetzen besessen hätte, wenn Grace nicht gewesen wäre.«

»Woher weißt du das überhaupt?«

»Ich habe eben meine Quellen.«

»Mrs. Lomax, nehme ich an. Und jetzt ist Sephy wohl auf Rache aus?«

»Ich vermute, sie selbst sieht es so, daß sie sich lediglich etwas von dem nimmt, was ihr seit langem zusteht. Versetz dich doch mal in Sephys Lage, Peter. Wenn deine Familie über Generationen hinweg immer sozial benachteiligt gewesen wäre und deine alten und mutlosen Eltern plötzlich einen Ausweg aus ihrem ganzen Elend gesehen hätten, hättest du es sicher auch nicht so einfach fertiggebracht, sie im Stich zu lassen, oder?«

»Und Grace steht auch jetzt noch hinter ihr, obwohl Sephys Eltern tot sind?«

»Woher soll ich wissen, wo Grace steht? Im Moment könnte ich mir sehr gut vorstellen, daß sie versucht, neutral zu bleiben, was die Klage betrifft, und Sephy bei den Vorbereitungen für die Beerdigung zu helfen. Sie befindet sich wirklich in einem schrecklichen Dilemma.«

Es sei denn, Sephy beschloß, die Klageandrohung fallenzulassen, dachte Shandy. Wenn nicht, würde sich die Situation nur noch verschlimmern. Phil Porble zerbrach sich bestimmt auch schon den Kopf. Wenn er zu der Überzeugung gelangte, daß Persephone im Recht war, würde er sie unterstützen, ganz gleich, wie die Konsequenzen für ihn selbst, für Grace oder das College auch aussahen. Sollte er jedoch der Ansicht sein, daß die Klage der Ichabod-Erben jeder vernünftigen Grundlage entbehrte, würde er nicht zögern, seine Meinung kundzutun, selbst wenn er damit eine Familienfehde heraufbeschwor. Falls er inzwischen glaubte, selbst etwas unternehmen zu müssen, um das Problem zu lösen, würde er bestimmt handeln. Ob seine nüchterne Denkweise ihn allerdings so weit bringen würde, den Mann, der sich die Klageandrohung ausgedacht hatte, zu ertränken, konnte Shandy wirklich nicht sagen.

»Peter, ich weiß genau, was du gerade denkst, und die Antwort lautet nein«, sagte Helen. »Das würde er gar nicht brauchen. Wenn er tatsächlich jemanden loswerden wollte, bräuchte er ihm nur einen seiner vernichtenden Blicke zuzuwerfen, und der Betreffende würde auf der Stelle im Erdboden versinken.«

»Na ja, du kennst Porble wohl besser als ich, auch wenn wir vor deiner Ankunft hier bereits ungefähr achtzehn Jahre lang Kollegen waren.«

»Pah, Humbug. Vielleicht bist du ab und zu mal in die Bibliothek spaziert, um Petunienstatistiken nachzulesen, oder hast ihn damit genervt, daß er den Buggins-Raum öffnen sollte, weil sich dort möglicherweise eine Ausgabe der gesamten Gedichte von John G. Saxe befinden könnte, über die du dich liebend gern hergemacht hättest. Das bedeutet aber noch lange nicht, daß du ihn gekannt hast.«

»Falls du damit meinst, daß ich in der Lage sein müßte, dir zu sagen, welche Farbe sein Schlafanzug hat, dann magst du vielleicht recht haben. Offenbar gehört das zu den Dingen, die Frauen immer für überaus wichtig halten.«

»Weder habe ich die leiseste Ahnung, welche Farbe Doktor Porbles Schlafanzug hat, noch habe ich je erwogen, es herauszufinden«, erwiderte Helen frostig. »Wahrscheinlich ist er aus cremefarbener Seide mit einem geschmackvollen kastanienbraunen Besatz und aufgesticktem Monogramm auf der Tasche. Sei verflucht, Peter Shandy, mußtest du unbedingt das Gespräch auf Schlafanzüge bringen? Jetzt geht mir der Gedanke bestimmt nicht mehr aus dem Kopf, wenn ich ihn das nächste Mal sehe. Und höchstwahrscheinlich werde ich äußerst unpassend zu kichern anfangen.«

»Du solltest dich lieber mit der Frage beschäftigen, warum zwei mehr oder weniger identische Leichen in einem Abstand von 80 Jahren in Oozaks Teich auftauchen«, schlug Shandy vor. »Wer außer dir und Phil Porble hat Zugang zum Buggins-Archiv? Ihr laßt doch nicht etwa Besucher so mir nichts, dir nichts dort herumlaufen?«

»Du weißt haargenau, daß wir das nicht tun.«

Ein halbes Jahrhundert lang oder noch länger war der Buggins-Raum nichts weiter als eine staubige, spinnwebenübersäte Abstellkammer für zersplitterte Lattenkisten gewesen, an deren Inhalt sich niemand herangewagt hatte. Jetzt waren sämtliche Bücher fein säuberlich auf Regale verteilt und nach dem Dewey-Dezimalsystem geordnet, alle Papiere und Dokumente nach dem Helen-Marsh-Shandy-System.

Helen hatte im Keller der Bibliothek herumgestöbert und einen langen Eichentisch ausgegraben, den sie von einer Gruppe stämmiger College-Studenten hatte hochtransportieren lassen, zwecks besserer Sortierung und Einordnung der Unterlagen aus dem Buggins-Archiv. Inzwischen ächzte der Tisch unter der Last von Hängemappen und Ablagekörben voll sorgfältig kommentierter Akten, und andere Gelehrte brannten darauf, einen Blick in die Sammlung werfen zu dürfen. Selbst Doktor Porble, der jahrzehntelang die Sammlung Buggins verachtet und ignoriert, ja sie als eine Art Inkubus gesehen hatte, der wichtigeren Dingen, beispielsweise Schweinestatistiken, den Platz wegnahm, war jetzt sozusagen gezwungen, sich dafür zu interessieren.

Er hätte leicht seine Stellung als Direktor der Bibliothek und Besitzer eines zusätzlichen Schlüssels ausnutzen können, um heimlich in den Raum zu gehen und darin herumzustöbern. Er hätte ohne weiteres Corydons Ode zum Gedächtnis an Augustus ausfindig machen und wieder an den dafür vorgesehenen Platz zurücklegen können, ohne daß Helen etwas gemerkt hätte, jetzt, wo sie einen Großteil ihrer Arbeit zu Hause verrichtete. Als er dann später vor dem Problem stand, einen lästigen Buggins loszuwerden, hatte ihn vielleicht sein sardonischer Sinn für Humor und das Wissen, daß Henry Doe damals ungestraft davongekommen war, dazu verleitet, auf Does Methode zurückzugreifen.

Helen war nicht gewillt, ihrem Vorgesetzten eine so heimtückische Tat zu unterstellen. »Doktor Porble würde so etwas niemals tun«, insistierte sie. »Außerdem hätten alle möglichen Leute von der Geschichte wissen können. Das ist genau die Art von Horrorgeschichte, mit der Großeltern ihren Enkelkindern gern Angst machen.«

»Wie wahr«, erwiderte er. »Man sieht geradezu Klein-Gracie Buggins mit weit aufgerissenen Augen den Schilderungen von Onkel Trevelyan lauschen, mit steif vom Kopf abstehenden Zöpfen und einem kleinen schnurrenden Miezekätzchen an ihrer Seite! Und sie hat die Geschichte dann Phil erzählt, als ihre Liebe noch jung war, sie händchenhaltend am malerischen Ufer von Oozaks Teich entlangschlenderten und zusahen, wie die Ochsenfrösche die Kuhfrösche verführten.«

»So etwas hätten Grace und Phil nie und nimmer getan. Sie sind immer drüben in der Bibliothek gewesen und haben zwischen den Regalen herumgeknutscht. Grace hat es mir selbst erzählt. Sie hat gesagt, Phil und sie hätten dauernd die Studenten dabei erwischt und daher gedacht, sie könnten es genausogut auch selbst einmal versuchen. Als wissenschaftliches Forschungsprojekt sozusagen. Phil wohnte zu der Zeit in einem Haus in der Grove Street, das einem richtigen alten Drachen gehörte. Seine Vermieterin pflegte abends immer auf ihn zu warten, um sicherzugehen, daß er nichts getrunken hatte oder der Unmoral anheimgefallen war. Er trudelte dann gegen halb zwölf ein, das ganze Hemd voll Lippenstift, und versuchte ihr weiszumachen, er habe lediglich die Karteikarten der *Library of Congress* sortiert.«

»Potztausend, ein wahrer Meister gemeiner Hinterlist und Fleischeslust! Warum sind sie nicht zu ihr nach Hause ins Cottage gegangen und haben dort geschmust? Haben Grace und Persephone nicht damals dort zusammen gewohnt?«

»Schon, aber Sephy ging schon fest mit Purvis Mink. Purvis hatte zehn oder elf Geschwister, daher konnten sie wohl kaum zu ihm nach Hause gehen. Und Sephy konnte ihn natürlich auch nicht zu ihren Eltern einladen, weil es dort so schrecklich deprimierend war und ihr Vater immer darauf bestand, ihnen wieder und wieder dieselben abgedroschenen alten Geschichten aufzutischen, die sie schon tausendmal gehört hatte.«

»Beispielsweise die Geschichte von der Leiche in Oozaks Teich.«

»Es reicht, Peter, du hast dich klar genug ausgedrückt.«

Persephone Buggins hatte sicher von Augustus' feuchtem Grab gehört und es Grace weitererzählt, wenn es nicht bereits ein anderer getan hatte. Da er entfernt mit Corydon verwandt war, hatte Trevelyan bestimmt eine Ausgabe seiner Gedichte besessen. Sprößlinge aus alten Familien, mit denen es bergab gegangen war, liebten es, mit ihren illustren Vorfahren zu prahlen, und Corydon Buggins war zweifellos in der literarischen Welt von Balaclava County eine ebenso bedeutende Persönlichkeit gewesen wie Charles Follen Adams oder sogar Lydia Sigourney seinerzeit in etwas größeren Zirkeln.

Shandy schnaubte verächtlich beim Gedanken an diese einst so berühmten Namen. »Meiner Meinung nach hätte Belial Buggins sie mit seinen Reimen allesamt in den Sack stecken können.«

»Ich habe nie etwas Gegenteiliges behauptet«, mußte Helen ihm beipflichten, »aber du kannst nicht leugnen, daß Belials Verse nicht gerade dazu geeignet waren, von jungen Damen ins Poesiealbum eingetragen zu werden.«

»Belial war eben seiner Zeit weit voraus.«

»Für gewöhnlich war er irgendeinem wutentbrannten Ehemann, der mit einem Gewehr hinter ihm her war, drei Nasenlängen voraus.«

»Allerdings. Verdammt, ich wünschte, die alte Hilda Horsefall wäre nicht nach Schweden gezogen. Sie wüßte bestimmt, wie viele von Belials unehelichen Sprößlingen die Familiengene weitergegeben haben und welche von deren Kindeskindern der Buggins-Familie ebenso ähnlich sehen wie dieses bärtige Rätsel, das momentan in Goulsons Bestattungsinstitut liegt. Vielleicht könnte Mrs. Lomax uns weiterhelfen.«

»Mir würde sie vielleicht etwas sagen, aber dir ganz bestimmt nicht«, sagte Helen. »Sie ist viel zu taktvoll, um solche Angelegenheiten mit einem Mann zu besprechen, mit dem sie nicht verheiratet ist. Das Problem ist bloß, sie weiß bestimmt genau, warum ich sie frage, und sie wird es sofort mit den Minks in Zusammenhang bringen. Mrs. Lomax würde nie im Leben irgend etwas sagen, das Purvis und Sephy schaden könnte.«

»Mein Gott! Die Fronten verhärten sich schneller, als die Polizei erlaubt«, sagte Shandy.

»Die Polizei hat damit nun wirklich nichts zu tun, Liebster. Hast du eigentlich erwogen, mich zur Bibliothek zu begleiten, oder soll ich es allein versuchen?«

»Warum? Fühlst du etwa einen Ohnmachtsanfall nahen?«

»Ich vermute, das bedeutet, daß du lieber zurück zu Goulson gehen und mit dem Coroner sprechen würdest?«

»Möchtest du vielleicht, daß ich Svenson in die Klauen falle und er mich zerfleischt und Hackepeter aus mir macht?«

»Oh, schon in Ordnung, wenn du so zimperlich bist und dich partout nicht zerfleischen lassen willst. Ich werde nachsehen, ob ich in Balaclavas persönlichen Aufzeichnungen etwas über Oozaks Teich finden kann, aber es ist bestimmt eine Heidenarbeit. Ich muß schon sagen, die Sache mit der Klageandrohung klingt äußerst verdächtig, Peter. Ichabod war Balaclavas Neffe, weißt du.«

»Du sagtest doch, Dalbert sei Balaclavas Neffe gewesen?«

»Es gab vier Neffen. Dalbert war der einzige Sohn von Balaclavas Schwester Druella, die Fortitude Lumpkin geheiratet und Lumkins Corner gegründet hat. Ichabod, Corydon und Belial waren Söhne von Balaclavas Bruder Abelard, dem Pferdehändler. Abelard hat das Haus gebaut, in dem Trevelyan und Beatrice gewohnt haben, und zwar als Hochzeitsgeschenk für Ichabod, als er 1831 Prudence Plover geheiratet hat. Prudence soll angeblich ein wenig schwach im Kopf gewesen sein, obwohl das auch bloß bedeuten könnte, daß sie dumm genug war, Ichabod zu ehelichen.«

»Aus dem dann nicht viel geworden ist.«

»Richtig. Corydon dagegen hat den Pferdehandel von seinem Vater übernommen und sich als sehr geschäftstüchtig erwiesen, wenn er nicht gerade von einer Muse geküßt wurde. Belial wurde enterbt, aus Gründen, die so zahlreich sind, daß es zu lange dauern würde, sie alle aufzuzählen. Doch das war ihm gleichgültig, denn er hatte sowieso seine eigenen Einkommensquellen.«

»Und hatte schließlich nie Probleme, ein Bett für die Nacht zu finden.«

»Bitte lenk jetzt nicht vom Thema ab. Ich weiß gar nicht mehr, wie wir auf die Neffen zu sprechen gekommen sind. Ich wollte eigentlich nur sagen, daß Balaclava Buggins ein vernünftiger, gewissenhafter Mann war. Er hat bereits an einer Schule unterrichtet, als er noch keine 16 war, hat als Farmer gearbeitet und genauso gelebt, wie er auch gelehrt hat. Er hat wirklich daran geglaubt, daß man sein Brot im Schweiße seines Angesichts verdienen und junge Menschen zu guten Farmern und Bürgern erziehen sollte. Er wußte ganz genau, daß die einzige Möglichkeit, wirklich auf sie Einfluß auszuüben, darin bestand, ihnen ein Beispiel zu geben, das sich nachzuahmen lohnte. Klingt das nach einem Mann, der herumgeht und sich auf leichtsinnige Wetten einläßt?«

»Nicht für mich, aber ich bezweifle, ob Buggins' Anwälte dir eine solche Behauptung, die du nicht beweisen kannst, so einfach abkaufen werden. Oder ob Miss Minerva Mink das wird.«

»Miss Mink? Was hat die denn mit der Klageandrohung zu tun?«

»Gute Frage. Sie behauptet, daß sie von ihrem attraktiven Vetter Algernon um ihr väterliches und vielleicht sogar um ihr mütterliches Erbe geprellt wurde, und ist entschlossen, dafür zu sorgen, daß Persephone keinen ähnlichen Fehler begeht. Miss Mink klingt zwar nicht so, als ob sie bei der Familie Buggins viel zu melden hat, aber man kann schließlich nie wissen. So, und jetzt komm, ich bringe dich schnell noch zur Bibliothek, bevor ich wieder zurück zu Goulson gehe.«

Kapitel 7

Wie lautet Ihr Urteil?« fragte Shandy.

»Interessant«, sagte der Coroner. »Bei allem Respekt für den Arzt, der den Totenschein ausgestellt hat, bin ich der Meinung, daß das Herz des Mannes erstaunlich gesund war, wenn man sein Alter bedenkt, und die Lungen der Frau waren absolut intakt. Was übrigens für beide gilt, möchte ich noch hinzufügen. Wenn Polizeichef Ottermole nichts dagegen hat, würde ich gern einige Proben zur Analyse mitnehmen.«

»Nehmen Sie sich alles, was Sie wollen«, sagte der Polizeichef. »Die beiden brauchen es sowieso nicht mehr. Was ist mit dem Mann, den wir aus dem Teich gefischt haben?«

»Ist eindeutig ermordet worden.«

»Höh? Und wieso kann es kein Selbstmord gewesen sein? Hätte er sich nicht einfach schwere Steine in die Taschen stecken und dann ins Wasser springen können?«

»Nicht mehr, nachdem ihm jemand einen Eispickel in den Nacken geschlagen hatte, würde ich sagen. Ich frage mich sogar, ob er nicht vielleicht schon ein paar Tage tot gewesen ist, bevor man ihn in den Teich geworfen hat. Einige Anzeichen deuten darauf hin, daß er nicht sofort in kaltem Wasser gelegen hat, und absolut gar nichts läßt auf Ertrinken schließen.«

»Dann könnte es sein, daß ihn jemand allein getötet hat, der dann einige Zeit warten mußte, bis ihm jemand half, die Leiche loszuwerden, meinen Sie nicht?« sagte Shandy.

»Möglich wäre es schon. Er ist vielleicht ein ganzes Stück in einem beheizten Wagen transportiert worden, obwohl ich mir nicht erklären kann, wieso. Ich kann auch nicht mit Sicherheit sagen, daß die Mordwaffe ein Eispickel war, aber ein Eispickel hätte genau so eine Wunde verursacht wie die am Nacken unserer Leiche. Wenn die Waffe scharf genug ist – was hier offensichtlich der Fall war –, erfordert ein solcher Schlag nicht sehr viel Kraft. Einen großgewachsenen, gut genährten Körper in den Teich zu werfen wäre da bedeutend schwieriger gewesen und wurde daher wahrscheinlich nicht nur von einer Person ausgeführt. Es sei denn, er war rücksichtsvoll genug, direkt auf einen Rodelschlitten zu fallen, als man ihn erschlug.«

»Mit den Taschen voller Steinen.«

»Hier bei euch wird wirklich noch mit Stil gemordet, das muß man euch lassen. Könnten Sie mir zwei Eimer für die Mägen leihen, Goulson?«

»Bringen Sie am besten noch einen dritten Eimer mit«, murmelte Fred Ottermole. Sie befanden sich zwar nicht in dem Raum, in dem die Autopsie vorgenommen worden war, doch sie waren näher am Ort des Geschehens, als ihnen lieb war. Ottermole litt immer noch schwer an seiner unseligen morgendlichen Kombination von Leiche und Krapfen.

Shandy, der einen Rückfall befürchtete, beeilte sich, das Thema zu wechseln. »Was können Sie uns über den Ermordeten sagen, Doktor? Wir haben ihn immer noch nicht identifizieren können, wie Goulson Ihnen sicher bereits mitgeteilt hat, und wir sind dankbar für jeden Hinweis. Haben Sie beispielsweise irgendwelche, eh, Sherlock-Holmes-Spuren an seinen Händen gefunden?«

»Also, er war weder Chirurg noch Golfspieler.« Der Coroner zeigte ihnen seine eigenen Schwielen als Beweis. »Als er noch jung war, hat er möglicherweise relativ schwere körperliche Arbeit verrichtet, während der letzten Jahre jedoch kaum. Für einen Mann seines Alters – etwa zwischen 60 und 65 Jahre, würde ich sagen – war er in hervorragender körperlicher Verfassung, gut genährt, aber nicht dick. Er hat weder übermäßig geraucht noch getrunken und einen Großteil seiner Zeit draußen verbracht. Er könnte beispielsweise Polier auf einem Bau gewesen sein und sich von der Pike auf hochgearbeitet haben oder sonst etwas in dieser Richtung, aber das ist natürlich nur eine Vermutung.«

»Wie sieht es mit seinen Zähnen aus?«

»Sind vor kurzem gezogen worden. Von einem Amateur, mit Hammer und Meißel, dem Zustand des Zahnfleischs nach zu urteilen.«

»Grundgütiger! Wahrscheinlich, um die Identifizierung zu erschweren.«

»O ja. Auch die Fingerkuppen sind abgeschmirgelt worden. Die Arbeit eines echten Heimwerkers. Ich hatte noch keine Zeit, um mich mit dem Bart abzugeben, aber ich würde sagen, Sie lassen ihn von Goulson entfernen. Vielleicht befindet sich darunter eine Narbe oder ein Muttermal, das Ihnen einen Hinweis geben könnte. Wir haben übrigens ein paar Fotos von ihm gemacht, als er schön gekämmt und trocken war, bevor ich mit der Autopsie begonnen habe.«

»Wir haben auch welche«, prahlte Fred Ottermole. »Wir hatten einen Fotografen dabei, als wir die Leiche aus dem Teich gezogen haben.«

»Meine Güte, Ottermole, Sie sind ja ein richtiges Organisationstalent. Ich kann wirklich nicht verstehen, wie Sie mit so wenigen Leuten, dem niedrigsten Budget im County und der höchsten Mordrate Ihren Laden derart straff führen können.«

»Hier gibt es auch nicht mehr Morde als anderswo«, protestierte Ottermole. »Bloß daß wir nicht immer um den heißen Brei herumreden. Polizeichef Olson drüben in Lumpkinton findet beispielsweise eine Leiche mit sechs Kugeln drin, noch dazu mit einer Wäscheleine gefesselt und in einen alten Kühlschrank gestopft. Sechs frische Einschüsse gehen durch die Kühlschranktür, und er versucht trotzdem, die ganze Sache als Selbstmord in geistiger Umnachtung abzutun, bloß weil der Tote der Schwager vom Vetter seiner Frau ist.«

»Damit hat er die Loyalität seiner Familie gegenüber wirklich auf die äußerste Spitze getrieben«, stimmte der Coroner ihm zu. »Wo wir gerade von Familien und Identifizierung sprechen, Professor Shandy, haben Sie nicht auch bemerkt, wie sehr der Mann, über den wir gerade sprechen, dem verstorbenen Mr. Buggins ähnelt? Vielleicht ist die Ähnlichkeit wegen des Altersunterschiedes und der unterschiedlichen Größe nicht auf den ersten Blick erkennbar, außerdem trägt er auch noch diesen gewaltigen Bart, aber die Knochenstruktur, die Form der Ohren und vor allem natürlich die Augenfarbe gleichen sich auffallend.«

»Die Augenfarbe?« fragte Shandy. »Sie meinen dieses verwaschene Blau? Ich habe das Ehepaar Buggins nie persönlich gekannt. Welche Augenfarbe hatte denn die Frau?«

»Also, da ist mir gar nichts Besonderes aufgefallen. Harry, können Sie vielleicht Licht ins Dunkel bringen?«

Der Bestattungsunternehmer zögerte. »Irgendwie haselnußbraun, oder?«

»Gehen wir doch einfach nachsehen«, sagte Shandy.

Fred Ottermole schluckte. »Ich muß dringend auf dem Revier anrufen.«

»Warum gehen Sie nicht nach draußen auf den Flur und benutzen das Telefon neben den Toiletten?« schlug Harry Goulson liebenswürdigerweise vor. »Ich laufe eben schnell vor und nehme mich der lieben Verstorbenen an, bevor Sie sie sich ansehen, denn schließlich sind Sie ja nicht an Autopsien gewöhnt.«

Peter Shandy war dankbar, daß Goulson bei seinen Vorbereitungen auch daran gedacht hatte, die drei Leichen bis auf die Gesichter mit Laken zuzudecken. Die Augen waren offen. Er warf einen Blick auf Beatrice Buggins und schüttelte den Kopf. »Nennen Sie das haselnußbraun, Goulson?«

»Wenn ich ganz ehrlich sein soll, Professor, muß ich gestehen, daß ich immer haselnußbraun sage, wenn sie nicht eindeutig blau oder braun sind. Ich bin nicht besonders gut, was Farben betrifft. Arabella sucht immer die Kleidung aus und übernimmt den größten Teil des Make-up. Wie würden Sie denn die Farbe nennen?«

»Ich würde sagen, es ist ein dunkles Grau. Meinen Sie nicht auch, Doktor?«

»Ja, völlig richtig. Haselnußbraun beinhaltet für mich natürlich einen Schuß ins Braune, und davon ist hier nichts zu sehen. Eine recht ungewöhnliche Farbe, finden Sie nicht? Sie war bestimmt einmal sehr hübsch, als sie noch jung war. Tja, wenn wir jetzt hier fertig sind, gehe ich am besten zurück ins Labor und sehe, was ich sonst noch für Sie herauskriegen kann. Vielleicht gelingt es mir, bis zum späten Nachmittag noch etwas über den Mageninhalt herauszufinden. Sie werden doch hier mit allem allein fertig, nicht wahr, Harry?«

»Selbstverständlich, Doktor. Kommen Sie, ich helfe Ihnen eben mit den Eimern.«

Polizeichef Ottermole kam aus der Herrentoilette und sagte, er werde dringend im Revier gebraucht, was von niemandem im geringsten bezweifelt wurde. Shandy erinnerte sich daran, daß er noch zur Bank mußte, bevor sie schloß, sonst würden sie nicht mehr genug Geld im Haus haben, um Jane Austens Abendessen zu finanzieren. Auch er verabschiedete sich und machte sich auf den Weg, tief in Gedanken versunken.

Also konnte man Goulsons Bestätigung von Sephy Minks Aussage, was die braunen Augen ihres Bruders betraf, getrost wieder vergessen. Die Augen der Zwillinge hätten genausogut dunkelgrau sein können wie die ihrer Mutter, doch wenn sie tatsächlich braun oder auch nur haselnußfarben waren, gab es für diesen Umstand nur eine einzige Erklärung.

Shandy kannte selbstverständlich die Mendelschen Gesetze, was die Farbdominanz bei Pflanzen betraf, und auch die umfangreichen Forschungsergebnisse, zu denen man inzwischen gelangt war. Er hatte zwar nur eine recht vage Vorstellung davon, wie es sich bei der Augenfarbe eines Menschen verhielt, war sich jedoch verdammt sicher, daß ein blauäugiger Mann und eine grauäugige Frau niemals braunäugige Zwillige gezeugt haben konnten, es sei denn, ein braunäugiger Freund hatte ihnen ein wenig auf die Sprünge geholfen.

Angeblich waren die beiden Buggins ein liebendes Ehepaar gewesen, doch das behauptete man schließlich von jedem Paar, das es über 50 Jahre lang miteinander ausgehalten hatte. Für die eheliche Treue von Beatrice Buggins sprach allerdings die Tatsache, daß sich die beiden männlichen Leichen so ungemein ähnlich sahen. Verflixt und zugenäht! Persephone mußte entweder vergessen haben, welche Augenfarbe ihre Brüder gehabt hatten, oder sie wußte es nur zu genau und versuchte, einen Mord zu vertuschen, wie Polizeichef Olson bei seinem angeheirateten Verwandten im Kühlschrank.

Aber einmal angenommen, Persephone hatte es tatsächlich vergessen und nicht gelogen. Bedeutete das etwa, daß das College jetzt eine authentische Reinkarnation von Augustus Caesar Buggins am Hals hatte? Wie zum Henker konnte Peter Shandy Thorkjeld Svenson ein ermordetes übernatürliches Phänomen erklären? Vielleicht sollte er doch besser einfach nach Hause gehen, Helen ein paar ihrer Taschen packen lassen und gemeinsam mit ihr und Jane mitsamt ihrer Spielzeugmaus an irgendeinen Ort fliehen, der vergleichsweise sicher und friedlich war, etwa auf den Kraterrand des Mount Saint Helen.

Nachdem er alles genau durchdacht hatte, ging Shandy tatsächlich nach Hause, schaute zuerst kurz bei der Bank vorbei, um seine Brieftasche wieder aufzufüllen, ließ dann einen Teil seines Geldes im Supermarkt und kaufte genügend Nachschub für die Speisekammer, für den Fall, daß sie beschließen sollten, abzuwarten und das Unwetter doch über sich ergehen zu lassen. Schließlich hielt er noch einem Studenten, der ihm dort zufällig über den Weg lief, eine Standpauke wegen einer längst fälligen Seminararbeit. Er fand Helen in der Küche, wo sie gerade Tapiokapudding machte.

»Das beruhigt die Nerven«, erklärte sie. »Und außerdem auch die Augäpfel. Nach all der blaßbraunen Tinte und Balaclavas krakeliger Handschrift bin ich völlig ausgebugginst. Er hat seine Federn offenbar zu Pflugscharen gemacht.«

»Du hast also in den Archiven nichts gefunden?«

»Noch nicht, aber ich habe ja auch gerade erst angefangen. Kannst du bitte für mich weiterrühren? Du darfst aber nicht aufhören, sonst wird es klumpig. Ich wollte eigentlich ein Glas von den Kirschen hochholen, die wir letzten Herbst eingemacht haben. Mary Enderble füllt immer eine Lage mit ein wenig Rum unten in die Schüssel und gießt dann den heißen Tapiokapudding über die Kirschen. Schmeckt köstlich.«

Shandys Kochkünste hatten sich beträchtlich weiterentwickelt seit seiner Junggesellenzeit, als er lediglich Spezialist im Suppenaufwärmen gewesen war. Aber Helen hatte ihn noch nie mit etwas alleingelassen, das so reizbar war, daß es zu klumpen drohte, wenn man es falsch behandelte. Er rührte also hingebungsvoll mit höchster Konzentration schön gleichmäßig und hielt mit wachsender Panik Ausschau nach potentiellen Klümpchen, als plötzlich das Telefon klingelte.

Glücklicherweise war der Küchenanschluß nicht allzu weit vom Herd entfernt. Indem er den Rührlöffel an der äußersten Spitze des Griffes festhielt und sich so weit wie möglich streckte, gelang es Shandy, den Hörer abzuheben, ohne sein Rühren unterbrechen zu müssen. Als Helen jedoch mit den Kirschen nach oben kam, war der Pudding nicht nur voller Klumpen, sondern sogar angebrannt, und Shandy hatte es nicht einmal bemerkt.

»Oh, Peter!« war das einzige, was Helen als Tadel hervorbringen konnte. »Peter, was ist denn bloß passiert?«

»Es betrifft die Eltern deiner Freundin Sephy«, teilte er ihr mit. »Ottermole hat gerade den Bericht bekommen. Jemand hat ihnen einen ganz speziellen Nachttrunk verabreicht. Selbstgebrannten Schnaps mit Tetrachlorkohlenstoff.«

Kapitel 8

Helen stand da und starrte ihn an, das Glas Kirschen noch in der Hand. »Tetrachlorkohlenstoff? Peter, das ist doch ein Lösungsmittel. Hätte ihnen denn nicht schon der Geruch auffallen müssen?«

»Vielleicht konnten sie das Zeug gar nicht riechen. Ottermole sagt, daß Trevelyan Buggins eine alte Familientradition aufrechterhielt, indem er seine eigene Brennerei betrieb. Er behauptet, daß Buggins den scheußlichsten Fusel machte, der je in Balaclava County gebrannt worden ist, und das sagt doch wohl alles. Ich habe ihn daran erinnert, daß Tetra wie Chloroform riecht, aber er sagte nur, das Gesöff vom alten Trev habe immer wie Chloroform gerochen. Außerdem hatten sie Donnerstag offenbar Kartoffeln mit Zwiebeln und gepökeltem Schweinefleisch als Abendessen. Das ganze Haus hat wahrscheinlich zum Himmel gestunken. Zudem war das Essen eine hervorragende Grundlage für das Gift. Der Coroner sagt, Fette im Verdauungssystem würden die toxische Wirkung beschleunigen. Alkohol übrigens auch. Wer auch immer den beiden das Gläschen untergeschoben hat, kannte sich offenbar bestens in Chemie aus.«

»Ich würde sagen, die Person hat das Abendessen genau geplant«, sagte Helen.

»Genau dasselbe hat Ottermole auch gemeint, aber Mrs. Ottermole sagt, daß die Buggins Donnerstag abends immer Kartoffeln und Zwiebeln mit gepökeltem Schweinefleisch gegessen haben. Soll angeblich eine alte Seven-Forks-Tradition sein, weiß der Himmel, wieso. Sie behauptet, daß diese Donnerstagabendtradition auch der Grund dafür war, daß Persephone von zu Hause fortgezogen ist.«

»Hat Ottermole schon mit Sephy gesprochen?«

»Noch nicht. Er war gerade selbst beim Abendbrot, als er den Anruf erhielt. Natürlich hat er seiner Frau von dem Bericht erzählt, und sie hat sich daran erinnert, daß Persephone bei irgendeinem Damenkränzchen über die allwöchentliche Schweinemahlzeit Witze gemacht hat. Es war wohl nicht zufällig in eurem Gartenclub?«

»Nein. Edna Mae weigert sich, bei uns mitzumachen, bevor ihre Söhne alt genug sind, um von zu Hause wegzuziehen. Wahrscheinlich war es bei irgendeiner Kindstaufe. Peter, das ist ja schrecklich. Du glaubst doch nicht etwa, daß die beiden alten Leutchen sich gemeinsam das Leben genommen haben?«

»Ausgerechnet in dem Moment, wo sie den Nachkommen von Ichabod Buggins einen Platz an der Sonne verschaffen wollten und ihnen plötzlicher Reichtum winkte?«

»Aber sie hätten doch auch herausfinden können, daß ihr Anspruch nicht rechtmäßig war und sie gar keine Reichtümer zu erwarten hatten?«

»Dann wäre es ihnen doch auch nicht schlechter gegangen als vorher, oder?«

»Wahrscheinlich hast du recht«, mußte Helen zugeben. »Sie hätten zweifellos Sephy und Purvis für die Anwaltskosten blechen lassen. Aber es erinnert mich so an ... an Ethan Frome, die beiden alten Leutchen in ihrem alten, verfallenen Haus, wie sie an einem einsamen Winterabend auf unsicheren Beinen in ihr Bett kraxeln, den Magen voll mit gepökeltem Schweinefleisch und weißem Blitz, um dann niemals wieder aufzuwachen. Obwohl es noch schlimmer für sie gewesen wäre, wenn sie tatsächlich noch einmal aufgewacht wären, nehme ich an.«

»Der Coroner hält dies nicht für wahrscheinlich, weil man ihnen eine solche Riesendosis verabreicht hatte. Falls sie tatsächlich wach geworden wären, hätten sie schreckliche Bauchkrämpfe gehabt, für die sie dann zweifellos Miss Minks Kochkünste verantwortlich gemacht hätten. Kurz darauf hätten sie sich dann wieder schläfrig gefühlt und das Bewußtsein verloren, und das wäre dann ihr Ende gewesen, es sei denn, jemand hätte sofort Erste Hilfe geleistet.«

»Sie hätten bestimmt keinen Arzt gerufen. Sie hätten eher ein Schmerzmittel oder Rizinusöl oder dergleichen genommen, und es wäre ihnen noch schlechter davon geworden. Peter, das ist wirklich teuflisch.«

»Das kann man wohl sagen. Merkwürdigerweise kann Tetrachlorkohlenstoff tatsächlich Herzrhythmusstörungen und Atemstillstand hervorrufen. Selbst wenn er sie noch lebend gesehen hätte, hätte ihr Hausarzt vielleicht trotzdem nur Lungenschwäche und Herzinfarkt festgestellt und offenbar auch noch gute Gründe für seine Diagnose gehabt. Vielleicht ist es jetzt nicht der geeignete Zeitpunkt für eine solche Frage, aber hättest du Lust auf einen Drink?«

»Dann sollten wir aber lieber als erstes an dem Korken riechen.« Helen versuchte ein zaghaftes Lachen, was ihr jedoch nicht gelang. »Ja, ich hätte gern einen Drink. Und was willst du als nächstes unternehmen?«

»Ottermole möchte, daß ich sofort nach dem Abendessen mit ihm nach First Fork fahre, was wohl ungefähr in einer halben Stunde bedeutet, nehme ich an. Er ist bestimmt sauer, daß er *Doktor Who* verpaßt, aber da ihm der Coroner ein dickes Lob ausgesprochen hat, ist er momentan Feuer und Flamme, was seine Arbeit betrifft, ganz nach dem Motto ›erst die Pflicht, dann das Vergnügen‹.«

»Vorausgesetzt, du bist dabei, wenn er seine Pflicht erfüllt, vermute ich. Dann brauche ich ja gar nicht erst den Eßtisch zu decken. Ich hatte eigentlich vor, heute abend richtig fein mit dir zu speisen, damit du nicht merkst, daß es bloß aufgewärmtes Stew ist.«

»Das schmeckt beim zweiten Mal sowieso am besten«, versicherte Shandy. »Und verdammt viel besser als Kartoffeln mit Pökelfleisch, obwohl ich davon in meinem Leben schon weiß Gott genug hatte. Meine Mutter hatte immer draußen auf der Farm Gepökeltes im Kühlschrank. Ich erinnere mich noch genau, wie ich meiner Großmutter zugeschaut habe, wenn sie ein Stück abgehackt hat, um es Samstag morgens in den Bohneneintopf zu tun. Und wenn sie Fisch-Haschee machte, hat sie immer ein paar Scheiben davon in die große Bratpfanne gelegt, bis sie schön knusprig waren, und sie dann zusammen mit den Kartoffeln und Zwiebeln und dem gesalzenen Kabeljau zerstampft.«

»An gesalzenen Kabeljau kann ich mich auch erinnern. Er war in kleine Holzkistchen verpackt. Ich wollte die Kistchen immer für meine Puppenkleider, aber der Fischgeruch ist irgendwie nie richtig weggegangen.«

»Diese Kistchen waren nur den vornehmen Leuten vorbehalten. Wir hatten immer bloß ein großes Stück getrockneten Fisch, hart wie ein Brett und salzig wie eine Lecke für Vieh. Großmutter mußte ihn über Nacht wässern und dann eine Zeitlang kochen, bis genug Salz ausgespült war, daß man ihn überhaupt essen konnte. Erst dann war er weich genug, und man konnte ihn zerpflücken. Sie hat immer viel schwarzen Pfeffer und geschlagenes Ei dazugegeben und die Kasserolle zugedeckt und hinten auf den Herd gestellt, bis sich unten eine dicke braune Kruste gebildet hatte. Hat eigentlich gar nicht so schlecht geschmeckt. Es gab immer noch selbstgemachtes Ketchup dazu, damit das Ganze ein bißchen Pep bekam.«

»Meine Mutter hat den Kabeljau immer mit einer Sahnesauce zubereitet, in die sie hartgekochte Eier geschnitten hat, und ihn dann mit Salzkartoffeln serviert«, erinnerte sich Helen. »Ich muß zugeben, ich habe immer versucht, die Teller zu vertauschen, so daß ich mehr Ei als Fisch bekam.«

»Deshalb sind dir auch nie Haare auf der Brust gewachsen. Hier ist dein Drink, Liebste. Gut gegen alle Wehwehchen und Kümmernisse.«

Shandy reichte seiner Frau ihren Drink. Er wußte genau, was sie beide momentan bekümmerte und warum sie so harmlose Gespräche über Kabeljau führten. »Hattest du vor, dich heute abend noch mal in die Archivarbeit zu stürzen?«

»Sobald wir fertiggegessen haben, werde ich weiterarbeiten«, versprach Helen. »Du hast offenbar deine ganze Hoffnung auf diese Unterlagen gesetzt, nicht?«

»Hoffnung ist alles, was mir geblieben ist, liebste Helen. War Balaclava übrigens ein guter Buchhalter?«

»Absolut penibel. Selbst wenn er nur einen Penny für eine Briefmarke ausgegeben hat, hat er es sofort ins Hauptbuch eingetragen.«

»Es würde demnach nicht gerade zu ihm passen, jemandem einen ganzen Morgen Land zu übertragen, ohne zumindest eine Notiz darüber zu Papier zu bringen?«

»Nur wenn ihm jemand sein Tintenfaß geklaut hätte. Aber selbst dann hätte er sich bestimmt neue Tinte hergestellt, indem er Galläpfel und Eisenspäne oder sonst etwas in der Art gekocht hätte. Balaclava war ein Improvisationsgenie, er konnte einfach aus allem irgend etwas machen, auch aus Menschen. Es hat ihn höllisch gestört, daß die begabtesten jungen Burschen immer fortgingen, um Pastoren oder Rechtsanwälte zu werden, statt sich um das Land zu kümmern und es ordentlich zu nutzen. Er hatte sich völlig der Idee verschrieben, ein landwirtschaftliches College zu gründen, weißt du, schon als er noch ein Teenager war, der in einer Zwergschule mit nur einem einzigen Klassenzimmer unterrichtete.«

»Weißt du das alles aus dem Buggins-Archiv?«

»Allerdings. Balaclava hat sich in seinen Tagebüchern unablässig darüber ausgelassen. Er hat von dem Moment an Tagebuch geführt, als er genug Geld zusammengekratzt hatte, um sich seinen ersten Packen Papier zu kaufen. Seine Mutter hat die Seiten mit Nadel und Zwirn zusammengenäht, damit das Ganze wie ein Buch aussah. Das ist wohl das kostbarste Stück in der gesamten Sammlung Buggins, würde ich sagen. Balaclava hatte zwar nie dichterische Ambitionen wie seine Neffen Corydon und Belial, aber er hatte eine Menge Ideen. Er hat immer gern alles genau auf dem Papier ausgearbeitet, so daß er es sofort in die Tat umsetzen konnte, sobald sich die Gelegenheit dazu ergab.«

»Dann hat ihn also nur das fehlende Geld davon abgehalten, das College schon viel früher als 1850 zu gründen?«

»Genau. Sein Vater hätte ihm zwar helfen können, aber er wollte es nicht. Habakkuk Buggins war nicht der Typ, der seine Söhne zu Lebzeiten mit milden Gaben bedacht hat. Und als er starb, hat er sich an die alte Buggins-Tradition gehalten, den ältesten Sohn zu begünstigen. Abelard hat das Haus und den besten Teil des Grundbesitzes bekommen, den seine Söhne und Enkel dann später leider zum größten Teil verkauft oder vergeudet haben, wie du ja weißt. Alles, was Balaclava bekam, war sein Stück Land hier, das damals für völlig wertlos gehalten wurde, weil es angeblich in einer Einöde lag. Habakkuk hatte es seinerzeit für zwei Cent pro Morgen billig erstanden, und die meisten seiner Nachbarn waren überzeugt, daß man ihn dabei übers Ohr gehauen hatte. Aber ich bin sicher, das ist dir alles schon längst bekannt. Noch etwas Stew? Oder ein paar Kirschen ohne Tapiokapudding?«

»Noch ein paar Kirschen, bitte. Erzähl mir mehr von Balaclava.«

»Ich wollte damit sagen, daß dieses Land alles war, was Balaclava besessen hat. Er hat es nicht übers Herz gebracht, seine Lehrtätigkeit aufzugeben, und daher die Landwirtschaft nebenher betrieben. Damit hat er seine Familie zwar über Wasser halten können, aber er hatte natürlich keinerlei Betriebskapital. Also hat er das Land für sich arbeiten lassen. Er hat Holz verkauft und jahrelang dafür gekämpft, daß die Landstraße bis zu ihm ausgebaut wurde. Als er das schließlich durchgesetzt hatte, gelang es ihm, einige Pächter anzulocken, und so ist allmählich das Dorf entstanden. Dadurch stieg natürlich wiederum der Wert seines Landes, so daß er anfing, kleine Parzellen an den Rändern zu verkaufen. Im Jahr 1850 war er schließlich in der Lage, nicht nur Scheunen und Wohnheime zu bauen, sondern auch Häuser, die er an seine Lehrer vermieten oder verkaufen konnte. Ich brauche sicher nicht zu erwähnen, daß in der College-Satzung eigens festgehalten ist, daß das College unter allen Umständen das Eigentumsrecht an dem Land behalten soll, auf dem diese Häuser stehen.«

»Grundgütiger, das hatte ich ganz vergessen. Das ist wichtig, Helen. An Stelle von irgendwelchen genauen Angaben zu Oozaks Teich reicht vielleicht schon eine allgemeine Erklärung, was Balaclavas weitsichtige Planung im Hinblick auf seinen Grundbesitz betrifft, um dem College im Zweifelsfall aus der Patsche zu helfen, was diese verdammte, unsinnige Wette betrifft, die er angeblich verloren hat. Das Schlimme ist nur, daß es immer eine Menge Aufregung in der Öffentlichkeit gibt, wenn es um unterdrückte arme Privatpersonen geht, die im Clinch mit einer bösen großen Institution liegen.«

»Normalerweise teilst du solche Gefühle sonst doch immer«, erinnerte ihn Helen.

»Du ebenfalls, Liebste. Aber verflixt und zugenäht, diesmal ist das College der Gelackmeierte. Und leider müssen du und ich das beweisen, bevor noch mehr Mitglieder der Familie Buggins um die Ecke gebracht werden und Svenson alles ausbaden muß. Also, möge das Glück uns hold sein! Wir haben es weiß Gott dringend nötig.«

Er schlüpfte in seinen alten Plaidmantel, zog seine Gummistiefel an und setzte sich seine mit Schaffell gefütterte Mütze mit den hochklappbaren Ohrenschützern auf. Man konnte den Abend zwar nicht gerade als angenehm bezeichnen, aber momentan ließ es sich draußen wenigstens noch aushalten. Mit ein bißchen Glück würden die Schneeschauern, die seit Tagesanbruch andauerten, entweder ganz aufhören oder sich erst dann zu einem echten Schneesturm entwickeln, wenn er wieder sicher zu Hause angelangt war und in seinem Bett lag.

Er hoffte, daß dies nicht allzu lange nur eine angenehme Vorstellung blieb. Es war einer jener Tage gewesen, die einen darüber nachgrübeln ließen, wie sinnlos es doch war, die Stunden mit einer Uhr messen zu wollen. Theoretisch waren lediglich zwölf Stunden vergangen, seit er am Ufer von Oozaks Teich gestanden und Beauregard dabei zugesehen hatte, wie er die vielen Menschen ignorierte. Seitdem hatte sich das träge Waldmurmeltier schon längst wieder in seiner vermutlich gemütlichen Höhle auf sein pelziges Ohr gelegt, während P. Shandy knietief in Mordfällen watete. Shandy verspürte den grausamen Impuls, das kleine Miststück wieder wachzurütteln.

Da er jedoch ein vernünftiger Mensch war, kämpfte er seine Rachegelüste mannhaft nieder und begab sich zu seinem Wagen. Mit einem Mal fragte er sich auch, warum man ihn wohl zum Chauffeur auserkoren hatte. Und warum war Cronkite Swope ihnen nicht geifernd mit seinem Pressewagen auf den Fersen? Grundgütiger, lag der unerschrockene Reporter etwa irgendwo dort draußen in der Dunkelheit, den Hals von einem Eispickel durchbohrt?

Ottermole konnte Shandy in diesem Punkt beruhigen, mußte sich jedoch zuerst seinen Söhnen entwinden, die ihm den Weg zur Tür versperrten und riefen: »Paß auf, daß dich die Weltraummonster nicht erwischen, Paps!« Woraufhin sie alle zurück ins Wohnzimmer eilten, um ihren knospenden Verstand vor dem Fernseher weiterzubilden.

»Cronk liegt krank im Bett«, wußte Ottermole zu berichten. »Er ist zu Hause vorbeigefahren, um sich seinen Schal zu holen. Er hat wie verrückt geniest, weil er oben am Teich nasse Füße gekriegt hat. Seine Mutter hat ihn gehört und wollte ihn danach nicht wieder rauslassen.«

»Ich frage mich, ob Charles Kuralt je in diese mißliche Lage geraten ist«, sinnierte Shandy, als er in die alte Landstraße einbog. »Ich gehe doch recht in der Annahme, daß wir auf dem Weg nach First Fork sind?«

»Ja, sind wir. Ich habe mir gedacht, wir könnten eigentlich genausogut zurückfahren und Miss Mink oder sonstwen festnehmen.«

»Großartige Idee. Kann Miss Mink Auto fahren?«

»Nee. Ich wüßte nicht, wo sie es je hätte lernen können. Sie hat nie selbst einen Wagen besessen, und die Buggins haben nie mehr einen gehabt, seit der alte Trev seinen brandneuen Edsel zu Schrott gefahren hat. Er wollte sich einen neuen kaufen, aber Sephy und Purve wollten den Antrag für das Darlehen nicht unterschreiben. Trev hat immer vergessen, auf welcher Straßenseite er eigentlich fahren sollte. Sephy und Purve haben ihn und seine Frau immer überall hingefahren, wo die beiden hinwollten. Miss Mink ist früher mal Fahrrad gefahren, aber das hat sie wegen ihrem Ischias aufgeben müssen.«

»Schade. Was hat Miss Mink übrigens gemacht, bevor sie zu den Buggins gezogen ist?«

»In der Hauptsache hat sie sich um ihre Familie gekümmert. Dann hat sie eine Weile bei den Sills gewohnt, als es Mrs. Sill so schlecht ging, daß jemand den ganzen Tag nach ihr sehen mußte, aber ich glaube, Miss Mink hat sich nicht allzugut mit dem Kongreßabgeordneten verstanden. Die beiden haben sich ständig über irgendwelche politischen Probleme in die Wolle gekriegt. Also ist sie schließlich zu den Buggins gezogen, und da hat sie seitdem gewohnt.«

»Man könnte also sagen, daß sie eine, eh, professionelle Haushälterin und Gesellschafterin ist?«

»Könnte man sagen, denke ich mal.«

Ottermole verstummte, vielleicht, weil er sich überlegte, von welchen außerirdischen Gefahren Doktor Who wohl gerade bedroht wurde, vielleicht auch, weil er über die ungelegene mütterliche Fürsorge ins Grübeln geriet, die Cronkite Swope davon abhielt, fotografisch festzuhalten, wie er Miss Mink oder sonst jemanden abführte.

Shandy ließ ihn brüten. Ihm persönlich wäre es ganz recht, wenn Miss Mink diejenige war, die eingelocht wurde, nach dem Empfang, den sie ihnen heute morgen bereitet hatte. Vielleicht würde es sich ja sogar lohnen, sie einzubuchten. Sie hatte schließlich genug Gelegenheit gehabt, die beiden alten Leutchen umzubringen. Was das Motiv anging, konnte es nicht sein, daß ein Mensch es derart satt hatte, Porridge für schwächliche Senioren zu kochen, daß er bereit war, zur Abwechslung so gut wie alles zu tun?

Minerva Mink hatte sich zwar nicht angehört, als sei sie beschränkt, aber sie hatte einige ziemlich merkwürdige Bemerkungen von sich gegeben. Sie konnte durchaus einen kleinen Sprung in der Schüssel haben, und sie hatte bestimmt irgendwann schon einmal Zugang zu Tetrachlorkohlenstoff gehabt.

Erst seit ein paar Jahren wurde das gefährliche Lösungsmittel nicht mehr offen als Fleckentferner verkauft. Als sie noch bei den Sills gewesen war, hatte Miss Mink mitten auf der Main Street gewohnt, in unmittelbarer Nähe der Geschäfte. Als arme Verwandte und professioneller Fußabtreter hatte sie wahrscheinlich nicht sehr viel anzuziehen gehabt. Fleckentferner war in diesem Fall ein nützlicher Bestandteil der persönlichen Habe. Nachdem sie zu den Buggins gezogen war, hatte sie die Flasche vielleicht versteckt gehalten, aus Angst, daß Beatrice sie aufbrauchen oder Trevelyan auf die Idee kommen könnte, den Inhalt auszutrinken.

Es war bekannt, daß Menschen auch aus nichtigeren Anlässen mordeten, besonders gegen Ende eines langen, harten Winters, sozusagen in einem Anfall von Hüttenkoller, weil sie zu lange drinnen eingesperrt gewesen waren, das Wetter ihr Ischias zur Höllenqual werden ließ und sie trotzdem weiter jeden Morgen Porridge kochen mußten. Miss Mink hätte dem Fremden sogar den Eispickel in den Hals schlagen können, als er vorbeischaute, um seine verlorengeglaubten Verwandten zu besuchen, vorausgesetzt, sie waren wirklich seine Verwandten, und er war tatsächlich dort gewesen.

Shandy wußte, daß er nicht davon ausgehen durfte, daß die drei Todesfälle miteinander verknüpft waren, bevor er nicht einen Beweis dafür gefunden hatte, doch warum sollte er andererseits seine Zeit damit verschwenden, so zu tun, als sei dies nicht der Fall? Wenn Miss Mink den Fremden tatsächlich erstochen hatte, hätte sie dies eigentlich nur in First Fork tun können. Wie in Dreiteufelsnamen hätte jedoch eine Frau in ihrem Alter, die noch dazu mit einem lahmen Bein geschlagen war, eine Leiche dieser Größe den ganzen Weg bis zu Oozaks Teich auf dem Fahrradständer transportieren können, und noch dazu mitten im Januar? Shandy gab seine Gedankenspiele auf und konzentrierte sich lieber wieder auf die Straße.

Seven Forks war wirklich dabei, sich zu verbessern, mußte er zugeben, als sie an der Müllkippe der Stadt vorbeifuhren. Es hatte Zeiten gegeben, da hatte man nicht sagen können, wo die Stadt aufhörte und die Müllkippe anfing. Doch seitdem Kapitän Amos Flackley aus der Antarktis heimgekehrt war und die Familienkurschmiede in Forgery Point übernommen hatte, hatte er seine Nachbarn gezwungen, ordentliche Ställe für ihre Hühner und Schweine zu bauen, das Gerümpel wegzuschaffen, das die Vorgärten verstopfte, und die Schindeln an ihren Häusern wieder festzunageln.

Flackley hatte eine Art kooperatives Heimwerkergeschäft eröffnet, wo die Ortsansässigen Farbe und anderes notwendige Arbeitsmaterial zum Selbstkostenpreis erstehen konnten, wenn nötig sogar in Ratenzahlung. Seine Ehefrau Yvette veranstaltete Näh- und Polsterungskurse und plante gerade ein nachbarliches Projekt zur Verschönerung der Landschaft, sobald das Wetter warm genug war. Wo sich früher die Vorstellung von Haute Cuisine bei den Leuten in einem Sixpack Budweiser und einer Pizza zum Mitnehmen erschöpft hatte, unterhielt man sich jetzt über Fonduetöpfe und Weinproben. Shandy begann wieder zu grübeln.

»Ottermole, wieviel von First Fork hat Trevelyan Buggins gehört?«

»Höh? Oh, keinen Schimmer. Das meiste, nehme ich mal an. Ist sowieso keinen Pfifferling wert.«

Und wahrscheinlich auch entsprechend versteuert, sonst hätte Buggins nicht all die Jahre daran festhalten können. Und der einzige Grund, warum er das Land behalten hatte, war zweifellos der, daß er nicht in der Lage gewesen war, jemanden zu finden, der dämlich genug war, es sich andrehen zu lassen.

»Heiliger Strohsack!« rief er.

»Höh?« sagte Ottermole wieder.

»Verzeihung. Ich war ganz in Gedanken. Warum sagen Sie, daß First Fork keinen Pfifferling wert sei? Denken Sie doch bloß daran, Ottermole, daß die Seven Forks näher an der Kreishauptstadt liegen als jedes andere große Stück Land, auf dem weder gebaut noch Landwirtschaft betrieben wird. Den meisten Landbesitzern hier geht es genauso schlecht wie den Buggins, und sie würden zweifellos auf der Stelle verkaufen, wenn irgendein Bauherr ihnen ein Angebot machen würde. Sie brauchen sich ja nur einmal anzusehen, was drüben in Lumpkinton passiert, wo dieser Immobilienhai Gunder Gaffson überall seine billigen Kästen mit Eigentumswohnungen hingepflanzt hat.«

»Jesses, daran habe ich noch gar nicht gedacht. Glauben Sie, daß Kapitän Flackley deswegen die Leute die ganzen Häuser instandsetzen läßt?«

»Ich würde lieber glauben, daß er lediglich versucht, ihnen zu einem besseren Leben zu verhelfen. Natürlich zieht er vielleicht auch schon die Möglichkeit einer Übernahme in Betracht und hat sich gedacht, daß die Eigentümer, wenn sie ihre Häuser herausputzen, individuelle Käufer interessieren und somit mitbestimmen können, wer dort wohnt, statt zuzulassen, daß irgendein reicher Grundstücksmakler die ganze Gegend hier in Stücke reißt, wie es ihm gerade paßt.«

»Huh«, sagte Ottermole, bei dem die unzähligen Polizei- und Gangsterfilme, die er sich angesehen hatte, zu einem gewissen Zynismus geführt hatten. »Oder Flackley selbst hat vor, die Häuser billig zu kaufen und sie dann teuer weiterzuverkaufen, nachdem die Eigentümer sie richtig schön aufgemöbelt haben. Das könnte er doch ganz leicht durch irgendeine Schwindelfirma machen, und keiner würde rauskriegen, daß er es gewesen ist.«

»Tja, das könnte er vielleicht wirklich.«

Es wäre sogar das reinste Kinderspiel. Aber Shandy gefiel die Vorstellung ganz und gar nicht. Er bewunderte diesen Forscher und Wissenschaftler, der eine aufregende Karriere in der Antarktis aufgegeben und sich hier niedergelassen hatte, um eine Familientradition weiterzuführen. Aber was wäre, wenn Flackley nicht aus Sorge um die unbeschlagenen Hufe der Pferde von Balaclava County gehandelt hatte, sondern aus der Überlegung heraus, daß sich ihm hier eine hervorragende Gelegenheit bot, sich selbst auf Kosten seiner nichtsahnenden Nachbarn zu bereichern und dann wieder auf Expeditionsreise zu gehen, ohne sich groß um neue Forschungsgelder kümmern zu müssen?

Was wäre, wenn der Kurschmied sich bereits an Trevelyan Buggins gewandt hatte, um ihm sein großes Grundstück abzukaufen? Und wenn der alte Mann ihm daraufhin gesagt hatte, er solle sich zum Teufel scheren, weil er selbst reich werden wollte und das Land seiner Vorfahren für künftige Generationen zu bewahren gedachte? Vielleicht hatte Flackley daraufhin Druck auf Buggins ausgeübt, damit er sich die Sache noch einmal überlegte, und der alte Trevelyan hatte seinen Sohn zu Hilfe gerufen, um ihn gegen Flackley zu verteidigen? Und wenn Bracebridge oder möglicherweise auch Bainbridge grob geworden war und der Kurschmied daraufhin noch gröber?

Shandy hatte zwar keine Ahnung, wie aufbrausend die Menschen in den südlichsten Gefilden für gewöhnlich waren, doch er wußte eine ganze Menge über Kapitän Flackley. Royall Ames, der Sohn von Shandys Busenfreund Professor Timothy Ames, hatte seine jetzige Frau Laurie kennengelernt, als beide als Biologen an Bord von Flackleys Schiff *Hippocampus* gearbeitet hatten. Der Kapitän hatte sie sogar höchstpersönlich getraut, unter Mitwirkung der gesamten Schiffscrew und mehrerer hundert Pinguine.

Roy und Laurie zufolge verfügte Kapitän Flackley über unerschöpfliche Ressourcen und war ein Mann von unbeugsamem Mut.

Er war kein skrupelloser Eispirat, der ohne Rücksicht auf Verluste in Gefilde vordrang, in die andere ihre Schlittenhunde nicht hinzulenken wagten, doch niemand hatte je gesehen, daß er vor irgendeiner Verwegenheit zurückschreckte, wenn Taten gefragt waren. Sollte Kapitän Flackley beschließen, daß Bracebridge Buggins oder dessen Ebenbild mit einem Eispickel erstochen und in Oozaks Teich geworfen werden mußte, und zwar in einem merkwürdigen alten Anzug mit Steinen in den Taschen, dann würde der Kapitän dies sicher mit einem Minimum an Aufwand hinter sich bringen und sich danach sofort wieder seinen gewöhnlichen Pflichten zuwenden. Was den Eispickel betraf, war das nicht geradezu die ideale Waffe für einen Mann, der so viele Jahre zwischen Eisbergen und Eisschollen verbracht hatte?

Oozaks Teich war zwar nicht gerade das Weddellmeer, lag jedoch verdammt viel günstiger. Flackley würde wissen, daß der Teich nie ganz zufror. Falls er sich an diese Tatsache aufgrund seiner Kindheitserfahrungen nicht mehr erinnerte, konnte er es leicht irgendwo in Erfahrung gebracht haben, beispielsweise bei einem seiner Besuche alle zwei Wochen, wenn er Thorkjeld Svensons Balaclava Blacks beschlug oder mit Professor Stott gelehrte Gespräche über die Pflege und Fütterung von Schweinen, Schafen und See-Elefanten führte. Stott hatte zwar momentan keine See-Elefanten in seiner Obhut, aber man konnte schließlich nie wissen.

Hölle und Verdammnis! Flackley hatte genug Grips und Wagemut, er hatte wenigstens ein mögliches Motiv und wohnte genau an der richtigen Stelle. Geradezu ein perfekter Verdächtiger.

Aber Peter Shandy hätte viel lieber jemanden verdächtigt, der ihm unsympathisch war. Als sie schließlich das Buggins-Haus erreichten, war seine Stimmung noch düsterer als bei ihrer Abfahrt. Miss Mink war allein gewesen, als Edna Mae Ottermole sie im Auftrag ihres arglistigen Mannes angerufen hatte, unter dem Vorwand, sich nach ihrem Befinden erkundigen zu wollen. Inzwischen hätten unzählige Minks und Porbles hier aufkreuzen oder sie mit zu sich nach Hause nehmen können.

Nein, Gott sei Dank war sie immer noch zu Hause und auch immer noch allein. Doch das war sie offenbar noch nicht sehr lange, es sei denn, sie frönte einer alten Landfrauensitte aus längst vergangenen Zeiten und war Pfeifenraucherin. Als sie die Tür öffnete, hing nämlich unverkennbar Pfeifengeruch in der Luft und überdeckte diverse andere Gerüche nach altem Haus und abgestandenem Essen. Sie begrüßte sie nicht gerade begeistert.

»Oh. Sie sind es.«

»Waren denn inzwischen viele Besucher da, Miss Mink?« fragte Shandy.

Sie rümpfte die Nase. »Kann man wohl kaum so nennen. Ich würde eher sagen, es waren neugierige Nachbarn, die nur herumschnüffeln wollten. Aber ich hatte nur die Wahl, hierzubleiben und diese penetranten Leute auszuhalten oder zu Persephone zu gehen und mir das Gejammere und Gestöhne von Purvis' Mutter anzuhören. Grace Porble hat mir zwar auch angeboten, bei ihr zu übernachten, aber ich werde mich hüten, sie beim Wort zu nehmen. Doktor Porble ist viel zu arrogant, um sich mit meinesgleichen abzugeben.«

Phil Porble hätte eine alte Dame nicht draußen im Schnee stehenlassen, und das wußte Miss Mink sicher. Sie wußte bestimmt auch, daß Persephone sie weiter hier im Haus wohnen lassen würde, bis man eine andere Unterkunft für sie gefunden hatte, auch wenn dies noch so lange dauern sollte. Shandy fragte sich, ob Miss Mink vielleicht plante, das Haus für sich selbst zu beanspruchen, als legale Hausbesetzerin sozusagen.

Ottermole zog ein kleines Einmachglas aus einer der zahlreichen Taschen seiner schwarzen Lederjacke. »Bitte sehr, Miss Mink. Meine Frau hat mir ein Glas Eingemachtes für Sie mitgegeben.«

Edna Mae hatte ihr kleines Geschenk liebevoll zurechtgemacht. Sie hatte ein rundes Stück Gingan mit einem roten Band über dem Verschluß befestigt und ein getrocknetes Bleiwurzzweiglein wie eine Blume in einem Hutband daruntergesteckt. Die Frauen im Gartenclub würden von Edna Mae bestimmt entzückt sein. Miss Mink setzte das Glas mit einem müden Seufzer auf den Tisch.

»Ich werde mich schriftlich bedanken, sobald ich die Zeit dafür finde.«

»Das ist aber wirklich nicht nötig.«

»Ich weiß schließlich, was sich gehört, Frederick Ottermole. Warum schicken einem die Leute eigentlich immer Erdbeeren, können Sie mir das vielleicht sagen?«

Shandy beschloß, daß es höchste Zeit war, die Schonfrist zu beenden und es dieser unangenehmen alten Person endlich einmal zu zeigen. »Miss Mink«, sagte er, »haben Sie während der letzten paar Stunden mit Persephone gesprochen?«

»Was meinen Sie mit ›in den letzten paar Stunden‹? Sephy war heute morgen hier draußen und hat die Sachen geholt, in denen ihre Eltern beerdigt werden sollen. Sie haben sie doch selbst hier gesehen. Gegen halb vier hat sie dann noch mal angerufen, um zu sagen, daß alles für die Beerdigung vorbereitet ist, und mich eingeladen, in die Stadt zu fahren und die Nacht bei ihr und Purvis zu verbringen. Was ich nicht wollte. Ich habe sie daran erinnert, daß es besser wäre, wenn hier jemand auf das Haus aufpaßt, weil sonst bestimmte Personen, die es nicht wert sind, beim Namen genannt zu werden, herkommen und alles stehlen, was ihnen in ihre schmutzigen Finger fällt.«

»Dann wissen Sie also noch nicht, daß die Todesursache von Mr. und Mrs. Buggins inzwischen geklärt ist?«

»Wieso geklärt? Doktor Fotheringay hatte die Totenscheine doch bereits ausgestellt.«

»Nee«, sagte Ottermole, »hat er nicht. Dieser Hot-dog-Kuli, den Sie ihm geliehen haben, ist ausgetrocknet, bevor er seinen Namen fertiggeschrieben hat. Der Doktor hat bloß weitergekratzt und nicht gemerkt, daß keine Tinte mehr rausgekommen ist.«

»Das zählt doch wohl immer noch als Unterschrift.«

»Für mich ganz sicher nicht. Das hätte er eigentlich wissen müssen. Ärzte dürfen nämlich gar keinen Totenschein ausstellen, wenn die Umstände verdächtig erscheinen.«

»Was ja wohl kaum der Fall war. Sowohl Mr. als auch Mrs. Buggins haben den ganzen Winter gekränkelt.«

»Aber bestimmt nicht so sehr wie letzte Nacht. Hey, Sie setzen sich am besten hier auf den Schaukelstuhl, Miss Mink.«

»Und warum sollte ich das?«

Sie war schließlich trotz allem eine alte Dame. »Weil«, sagte Shandy, »wir Ihnen etwas sehr Unangenehmes mitteilen müssen. Setzen Sie sich lieber hin, Miss Mink.«

Kapitel 9

Shandy schob den Schaukelstuhl näher an den Herd heran. Nach beträchtlichem Widerstand und Murren ließ Miss Mink sich schließlich nieder.

»Also gut. Worum handelt es sich? Nach allem, was ich heute durchgemacht habe, kann ich mir nicht vorstellen, daß es etwas gibt, das mich jetzt noch umwerfen könnte.«

Shandy versuchte nicht weiter, taktvoll zu sein. »Die Autopsie hat ergeben, daß sowohl Mr. als auch Mrs. Buggins vergiftet worden sind.«

»Autopsie? Welches Recht haben Sie überhaupt ...« Sie hatte offenbar erkannt, daß es zu spät war, sich über diesen Punkt zu streiten. »Was für eine Art Gift?«

»Tetrachlorkohlenstoff.«

Sie starrte ihn an. »Das kann doch wohl nur ein schlechter Witz sein, oder? Ich weiß genau, was das bedeutet, und ich kann nur sagen, daß ich es lächerlich finde. Glauben Sie etwa, die beiden waren so unvernünftig, Fleckentferner zu trinken? Sie waren alles andere als senil, das können Sie mir glauben.«

»Wir versuchen keineswegs, Witze zu machen, Miss Mink. Hatten Sie das Lösungsmittel hier im Haus?«

»Selbstverständlich nicht. Wozu sollten wir es auch brauchen? Persephone hat immer alle Kleidungsstücke ihrer Eltern, die gereinigt werden mußten, mit nach Sunny Spot genommen.«

»Dann müssen wir daraus schließen, daß jemand das Gift heimlich ins Haus gebracht hat.«

»Ich war es jedenfalls nicht.«

»Ich habe auch nicht gesagt, daß Sie es gewesen sind, Miss Mink. Polizeichef Ottermole und ich versuchen lediglich herauszufinden, wer es gewesen sein könnte. Wir hoffen, daß Sie uns dabei behilflich sein können.«

»Das kann ich leider nicht.« Mit einem Mal hatte Miss Minks eiserne Haltung einen gefährlichen Knacks bekommen. »Ich war gar nicht hier. Ich habe meinen Posten schmählich im Stich gelassen. Ich habe sie in der Stunde der Not allein gelassen. O Herr, vergib mir! Warum hast du nicht mich an ihrer Statt zu dir genommen?«

Sie schlug sich die Schürze vor das Gesicht und begann, wie besessen mit dem Stuhl zu schaukeln. Der Schaukelstuhl schoß über den unebenen Dielenboden nach hinten. Shandy mußte zur Seite springen, sonst wäre er umgeschaukelt worden.

»Ottermole, ist noch heißes Wasser in dem Kessel? Miss Mink könnte sicher eine Tasse Tee gebrauchen, um ihre Nerven ein wenig zu beruhigen.«

»Ich verdiene keinen Tee«, stöhnte Miss Mink unter ihrer Schürze. »Ich bin ein schlechter Mensch, ich habe gesündigt.«

»Ach Quatsch«, sagte Ottermole. »So schlimm ist es nun auch wieder nicht. Hier, trinken Sie mal einen Schluck hiervon.«

Die Haushälterin rieb sich verzweifelt das Gesicht mit der Schürze, ließ sie wieder sinken und starrte entgeistert auf die tropfende Tasse, die Ottermole ihr hinhielt, und das Papierschildchen des Teebeutels, das darin schwamm. »Woher soll ich wissen, daß der Tee nicht vergiftet ist?«

»Ist doch völlig egal«, erwiderte der Polizeichef. »Sie haben doch eben noch gesagt, daß Sie viel lieber selbst an ihrer Stelle gestorben wären, oder? Außerdem wüßte ich gern, wie Tetrachlorkohlenstoff in den Teebeutel kommen sollte.«

»Es könnte ja auch im Wasser sein.«

»Völlig unmöglich. Das Wasser hat gekocht. Tetra hätte sich längst in Phosgen verwandelt und wäre aus der Tülle ausgetreten.«

»Donnerwetter, Ottermole, das habe ich ja gar nicht gewußt«, sagte Shandy. »Wo haben Sie denn dieses esoterische Wissen her?«

»Ich habe Professor Joad vom Fachbereich Chemie angerufen. Sehen Sie, ich habe erwartet, daß hier ein Kessel mit kochendem Wasser auf dem Herd steht, da habe ich gedacht, besser, ich frage vorher mal nach.« Ottermole ließ sich anscheinend tatsächlich so leicht von niemandem etwas vormachen, wie Edna Mae ihren Verwandten schon seit Jahren klarzumachen versuchte.

Derart beruhigt, probierte Miss Mink ein Schlückchen Tee. »Also wirklich«, beschwerte sie sich, »etwas Milch und Zucker hätten Sie schon hineintun können.«

Sanftmütig nahm Ottermole die Zuckerdose vom Küchentisch und die Milch aus dem Kühlschrank, der wohl noch aus der Zeit um 1954 stammte. Die Vorratskammer war wohlgefüllt, stellte Shandy fest. Wahrscheinlich hatten Grace und Persephone Lebensmittel mitgebracht. Er wartete, bis Miss Mink ihren Tee zu ihrer Zufriedenheit verfeinert und ungefähr die Hälfte der Tasse in sich hineingeschüttet hatte, und riskierte dann eine weitere Frage.

»Würde es Ihnen etwas ausmachen, uns zu sagen, wo Sie letzte Nacht gewesen sind?«

Miss Mink trank ihren Tee aus, trug die Tasse zur Spüle, wusch sie unter dem Wasserhahn aus, stellte sie zum Trocknen auf das Abtropfbrett, ging zurück und setzte sich wieder in den Schaukelstuhl, das Gesicht dem Herd zugewandt. »Ich war Bingo spielen«, murmelte sie.

»So fallen unsere Sünden auf uns zurück«, murmelte Shandy. »Ach ja, das Bingospiel. Wo hat es stattgefunden, Miss Mink?«

»Drüben in Fourth Fork.«

»Die haben da eine Art Gemeindezentrum«, klärte Ottermole Shandy auf. »War früher mal eine Schule, bis sie angefangen haben, die Kinder mit dem Bus ins Stadtzentrum zu transportieren. Wie sind Sie denn dort hingekommen, Miss Mink?«

»Jemand hat mich gefahren.«

»Und wer?«

»Eine Nachbarin.« Sie wedelte mit ihrer Schürze, als versuchte sie, ihre lästigen Besucher wegzuscheuchen. »Also ich muß ja schließlich auch ab und zu mal hier raus, oder? Tagaus, tagein bin ich in diesem winzigen Haus eingesperrt, Nacht für Nacht, und bediene die beiden von vorne bis hinten, unaufhörlich, ohne Pause.«

»Jetzt mach aber mal ’nen Punkt, Min. Die Buggins haben doch immer nur nach deiner Pfeife getanzt. Und denk bloß nicht, daß wir das nich’ alle gewußt haben.«

Die Sprecherin war wieder die Dame in Rot, die plötzlich aus dem nächtlichen Dunkel hereingeschneit war, das Haar noch eine Spur ungepflegter als vorher, die gesamte Erscheinung ebenfalls, soweit dies überhaupt möglich war. Statt des Anoraks trug sie jetzt einen Mantel aus Webpelz. Beutelratten-Imitat, dachte Shandy. Er fragte sich, ob sie das Kleidungsstück wohl von einem Fernfahrer hatte, der damit regelmäßig die Dreckspuren von seinem Sattelschlepper gewischt hatte.

»Ich habe nicht gehört, daß du angeklopft hast«, begrüßte Miss Mink sie frostig.

»Die Tür stand offen.«

»Stand sie nicht.«

»Schon gut, dann war das Schloß eben nicht richtig eingeschnappt. Hab' dir 'nen Stapel Zeitschriften mitgebracht, damit du dir die Zeit vertreiben kannst. Krieg' ich dafür nich' mal 'n Dankeschön?«

»Ich kann meine Zeit nicht mit der Art von Lektüre verschwenden, die du bevorzugst.«

»Wohl immer noch sauer, weil ich dich letzte Nacht nich' hab' gewinnen lassen, was?«

Shandy schaltete sich ein. »Sie waren demnach gestern abend auch in der Bingohalle, Miss, eh?«

»Nennen Sie mich einfach Flo. Sind Sie verheiratet?«

»Sehr glücklich, danke der Nachfrage.«

»Jederzeit.« Flos Einladung, falls es überhaupt eine war, klang nicht besonders überzeugend. »Was is' denn los?«

»Wir führen gerade ein Privatgespräch.« Miss Mink war offenbar zu wohlerzogen, um die Zähne zu fletschen, doch es schien nicht mehr viel zu fehlen.

»Das soll verstehen, wer will«, sagte Flo. »Sie is' immer noch stinksauer auf mich, weil ich sie das letzte Spiel nich' hab' spielen lassen.«

»Wie spät war das, Flo?« fragte Shandy.

»Keine Ahnung, elf Uhr, halb zwölf vielleicht. Min will nie weg, bis nich' der letzte Schuß abgefeuert worden is' und der Rauch sich verzogen hat. Aber ich brauch' nun mal unbedingt meinen Schönheitsschlaf. Hat irgendwer von euch vielleicht 'ne Zigarette für mich?«

Niemand hatte eine. Edna Mae hatte Ottermole gezwungen, mit dem Rauchen aufzuhören, weil er damit seinen Söhnen ein schlechtes Vorbild war. Shandy war damals, als er noch jung genug gewesen war, sich schlechten Gewohnheiten hinzugeben, zu arm gewesen, um sie sich erlauben zu können. Miss Mink rümpfte lediglich die Nase. Flo sah sowieso nicht aus, als ob sie allen Ernstes eine Zigarette von ihnen erwartet hätte. Shandy bemerkte, daß sie sich nicht einmal die Mühe gemacht hatte, die roten Strickhandschuhe auszuziehen, die sie gerade trug. Im Gegensatz zu ihrer übrigen Garderobe sahen die Handschuhe übrigens neu und sauber aus.

Vielleicht hatte sie sie gerade von ihrem Bingogewinn erstanden und wollte damit angeben.

»Haben Sie zufällig Miss Mink zur Bingohalle gefahren?« erkundigte sich Shandy.

»Genau. Ich hab' den Wagen von 'nem Freund geliehen. Er is' momentan weg.« Flo schaute Polizeichef Ottermole an.

»Ach ja?« erwiderte dieser mit verständlichem Interesse. »Weswegen hat man ihn denn aus dem Verkehr gezogen?«

Shandy hielt dies nicht für den geeigneten Zeitpunkt für einen professionellen Plausch. »Wann genau haben Sie Miss Mink abgeholt, können Sie sich daran noch erinnern?«

»Direkt nach *Doktor Who*. So etwa zwanzig vor acht.«

»Haben Sie zu diesem Zeitpunkt Mr. und Mrs. Buggins gesehen? Waren die beiden wohlauf?«

»Sicher doch. Die haben rumgegackert wie zwei alte Hennen, genau wie sonst auch immer, wollten unbedingt, daß ich reinkomme und 'ne Zeitlang bleibe, aber Min hatte schon Mantel un' Hut an un' war fertig zum Abflug. Ich wußte, sie konnte es kaum erwarten loszuziehen. Also hab' ich gesagt, wir wollten auf keinen Fall das erste Spiel verpassen, un' dann sind wir weg. Man kriegt da nämlich Kaffee umsonst, wenn man früh genug da ist, wissen Sie.«

»Sie haben also nicht erwartet, daß das Ehepaar Buggins aufbleiben und auf Sie warten würde, Miss Mink?«

»Nein, auf gar keinen Fall. Sie sind jede Nacht Punkt halb zehn Uhr zu Bett gegangen.«

»Gab ja auch nich' viel, weswegen sie hätten aufbleiben sollen«, warf Flo ein.

Shandy wandte sich wieder an sie. »Sind Sie zusammen mit Miss Mink ins Haus gekommen, als Sie sie nach dem Bingo zurückgebracht haben?«

»Meine Güte, natürlich nicht. Ich hatte Angst, den alten Pop Buggins aufzuwecken. Dann wär' der doch wieder runtergekommen, un' ich hätte mir wieder dieselben alten Geschichten anhören müssen, und noch dazu ohne Gebiß! Die waren schon schlimm genug, wenn man verstehen konnte, was er sagte, aber wenn er auch noch wie 'ne Schüssel voll Weetabix sprach, also das konnte man wirklich vergessen! Ich hab' bloß im Wagen gesessen, mit laufendem Motor, un' gewartet, bis Min drin war, un' bin dann gleich losgebraust.«

»Miss Mink, haben Sie noch bei Mr. und Mrs. Buggins hereingeschaut, als Sie zu Bett gegangen sind?«

»Ich habe nicht die Gewohnheit, in das Schlafzimmer verheirateter Leute zu platzen, wenn es mir nicht ausdrücklich erlaubt ist«, wies ihn Miss Mink zurecht.

»Ach Gottchen, hat sie nich' echt Stil?« rief Flo. »Schade, daß sie so tief gesunken is', daß sie gezwungen is', sich von Personen wie mir rumkutschieren zu lassen. So, Leute, ich muß jetz' weg. Ich will nämlich noch zu 'nem *Gilligan's-Island*-Fest.«

»Das findet doch erst morgen abend statt«, meinte Polizeichef Ottermole, aber Flo war bereits verschwunden.

»Wo wohnt sie übrigens?« fragte Shandy.

»In dem kleinen blauen Haus, da, wo die Landstraße abzweigt«, erklärte Miss Mink. »Der eigentliche Bewohner ist, wie sie es ausdrückt, momentan weg.«

»Mike Woozle!« rief Ottermole. »Ich wußte doch, daß es mir noch einfallen würde. Mike hat acht Jahre Haft und zwei Jahre auf Bewährung gekriegt, weil er das Petrolatorium drüben bei Lumpkin Upper Mills ausgeraubt hat.«

»War das nicht ein recht strenges Urteil, bloß für einen Überfall auf eine Tankstelle?« erkundigte sich Shandy.

»Ja, schon, aber er hatte es schließlich zum vierzehnten Mal getan. Außerdem war es sozusagen ein Spezialfall. Also, es ist so gewesen. Mike hat gegen den Cola-Automaten getreten, um an das Geld zu kommen. Oscar Plantagenet, das ist der Mann, dem die Tankstelle gehört, wohnt gleich nebenan, wissen Sie. Oscar kriegt also mit, wie Mike gegen den Automaten tritt, und greift sich das Luftgewehr von seinem Sohn, weil das die einzige griffbereite Waffe ist, und rennt rüber. Mike hat inzwischen den Automaten aufgebrochen, das Ding steht sperrangelweit offen. Also greift er sich eine Dose Orangeade und bewirft Oscar damit, gerade als Oscar versucht, auf Mike anzulegen. Das Luftgewehr geht los, und Oscar trifft Mike ins linke Schienbein. Mike wird sauer und greift sich eine Dose Tonic nach der anderen und beschmeißt Oscar damit, während Oscar sich hinter der Zapfsäule verschanzt und versucht, auf Mikes Wurfarm zu schießen. Da kommt zufällig eine Gruppe Arbeiter aus der Seifenfabrik vorbei, die Nachtschicht haben. Alles dicke Freunde von Oscar, also schnappen die sich die Dosen und beschmeißen Mike damit.«

»Grundgütiger. Ein wahres Armageddon.«

»Das kann man wohl sagen. Mike reißt sich ein Stück aus dem Cola-Automaten und benutzt es als Schild, wie diese römischen Gladiatoren früher, und bewirft Oscar wieder mit Dosen, der sie dann mit seinem Gewehr in der Luft abknallt. Überall spritzt 7 up und Ginger Ale rum, weil die Kohlensäure von dem ständigen Hin- und Herschmeißen total durchgerüttelt ist. Es ist also echt die Hölle da draußen.

Inzwischen hat aber Oscars Frau die Polizei gerufen. Polizeichef Olson kommt also rübergebraust, und Mike trifft ihn mit einer Dose Root Beer am rechten Ohr. Mike steht da und lacht sich kaputt, während Olson sich das Zeug vom Gesicht wischt. Währenddessen schleicht sich einer der Jungs aus der Seifenfabrik, der was von asiatischem Kampfsport versteht, von hinten an Mike ran, wie der Typ in diesen Kung-Fu-Filmen, brüllt ›Ha-ya!‹ und tritt Mike die Füße unterm Bauch weg.

Dann schmeißen sich sechs oder acht von den Jungs aus der Seifenfabrik auf Mike drauf. Inzwischen hat Olson sich das Root Beer aus den Augen gewischt und sich wieder erinnert, wo er die Handschellen hingelegt hat. Als er Mike jetzt festnehmen will, muß er erst noch ein paar von den Jungs wegschieben, damit er überhaupt an Mikes Handgelenke kann. Der Richter verurteilt Mike schließlich wegen Raubüberfall, Widerstand gegen die Staatsgewalt und Körperverletzung mit 26 Dosen kohlensäurehaltiger Flüssigkeit.«

»Und bereicherte somit die Annalen der Rechtsprechung um einen weiteren Präzedenzfall«, sagte Shandy. »Verdammt schade, daß Oscars Frau keine Videokamera griffbereit hatte. Wie lange verkehrt diese, eh, Flo bereits mit Mike Woozle, Miss Mink?«

Die Frau zuckte mit den Achseln. »Das weiß ich nun wirklich nicht. Er hat ständig andere Flittchen gehabt. Normalerweise lassen sie mich in Ruhe, und ich beachte sie gar nicht, aber diese Person versucht seit einiger Zeit, sich bei mir einzuschmeicheln, falls man es so nennen kann. Ich vermute, sie fühlt sich einsam, weil dieser Woozle im Gefängnis sitzt, und weiß nicht so recht, was sie mit sich anfangen soll. Ich habe versucht, ihr klarzumachen, daß mir an ihrer Gesellschaft nicht viel liegt, aber Flo versteht meine Andeutungen offenbar nicht.«

»Ist doch bestimmt praktisch, jemanden zu haben, der einen im Auto mitnehmen kann«, sagte Ottermole.

Miss Mink mußte zugeben, daß dies zutraf. »Aber wenn ich nur daran denke, daß ich dagesessen und Bingo gespielt habe, während Mr. und Mrs. Buggins hier in den letzten Zügen lagen – oh, ich kann den Gedanken einfach nicht ertragen! Glauben Sie, ich hätte sie retten können, wenn ich hiergewesen wäre?«

»Tja, das ist wirklich eine schwierige Frage«, sagte Shandy. »Ich vermute, das Ehepaar hatte die Angewohnheit, vor dem Zubettgehen ein Glas von Mr. Buggins' Spezialgebräu zu sich zu nehmen?«

»Das stimmt. Kein großes Glas, wissen Sie. Nur damit sie besser einschlafen konnten.«

»Wenn Sie gestern abend hiergewesen wären, hätten Sie dann auch ein Gläschen mitgetrunken?«

»Möglicherweise«, gab Miss Mink zu. »Wenn sie mir eins angeboten hätten.«

»Wäre das denn wahrscheinlich gewesen?«

»Durchaus. Die Buggins waren nicht so knauserig wie gewisse andere Leute, die ich kenne.«

»Aber Sie hätten sich nicht selbst etwas genommen, wenn man es Ihnen nicht angeboten hätte?«

»O nein, auf keinen Fall. Daran würde ich nicht einmal im Traum denken.«

Miss Mink starrte ihn an. »Gütiger Himmel! Sie wollen doch damit nicht etwa andeuten, daß ich jetzt auch tot sein könnte, wenn ich gestern abend nicht weg gewesen wäre?«

»Diese Möglichkeit müssen wir in Betracht ziehen, Miss Mink«, erwiderte Shandy.

»Möchten Sie noch Tee?« fragte Ottermole.

Sie zuckte zurück, als habe er versucht, eine Dose Root Beer nach ihr zu werfen. »Du lieber Himmel, nein! Ich könnte jetzt keinen Schluck trinken. Sie können aber noch einen Scheit Holz auf das Feuer legen, wenn Sie sich unbedingt nützlich machen wollen. Mir ist auf einmal so kalt geworden.«

Miss Mink verkroch sich noch tiefer in ihre graue Jacke. »Vielleicht hätte ich doch lieber zu Persephone gehen sollen.«

»Wir können Sie gern dort absetzen«, bot Shandy an, doch sie schüttelte den Kopf.

»Nein, ich habe gesagt, daß ich hierbleibe, und ich stehe zu meinem Wort. Schließlich bin ich nur eine alte Frau, was bin ich denn schon wert? Nicht einmal die Buggins brauchen mich jetzt noch.«

Sie stieß ein leicht irres Lachen aus. Shandy hoffte, daß sie sich nicht in einen weiteren Gefühlsausbruch hineinsteigerte.

»Bleiben Sie einfach hier sitzen, und wärmen Sie sich ein wenig auf, Miss Mink. Polizeichef Ottermole wird sich in der Zwischenzeit ein bißchen umschauen, damit wir ganz sicher sein können, daß es hier im Haus nichts gibt, das Ihnen gefährlich werden könnte.«

»Genau«, sagte Ottermole. »Wo ist zum Beispiel die Flasche, aus der die beiden das Zeug getrunken haben?«

»In dem Schrank in der Ecke, links neben der Spüle. Es steht Essig auf dem Etikett. Mr. Buggins hat immer jeden Behälter genommen, den er gerade finden konnte.«

»Haben Sie deshalb hier soviel Essig rumstehen?« Der Polizeichef steckte den Kopf in den Schrank. »Hier steht noch eine halbvolle Flasche, also haben die beiden wahrscheinlich daraus getrunken. Schnuppern Sie mal dran, Professor.«

»Nein, danke«, sagte Shandy. »Falls sie wirklich Tetrachlorkohlenstoff enthält, sollten wir dergleichen lieber unterlassen. Wir nehmen die Flasche am besten mit zu Professor Joad und lassen sie von ihm untersuchen. Miss Mink, glauben Sie, daß die Buggins während Ihrer Abwesenheit die Türen abgeschlossen hatten?«

»Die beiden? Die haben nie im Leben eine Tür abgeschlossen. Das hat damals, als sie noch Kinder waren, hier draußen keiner gemacht, und man konnte ihnen einfach nicht klarmachen, daß sich die Zeiten geändert haben. Ich nehme an, sie hätten die Tür während meiner Abwesenheit auch sonst nicht abgeschlossen, man vertraut seinem Hauspersonal nicht ohne weiteres einen Schlüssel an, nicht wahr? Vorausgesetzt, sie hätten sich überhaupt daran erinnert, wo sie den Schlüssel aufbewahrten.«

Shandy ignorierte den sarkastischen Unterton. »Haben die beiden hier unten am Ofen gesessen?«

»Als ich gegangen bin, saßen sie jedenfalls nicht hier. Ihr Fernseher befindet sich oben. Nachdem Persephone ausgezogen ist, hat Mr. Buggins das Schlafzimmer umgeräumt und sich daraus eine gemütliche Höhle gemacht, wie er immer zu sagen pflegte. Normalerweise sind die beiden immer direkt nach dem Abendessen hochgegangen. Während ich das Geschirr abwusch und die Küche in Ordnung brachte«, fügte sie mit gerümpfter Nase hinzu.

»Ist die Höhle denn geheizt?«

»O ja, es ist ziemlich warm da oben. Der Kamin führt direkt durch die Wand, und im Boden gibt es eine Heizklappe. Außerdem hatten sie beide diese warmen Steppdinger, in die man hineinschlüpfen kann und die man dann mit einem Reißverschluß zumacht.«

»Und als Sie gingen, saßen die beiden oben?«

»Soweit ich weiß, ja. Wir haben um sechs zu Abend gegessen, wie gewöhnlich, und dann sind sie nach oben gegangen, um sich die Nachrichten anzuschauen. Danach habe ich sie nicht mehr gesehen, bis Flo gekommen ist, um mich abzuholen. Da sind sie wieder heruntergekommen, wie Flo Ihnen bereits gesagt hat, aber sobald sie feststellten, daß Flo sofort wieder fahren wollte, sind sie wieder nach oben gegangen. Sie wollten sich unbedingt irgendeine Sendung ansehen.«

»Ich nehme an, das Schlafzimmer befindet sich ebenfalls oben?« Shandy erinnerte sich daran, daß Persephone hochgegangen war, um das Hochzeitsfoto zu holen.

»Das Badezimmer auch«, ergänzte sie.

»Sie hatten keine, eh, Veranlassung, das Badezimmer aufzusuchen, bevor Sie selbst letzte Nacht zu Bett gingen?«

»Nein, hatte ich nicht. Purvis hat ein provisorisches Waschbecken und eine Waschkommode in dem Raum installiert, der früher einmal die Sommerküche war. Ich benutze fast immer diesen Raum.«

»Und wo schlafen Sie?«

»Im Dienstbotenzimmer neben der Küche, selbstverständlich.«

»Dürfen wir uns den Raum einmal ansehen?«

Miss Mink preßte die Lippen zwar fest zusammen, leistete jedoch keinen Widerstand. Shandy sah keinen Grund, warum sie mit ihrem Quartier unzufrieden hätte sein sollen. Es stand ein bequem aussehendes Eisenbett darin, mit einer weißen Tagesdecke mit Frottierplüschmuster und einer bunten gestrickten Decke über dem Fußende. Man hatte ihr einen Polstersessel ins Zimmer gestellt, dazu eine Kommode, auf der ihr eigenes kleines Fernsehgerät stand. Auf einem Nachttisch befanden sich eine Leselampe, ein Radiowecker, eine recht auffällig plazierte Bibel und dahinter, halb verdeckt, ein paar Taschenbücher mit Liebesromanen. An den Wänden hingen romantische Farbdrucke, an den Fenstern blaue Nylonvorhänge. Der Boden war mit geflochtenen Läufern bedeckt, und überall stand so viel Nippes herum, daß man einen Laden mit Geschenkartikeln damit hätte eröffnen können.

»Sehr gemütlich«, stellte Shandy fest, eine Bemerkung, die Miss Mink offenbar mißfiel. »Wir sehen uns nur ein wenig um, wenn es Ihnen nichts ausmacht.«

»Was macht es schon für einen Unterschied, ob es mir etwas ausmacht oder nicht?« fuhr Miss Mink ihn an. »Sie tun es ja sowieso.«

Damit hatte sie völlig recht. Also machten sie sich ans Werk. Ihre Suche war nicht nur peinlich, sondern auch völlig erfolglos, denn das einzige Geheimnis, das Miss Minks Gewissen beschwerte, bestand aus einem Stapel Zeitschriften, von denen sie behauptete, Flo habe sie ihr aufgedrängt und es sei ihr unangenehm gewesen, sie zum Abfall zu legen, den Purvis immer abholte und zur Müllhalde brachte. Sie waren erleichtert, daß sie wieder zurück in die Küche gehen konnten.

»Und was ist mit den Drinks passiert?« fragte Shandy. »Haben die Buggins sie direkt nach dem Abendessen mit nach oben genommen?«

»O nein, das haben sie nie getan. Einer von beiden ist immer heruntergekommen und hat sie geholt, kurz bevor die beiden zu Bett gegangen sind. Sie waren noch ziemlich fit, wenn sie nur wollten.«

»Dann sieht es mir ganz so aus, als ob jemand, der etwas gegen die zwei im Schilde führte, einfach ins Haus kommen konnte und das Gift irgendwann zwischen Viertel vor acht und Viertel vor zehn in die Flasche hätte gießen können. Ist das auch Ihre Theorie, Miss Mink?«

»Ich hatte keine Ahnung, daß sich hier jemand für meine Theorie interessiert.« Sie war anscheinend immer noch verärgert wegen der Zeitschriften. »Aber ich sehe tatsächlich auch nicht, wie es sich sonst hätte abspielen können. Mr. Buggins hatte tagsüber schon ein paar Gläschen aus der Flasche getrunken und war beim Abendessen noch putzmunter. Bis dahin muß das Getränk also noch völlig in Ordnung gewesen sein. Die beiden hätten bestimmt nicht gehört, wenn jemand hereingekommen wäre, während sie oben waren. Sie drehten den Fernseher immer auf volle Lautstärke, das kann ich Ihnen sagen.«

»Aber der Eindringling hätte genau wissen müssen, wo die Buggins ihren Alkohol aufbewahrten«, sagte Shandy. »Hätte die Essigflasche nicht jeden aus dem Konzept gebracht?«

Miss Mink rümpfte abermals die Nase. »Das würde ich nicht sagen. Ich habe beim Bingospielen mehr als genug über Trev Buggins und seine Essigflaschen gehört. Er hat sie immer während der Einmachzeit auf der städtischen Müllhalde gesammelt. Ich möchte wirklich nichts Negatives über meinen verstorbenen Arbeitgeber sagen, aber über seine Brennerei hat sich, seit ich hier wohne, in der Gegend von Seven Forks jeder lustig gemacht, und vorher ist es auch nicht anders gewesen. Ich weiß zwar, daß ab und zu mal jemand vorbeigekommen ist, um sich einen Schluck von Mr. Buggins' Whiskey zu genehmigen, aber ich wüßte nicht, daß je einer versucht hätte, ihn zu vergiften. Den Witzen nach zu urteilen, die man sich hier erzählt, sind alle der Meinung, daß das Zeug auch so schon widerlich und giftig genug ist.«

»Aber bisher ist noch nie jemand gestorben, nachdem er davon getrunken hatte«, bemerkte Ottermole. »Es sei denn, man zählt Delirium tremens und Säuferleber auch dazu.«

»Von solchen Dingen verstehe ich nichts«, meinte Miss Mink und klang ganz so, als hielte sie dergleichen für wahrhaft abscheulich, »obwohl so etwas hier offenbar recht häufig vorkommt. Ich persönlich habe mit dieser Art von Menschen noch nie etwas zu schaffen gehabt, das kann ich guten Gewissens sagen. Aber ich vermute, wer arm dran ist, kann auch nicht wählerisch sein. Wenn Sie endlich damit fertig sind, meine persönlichen Sachen zu durchsuchen, würden Sie dann wohl bitte die Güte besitzen, mich in Frieden zu lassen? Ich hatte gehofft, zur Abwechslung wenigstens heute nacht einmal ordentlich schlafen zu können.«

»Das hoffe ich auch, Miss Mink«, erwiderte Shandy höflich. »Nur noch eine Frage, dann werden wir sofort gehen. Ist gestern außer Ihrer, eh, Nachbarin noch jemand hier gewesen?«

»Aber ja doch! Es war tatsächlich noch jemand da, jetzt, wo Sie es sagen, fällt es mir wieder ein. Der berühmte Doktor Porble höchstpersönlich.«

»Und weshalb war Dr. Porble hier?«

»Um einen Streit wegen der Klageandrohung vom Zaun zu brechen, selbstverständlich. Was er dann auch hervorragend geschafft hat, das muß man ihm lassen. Ich dachte schon, er reißt mit bloßen Händen das Haus in Stücke, bevor er fertig ist. Sie können sich gar nicht vorstellen, wie ein Mann, der sich sonst immer soviel auf seine Würde einbildet, derart plötzlich zu einem rasenden Berserker werden kann!«

Kapitel 10

Nein«, sagte Shandy, »das kann ich mir wirklich nicht vorstellen.«

»Was wohl bedeuten soll, daß Sie mich für eine Lügnerin halten. Na, dann gehen Sie doch einfach hin und fragen ...« Sie unterbrach sich.

»Wen soll ich denn fragen, Miss Mink?«

»Ich wollte gerade sagen, fragen Sie doch Mrs. Buggins, aber die lebt ja jetzt nicht mehr.« Die Stimme der Haushälterin klang mit einem Mal erschreckend sanft.

»Kommen Sie schon, Professor«, murmelte Ottermole. »Ich denke, wir sollten besser gehen. Schlafen Sie sich mal richtig aus, Miss Mink. Morgen früh geht es Ihnen dann bestimmt schon wieder viel besser.«

Miss Mink gab keine Antwort. Sie ging lediglich zur Tür und ließ ihre Besucher hinaus. Als sie draußen waren, konnten sie hören, wie der Riegel vorgeschoben wurde.

»Jedenfalls ist sie vernünftig genug, die Tür zu verriegeln«, bemerkte Ottermole, als sie ins Auto stiegen.

»Verdammt dumm von mir, ihr derart zuzusetzen«, sagte Shandy. »Ich hätte daran denken sollen, was für einen furchtbaren Tag sie gehabt hat. Ich hoffe, wir machen keinen Fehler, sie hier so allein zurückzulassen.«

»Ach was, die ist ein zäher alter Vogel. Ich wette, sie genehmigt sich gerade einen kräftigen Schluck von Trevs Allheilmittel.«

»Wenn sie das tatsächlich fertigbringt, ist sie sogar mehr als zäh. In dem Fall bräuchte ich mir auch nicht länger wie ein gemeiner Schuft vorzukommen. Und sie müßte dazu eine neue Flasche aufmachen. Ich kann mir wirklich nicht vorstellen, daß unser unbekannter Täter sich die Mühe gemacht hat, die ganze Lage zu vergiften.«

»Morgen früh werden wir mehr wissen«, erwiderte Ottermole mit einem herzhaften Gähnen. »Glauben Sie wirklich, sie hat uns mit dieser Geschichte über Dr. Porble hinters Licht geführt?«

»Ich bin geneigt anzunehmen, daß sie zu Hyperbeln neigt.«

»Häh?«

»Übertreibung der Wahrheit um des rhetorischen Effektes willen. Das macht sie häufiger, wie ich bemerkt habe.«

»Stimmt genau, zum Beispiel, als sie heute morgen das mit dem Aussaugen bis aufs Blut gesagt hat. Teufel noch mal, ich bin selbst nicht besonders gut bei Kasse, aber wenn irgendso ein reicher Knaster sich vor mich hinpflanzen und sagen würde, ›ich will Sie bis aufs Blut aussaugen‹, dann würde ich dem verdammt noch mal zeigen, was 'ne Harke ist, das können Sie mir glauben. Und das würde sie todsicher auch, trotz all ihrer Meckerei. Wo fahren wir jetzt hin, Professor? Doch wohl nach Hause, hoffe ich?«

»Das hoffe ich auch, Ottermole. Aber vorher wollte ich noch schnell bei Kapitän Flackley vorbeischauen, da wir gerade in der Nähe sind und es noch relativ früh ist.«

»Wieso? Wir wollen ihn doch nicht etwa festnehmen, oder?«

»Heute abend nicht, soweit ich die Sache überblicke. Ich dachte nur, es wäre vielleicht eine gute Idee, einem verantwortungsbewußten Nachbarn mitzuteilen, daß sich Miss Mink ganz allein im Buggins-Haus aufhält.«

Wenn es allerdings Flackley gewesen war, der das alte Ehepaar ermordet hatte, wäre dies eine äußerst schlechte Idee. Shandy konnte sich jedoch nicht vorstellen, daß der Kurschmied zurückgehen und auch noch die Haushälterin umbringen würde. Die Tatsache, daß derjenige, der die Essigflasche präpariert hatte, ausgerechnet den Abend gewählt hatte, an dem Miss Mink Bingo spielte, könnte darauf hinweisen, daß sie nicht gemeinsam mit dem Ehepaar hatte sterben sollen, obwohl man es auch so deuten konnte, daß ihre Abwesenheit den Zugang zu der Flasche beträchtlich erleichtert hatte. Sollte Flackley also tatsächlich ein doppeltes Spiel spielen, würde er jetzt wohl eher die Rolle des fürsorglichen Nachbarn übernehmen, der sich um die einsame Überlebende kümmerte.

Shandy kannte Forgery Point recht gut. Das alte Flackley-Haus befand sich am Ende von Second Fork. Wenn man dort mit dem Wagen hinfahren wollte, mußte man wieder zurück an die Stelle, wo die ›Seven Forks‹ sich trafen, und dem Wagen eine weitere, ziemlich lange Strecke mit zahlreichen Schlaglöchern zumuten. Der Weg durch die Wälder wäre viel kürzer und ein Kinderspiel für einen Mann, der sich nicht nur bestens mit Skiern und Schneeschuhen auskannte, sondern sogar ein eigenes Husky-Team besaß.

Hundeschlittenrennen wurden inzwischen in Balaclava County immer beliebter. Kapitän Flackley war natürlich hocherfreut gewesen, als er feststellte, daß die robusten Hunde, die mit ihm an Bord der *Hippocampus* gewesen waren, in Forgery Point zwar nicht gerade herzlich aufgenommen, aber zumindest toleriert wurden. Roy und Laurie Ames hätten auch gern ein eigenes Team besessen, doch die übrigen Bewohner des Crescent, die Shandys und Jane Austen eingeschlossen, waren dagegen.

Einen Vorteil hatten die Huskies jedoch: Sie ersparten dem Besucher wenigstens, im Dunkeln nach einer möglicherweise nicht einmal vorhandenen Klingel suchen zu müssen. Shandy und Ottermole hatten den Wagen noch nicht ganz verlassen, als bereits ein Chor von Hundestimmen in acht verschiedenen Tonlagen die nächtliche Stille zerriß. Die Huskies befanden sich zwar hinter einem Metallzaun, ihr Wolfsgeheul klang jedoch trotzdem reichlich beunruhigend.

Flackley öffnete ihnen höchstpersönlich die Eingangstür und brüllte »Maul halten!«, ein Kommando, dem alle acht Huskies wie durch ein Wunder unverzüglich Folge leisteten. Dann brachte er es fertig, seinen Besuchern zu sagen, was für eine unerwartete Freude es doch sei, sie zu sehen, ohne allzu deutlich zu zeigen, daß er ihr Auftauchen zwar tatsächlich für unerwartet hielt, jedoch seine Zweifel hegte, was die Freude betraf.

»Kommen Sie doch herein! Machen Sie sich wegen der Stiefel keine Sorgen, der Boden ist an Schneematsch gewöhnt. Was möchten Sie trinken? Yvette ist gerade in ihrem Teppichknüpfkurs, aber ich kann Ihnen einen wirklich vorzüglichen Pulverkaffee anbieten.«

»Vielen Dank, aber wir wollten eigentlich nicht lange bleiben«, sagte Shandy. »Wir sind auf dem Weg zurück nach Balaclava Junction. Wir wollten nur kurz bei Ihnen vorbeischauen, um mit Ihnen über Miss Mink drüben in First Fork zu sprechen. Ich vermute, Sie haben bereits gehört, was bei den Buggins passiert ist?«

»Mein Gott, und ob ich das habe! Überall, wo ich heute gearbeitet habe, wurde über nichts anderes gesprochen. Die einzigen, die nicht davon geredet haben, waren die Pferde. Sowohl der Ehemann als auch die Ehefrau sterben in ein und derselben Nacht, und die arme Person findet sie ganz allein. Hat ihr sicher schrecklich zugesetzt.«

Kapitän Flackley war ein stattlicher Mann, sogar noch größer als Fred Ottermole, auch wenn er natürlich in keiner Weise an Präsident Svenson heranreichte. Sein Haar war eisgrau, ließ ihn jedoch nicht alt wirken. Sein Gesicht hatte eine gesunde Farbe, die braunen Augen blitzten, und der muskulöse Körper vermittelte den Eindruck kraftvoller Bewegung, selbst wenn der Kapitän vollkommen stillsaß. Man hätte ihn durchaus für etwa 35 halten können, doch Shandy wußte, daß er zwei Söhne hatte, die alt genug waren, um bereits auf der *Hippocampus* arbeiten zu können, und eine Tochter, die Viehzucht bei Professor Stott studierte und bei ihrem Vater die Kurschmiedekunst erlernte.

»Setzen Sie sich doch«, drängte Flackley. »Bleiben Sie ruhig ein bißchen. Ich war gerade dabei, etwas durchzurechnen, und bin dankbar für jede Unterbrechung. Wenn ich eins hasse, dann ist es Buchführung, aber auch die muß schließlich erledigt werden. Was wollten Sie mir denn über Miss Mink erzählen?«

»Nur daß sie ganz allein ist und sich, eh, beträchtliche Sorgen macht.«

»Weil die Buggins ermordet wurden?«

Er kam wirklich ohne Umschweife auf den Punkt. »Davon haben Sie also auch schon gehört?« fragte Shandy.

»Mindestens 17 verschiedene Versionen. Was ist denn passiert? Sind sie erstochen, erstickt oder mit Mrs. Buggins' Korsettschnüren erwürgt worden? Oder etwa mit Trevelyans Schnaps vergiftet?«

»Es war der Schnaps.«

»Das darf doch nicht wahr sein! Großer Gott, ich habe sogar noch eine Flasche von dem Zeug hier im Haus. Hatte bis jetzt noch nicht genug Mut, ihn selbst zu probieren. Aber ich habe einen Teil davon an einer meiner Stuten ausprobiert, als sie so schlimm an Rotz erkrankt war, daß der Tierarzt sich offenbar nicht mehr zu helfen wußte. Innerhalb von drei Tagen war sie wieder topfit. Ich habe Buggins den Rat gegeben, sein Gebräu zum Patent anzumelden, aber er konnte sich nicht mehr erinnern, woraus er diese spezielle Lage hergestellt hatte.«

»Das muß eine andere Lage gewesen sein.«

Shandy beschloß, daß er Flackley genausogut die ganze Wahrheit sagen konnte. Bis zum Morgen würde es sowieso jeder im

County wissen. »Wir vermuten, daß jemand Gift in eine bereits geöffnete Flasche gegossen hat, aus der sich dann Mr. und Mrs. Buggins abends wie gewöhnlich ihren Schlummertrunk eingeschenkt haben. Miss Mink hat nicht mit ihnen zusammen getrunken, weil sie ausgegangen war, um Bingo zu spielen.«

»Welches Gift war es denn?«

»Tetrachlorkohlenstoff.«

»Donnerkeil!« Flackley schüttelte den Kopf. »Auf diese Idee muß man erst einmal kommen! Aber vermutlich ist es gar keine so schlechte Wahl, wenn man vorhat, jemanden umzubringen. Teufel noch mal, wir haben auch noch eine halbleere Flasche davon draußen im Holzschuppen, weil uns noch nicht eingefallen ist, wie wir sie am besten loswerden können. Sondermüll, wissen Sie. Meine Tante hat es wahrscheinlich aufbewahrt, um ihre Handschuhe oder so etwas damit zu reinigen. Möge ihre Seele in Frieden ruhen. Sie war eine großartige Frau und eine verdammt gute Kurschmiedin, aber von Chemie hat sie nicht viel verstanden. Wollen Sie die Flasche als Beweismaterial sicherstellen?«

»Vielleicht sollten wir sie uns für alle Fälle mal ansehen«, sagte Ottermole.

Shandy war anderer Meinung. Flackleys Sessel war bequem, Flackleys Kaminfeuer war angenehm warm. Er persönlich wäre gern noch ein Weilchen sitzengeblieben und hätte sich ausgeruht, doch er wollte dem Tatendrang des Polizeichefs nicht im Wege stehen. Also ging er mit.

Die Flackleys waren anscheinend sehr ordentliche Leute, stellte er fest, als sie durch den Hinterausgang zum Holzschuppen gingen. Doch vermutlich blieb einem nichts anderes übrig, wenn man an Bord eines Schiffes lebte. Der Schuppen war neu, zu Miss Flackleys Lebzeiten hatte er noch nicht hier gestanden, er ersetzte jedoch möglicherweise einen früheren Schuppen, der mit der Schmiede verbunden gewesen war. An der einen Wand hingen Gartengeräte, ein Hundeschlittengeschirr, Handwebstühle, Polsterspanner und andere Zeugnisse der vielseitigen Handwerkskunst der Familie Flackley. Auf der anderen Seite befanden sich Regale, auf denen fein säuberlich gekennzeichnete Schachteln, Kästen, Dosen und Gläser ordentlich nebeneinander aufgereiht standen. Flackleys Blick schweifte über die oberste Regalreihe, dann streckte er die Hand aus und griff nach einer leicht rostigen Kaffeedose.

»Ich habe die Flasche hier hineingestellt, weil ich Angst hatte, daß irgendein Nachbarskind ...« Er schüttelte die Blechdose. »Komisch, es scheint gar nichts mehr drin zu sein.« Er nahm den Deckel ab und schaute hinein, um auch ganz sicherzugehen. »Nichts, sie ist weg.«

»Wer hat sie denn weggenommen?« fragte Ottermole.

»Außer meiner Frau oder meiner Tochter fällt mir momentan niemand ein. Vielleicht haben sie erfahren, daß irgendwo Giftmüll gesammelt wurde, oder einer von Yvettes Studenten hatte einen hartnäckigen Fleck auf einem Möbelstück, das er gerade polsterte – ich weiß es wirklich nicht.«

Er drückte den Deckel wieder auf die Büchse und stellte sie zurück auf das Regal. »Ich frage sie, wenn sie zurückkommt. Kein Grund, die Nerven zu verlieren. Vielleicht gibt es ja für alles eine harmlose Erklärung.«

»Völlig richtig«, stimmte Shandy zu. »Wann erwarten Sie Mrs. Flackley denn zurück?«

»Schwer zu sagen. Der Unterricht ist normalerweise um halb zehn zu Ende, aber die Studenten stellen oft nachher noch Fragen, wissen Sie, und dann muß auch noch das ganze Durcheinander aufgeräumt werden. Wir können aber gerne zum Gemeindezentrum fahren und sie fragen, wenn Sie es für wichtig halten.«

Und im Handumdrehen würden sich die Leute die Mäuler zerreißen. Shandy schüttelte den Kopf. »Das kann warten. Können Sie sich erinnern, wann Sie selbst die Flasche zuletzt gesehen haben?«

»Meine Güte, ich bin mir nicht sicher. Mal überlegen. Letzten Herbst hatten wir hier einen roten Eichkater und seine Frau – wenigstens nehme ich an, daß es seine Frau gewesen ist. Die beiden hatten offenbar vor, sich hier bei uns häuslich niederzulassen. Sie rannten über die Regale, stießen alles mögliche herunter und richteten ein heilloses Durcheinander an. Ich weiß noch, daß sie unter anderem auch diese Dose hier heruntergestoßen haben. Ich erinnere mich genau, nachgesehen zu haben, um sicherzugehen, daß sie die Flasche nicht zerbrochen hatten, weil ich Angst hatte, es könnten Dämpfe entweichen. Es war aber alles in Ordnung. Also habe ich die Büchse wieder hochgestellt, was natürlich dumm von mir war. Ich hätte mich auf der Stelle darum kümmern sollen, aber alles, woran ich damals gedacht habe, waren diese verflixten Eichhörnchen. Sie wissen sicher selbst, welchen Unfug sie anstellen können, wenn man sie erst einmal läßt.«

Ottermole fing an, eine Jeremiade über die Eichhörnchen auf seinem Speicher zu erzählen, doch Shandy fiel ihm ins Wort. »War zu diesem Zeitpunkt jemand bei Ihnen?«

»Ach ja, es war tatsächlich jemand da, ein Bursche namens Zack Woozle, der uns hier ziemlich oft bei der Arbeit hilft. Er hat gesehen, wie ich die Dose aufgemacht habe, und herumgewitzelt. ›Was ham Sie denn da drin, Käpt'n‹, hat er gefragt, ›doch nich' etwa 'ne Flasche Buggins-Schnaps?‹ Da hielt ich es für besser, ihm zu erklären, was wirklich in der Flasche war und warum ich sie versteckt hatte, sonst wäre Zack vielleicht noch auf den Gedanken gekommen, das Zeug zu probieren.«

»Zack Woozle?« sagte Ottermole. »Ist das nicht der Bruder oder Vetter oder so was von Mike Woozle, der drüben in Lumpkin Upper Mills die Tankstelle überfallen hat?«

»Höchstwahrscheinlich«, erwiderte Flackley. »Hier an den Seven Forks gibt es ziemlich viele Woozles, und möglicherweise sind sie alle irgendwie miteinander verwandt. Aber Zack ist in Ordnung. Die meisten Woozles sind in Ordnung, und die anderen eigentlich auch, sie sind lediglich arm und hatten keine richtige Ausbildung, so sehen das jedenfalls Yvette und ich.«

»Ist Zack Woozle verheiratet?« fragte Shandy.

»Ja. Seine Frau ist sehr nett. Ziemlich modebewußt.«

»Spielt sie Bingo?«

Der Kurschmied blinzelte und lächelte dann. »Ich verstehe, worauf Sie hinauswollen. Sicher, ich bin überzeugt, daß sie beide Bingo spielen, sowohl Zack als auch seine Frau. Bingo ist hier eine echte Sensation, wissen Sie. Die Leute spielen um zehn Cent die Karte oder etwas in der Art. Alberne Zeitverschwendung, wenn Sie mich fragen, aber sonst kann ich darin nichts Schlimmes sehen. Wenigstens ist es irgendwie gesellig. Und ich kann mir auch gut vorstellen, daß Zack in der Bingohalle darüber gewitzelt hat, daß er dachte, ich hätte eine Flasche von Buggins' Schnaps im Holzschuppen versteckt, die in Wirklichkeit Tetrachlorkohlenstoff enthielt.«

»Halten Sie Ihren Holzschuppen verschlossen?«

»Tagsüber nicht, und nachts meistens auch nicht, wenn ich ganz ehrlich sein soll. Schließlich haben wir hier eine Schmiede, wissen Sie, und wir brauchen laufend etwas aus dem Schuppen. Theoretisch hätte jeder kommen und sich die Flasche holen können, wenn er gewollt hätte. Vielleicht irgendein Bengel, der gedacht hat, er könnte high werden, wenn er ein bißchen an der Flasche schnüffelt, der arme, dumme Kerl. Oder vielleicht auch ein Erwachsener, der diesem Buggins eins auswischen wollte. Verdammt noch mal, ich wünschte, ich hätte das Zeug einfach auf den Boden geschüttet, dann wäre es wenigstens weg gewesen. Das kommt davon, wenn man seine Prinzipien hat.«

»Niemand wirft Ihnen vor, daß Sie versuchen, umweltbewußt zu leben«, versicherte Shandy. »Wir können außerdem auch nicht mit Sicherheit sagen, daß es Ihr Tetrachlorkohlenstoff war, mit dem die Buggins umgebracht wurden. Und falls dies wirklich der Fall sein sollte, können Sie sich mit dem Gedanken trösten, daß der Täter genausogut etwas anderes hätte benutzen können, wenn Ihre Flasche nicht so leicht zugänglich gewesen wäre.«

»Das entschuldigt meine Fahrlässigkeit nicht im geringsten«, sagte Flackley. »Tut mir leid, daß ich Ihnen keine größere Hilfe sein konnte.«

Shandy bedauerte dies ebenfalls. So gern er dem Polarforscher auch geglaubt hätte, seine Zweifel blieben bestehen. Natürlich war Flackley nichts anderes übriggeblieben, als zuzugeben, daß er Tetrachlorkohlenstoff im Haus gehabt hatte. Schließlich hatte sein Angestellter seinen Freunden in der Bingohalle bereits davon erzählt. Eine toxische Substanz in einer verrosteten Kaffeedose zu verstecken, hielt Professor Shandy allerdings für keine besonders intelligente Lösung, zumal man das Problem im Grunde leicht hätte aus der Welt schaffen können. Zugegeben, es war eine Idee, auf die jeder Haushaltsvorstand hätte kommen können, aber Amos Flackley war nun einmal nicht ein x-beliebiger Mann.

Es sei denn, der Kurschmied hatte die Flasche aus einem unbewußten Gefühl des Respekts vor seiner verstorbenen Tante aufbewahrt. Doch selbst diese Prämisse war bestenfalls äußerst fragwürdig. Shandy war alles andere als zufrieden, als er sich wieder hinter das Steuer seines Wagens setzte.

Auch Polizeichef Ottermole war nicht besonders glücklich. Er hatte begonnen, um es dramatisch auszudrücken, mit brutaler Intensität Kaugummi zu kauen, und produzierte in einem fort Blasen, die er dann knallend zerplatzen ließ, als ob er sie abgrundtief haßte. Shandy schaltete das Autoradio an, in der Hoffnung, damit Ottermoles Knallerei zu übertönen, was diesen jedoch lediglich dazu veranlaßte, seine geräuschvolle Beschäftigung im Takt der Musik fortzusetzen.

Die schier endlose Spearmint-Arie hätte einen Komponisten vielleicht inspiriert, für einen Professor mittleren Alters jedoch, der noch dazu einen langen, anstrengenden Tag hinter sich hatte, war das Konzert geradezu unerträglich. Shandy war daher unendlich erleichtert, als er seinen explosiven Passagier schließlich vor dem blauen Haus mit den weißen Fensterläden absetzen konnte, in dem Edna Mae zweifellos bereits mit offenen Armen und gespitzten Ohren auf die neuste spannende Episode der Abenteuer von Supercop Fred Ottermole wartete.

Helen wartete ebenfalls. Sie saß vor dem Kaminfeuer im Wohnzimmer, die schlafende Jane Austen zusammengerollt auf dem Schoß und neben sich auf dem kleinen Lampentisch ein Bündel Buggins-Akten. Sie war eingenickt, wachte jedoch auf, als sie Shandys Schritte hörte, und hielt ihm ihr Gesicht zum Begrüßungskuß hin.

»Hallo, Liebling. Was hast du herausbekommen?«

Er seufzte und ließ sich neben sie auf das Sofa fallen. »Wer weiß? Miss Mink behauptet, Phil Porble wäre gestern draußen gewesen und hätte sich wegen der Klageandrohung wie ein Berserker aufgeführt. Sie behauptet, sie hätte Angst gehabt, daß er das ganze Haus mit bloßen Händen auseinanderreißen würde.«

»Und das hast du ihr geglaubt?«

»Mit einem Wort: nein. Aber sie hat nicht sehr freundlich auf meine Zweifel reagiert.«

»Und was hast du dann getan?«

»Wie die Araber meine Zelte abgebrochen und mich leise davongemacht. Ich befürchte, dieses Bild ist heutzutage ein klein wenig veraltet, aber das ist Miss Mink schließlich auch. Zu diesem Zeitpunkt war sie bereits ziemlich geschwächt. Genau wie ich im Moment.«

»Du Armer. Möchtest du eine Tasse heiße Schokolade? Es ist schon alles vorbereitet.«

»Krieg' ich auch ein Tierplätzchen dazu?«

»Peter Shandy, wenn du jetzt etwa vorhaben solltest, Stevensons Kindergedichte zu zitieren, werde ich laut schreiend nach draußen in die Nacht entschwinden und meine nagelneuen Pantoffeln ruinieren. Ich habe inzwischen so viele von Corydon Buggins' Gedichten gelesen, daß ich beim bloßen Gedanken an einen jambischen Vers bereits zu zittern beginne.«

»Dann darf man also hoffen, daß du fündig geworden bist?«

»Würde es dich erfreuen, von einer glühend heißen Liebesaffäre mit einem Mädchen namens Arbolene Woozle zu erfahren?«

»Donnerwetter, Helen, ich wußte doch, daß du es schaffen würdest! War diese Verbindung, eh, fruchtbar?«

»Es würde mich nicht im geringsten wundern. Corydon scheint damals gerade eine Phase durchlaufen zu haben, die man sozusagen als seine Robbie-Burns-Periode bezeichnen könnte.«

»Nie werd' ich vergessen die holde Nacht, die mit Arbolene zwischen den Grashalmen ich verbracht. So etwa in der Art?«

»Genauso und noch um einiges schlimmer. Arbolene und er waren einander äußerst zugetan und widmeten sich geheimen, süßen Freuden, die man unmöglich drucken konnte und die nicht einmal in Corydons privaten Aufzeichnungen näher geschildert sind. Ich habe ein Fragment gefunden, das folgendermaßen beginnt: ›Arbolene, o Arbolene, du meine süße Teure, du . . .st grad wie Kohlensäure.‹ Was das . . .st bedeuten soll, bleibt deiner eigenen Phantasie überlassen. Ich bin viel zu anständig für solche Dinge. Aber es gibt doch sicher heute keine Woozles mehr hier in der Gegend, oder?«

»Und ob es die gibt. Ein Woozle sitzt momentan sogar im Bezirksgefängnis ein, weil er Polizeichef Olson aus Lumpkinton mit einer Dose Root Beer aus einem aufgebrochenen Getränkeautomaten am Gasoline Alley Petrolatorium beworfen hat. Ein anderer Woozle arbeitet gelegentlich für Kapitän Flackley und Gattin. Draußen in den Wäldern bei den Seven Forks wimmelt es nur so von Woozles.«

»Dann würde ich vorschlagen, Fred Ottermole fährt morgen los und versucht herauszufinden, ob irgendwo ein Woozle abhanden gekommen ist. So, Jane, geh zu Papi, während ich schnell den Kakao hole. Ich muß dich leider enttäuschen, Lieber. Die einzigen Tierplätzchen, die wir momentan haben, sind Brekkies. Darf ich dir vielleicht als Alternative ein paar Ingwerplätzchen anbieten?«

Kapitel 11

Am nächsten Morgen mußte Shandy ins College, um sein Seminar abzuhalten. Doch bevor er das Haus verließ, rief er Polizeichef Ottermole an und berichtete ihm, was Helen über Corydon und Arbolene herausgefunden hatte. »Meine Frau hält es daher für eine hervorragende Idee, wenn Sie zu den Seven Forks hinausfahren und nachforschen könnten, ob irgendwo ein Woozle fehlt. Das hilft uns vielleicht, den Mann zu identifizieren, der in Goulsons Kühlzelle liegt.«

Ottermole war gerade erst auf dem Revier eingetroffen und hatte es sich mit Mrs. Lomax' Kater Edmund bequem gemacht, der ihm wie jeden Morgen einen Besuch abstattete. Er klang, als habe er den Mund voll Doughnut mit Marmeladenfüllung, was auch der Fall war. »Budge Dorkin ist ganz heiß darauf, den Fall aufzuklären. Am besten, ich überlasse die Nachforschungen ihm.«

Shandy sagte, daß er dies für eine hervorragende Idee halte, und begab sich in seinen Seminarraum. Die Studenten waren unruhig und nervös, was zwar bei Studenten häufig der Fall ist, normalerweise jedoch nicht in Professor Shandys Unterricht. Während er sich verzweifelt bemühte, ihr Bewußtsein für das heimliche, hinterlistige Treiben des Gemeinen Fadenwurms zu schärfen, verlangten sie nach Neuigkeiten über das heimliche, hinterlistige Treiben des gemeinen Unholds, der eine Leiche mitten in den Murmeltiertag hatte platzen lassen, und fragten, ob es tatsächlich wahr sei, daß der Dahingeschiedene Balaclava Buggins' Sonntagsanzug getragen habe.

Professor Shandy versicherte ihnen, daß sich die geheiligte Reliquie nach wie vor sicher in ihrer Glasvitrine befinde und daß sie sich, falls sie vorhätten, das Seminar erfolgreich abzuschließen, besser auf den Gemeinen Fadenwurm oder *Nematoden* konzentrieren sollten. Daraufhin gaben sich alle große Mühe, auch wenn es ihnen, ebenso wie ihm, ein Höchstmaß an Konzentration abverlangte. Selbst als er den bedauernswerten Zustand eines zarten jungen Rettichs mit einem Wurm im Leibe beschrieb, kreisten seine Gedanken immer noch um die leere Kaffeedose in Amos Flackleys Holzschuppen.

Er hätte gerne gewußt, ob Mrs. oder Mr. Flackley inzwischen mit einer harmlosen Erklärung für die fehlende Flasche aufwarten konnten. Außerdem fragte er sich, ob Ottermole wohl daran gedacht hatte, Dork zu beauftragen, Miss Minks Alibi zu überprüfen. Flo erschien ihm nämlich zu unglaubwürdig. Sie sah aus wie jemand, der ohne weiteres lügen würde, wenn es einen guten Grund dafür gab, und erst recht, wenn es ein schlechter war.

Er dachte über die Frage nach, ob auch Persephone gelogen hatte. Gab es eine Möglichkeit, die Wahrheit herauszufinden, ohne daß er Purve und sämtliche Wachmänner, ganz zu schweigen von Grace, Helen und dem gesamten Gartenclub, gegen sich aufbrachte?

Er erwog sogar einen humanitären Besuch bei dem an sein Krankenbett gefesselten Cronkite Swope. Der bedauernswerte junge Reporter fühlte sich wahrscheinlich wie ein Rettich, der gerade von einem *Nematoden* attackiert wurde, wie er so dalag, die Nase voll Wick und ein Senfpflaster auf der Brust, wohl wissend, daß er eine erstklassige Story verpaßte und Arabella Goulson sie ihm vor der Nase wegschnappte.

Trotz der Faszination durch die sophokleischen Implikationen von Swopes bronchialer Heimsuchung war Professor Shandy in der Lage, seinen Vortrag so fesselnd zu gestalten, daß es ihm gelang, die ungeteilte Aufmerksamkeit der Studenten zu gewinnen. Er peitschte seine Zuhörerschaft durch einen Exkurs über Spinnmilben und kohlfressende Raupen auf und erreichte schließlich den dramatischen Höhepunkt, der jeden Studenten und jede Studentin eifrig in sein oder ihr Notizbuch kritzeln ließ, mit der Beschreibung einer Heuschrecke, die sich hingebungsvoll den Blättern einer Rübe widmet. Die Studenten verließen den Seminarraum bebend und erschüttert, jedoch innerlich entflammt und erfüllt von neuer Begeisterung für die biologische Bekämpfung der Insektenplage. Shandy wischte sich die Stirn und überlegte, was er als nächstes tun sollte.

Mittagessen lautete die nächstliegende Antwort. Shandy richtete seine Besuche in der Fakultätsmensa inzwischen nicht mehr zeitlich so ein, daß er dort mit größter Wahrscheinlichkeit auf Helen traf, wie er es früher getan hatte, als seine Liebe noch jung und Helen Marsh noch nicht Mrs. Shandy gewesen war. Doch auch jetzt verharrte er immer noch kurz an der Tür und schaute hoffnungsvoll in den Raum, wobei sein Blick nach einer lockenköpfigen Blondine mit ein paar tigerfarbenen Katzenhaaren am Rock suchend umherschweifte. Heute war ihm das Glück nicht hold. Helen war nicht da. Dafür jedoch ihr Vorgesetzter.

Doktor Porble saß ganz allein an einem der kleineren Tische und verzehrte in kalter Wut ein Thunfischgericht. Kälte und Wut waren Emotionen, die sich nur schlecht miteinander vereinbaren ließen, dachte Shandy, als er sich zu ihm setzte, ohne darauf zu warten, daß er dazu aufgefordert wurde, doch Porble schien diese Kombination keine Probleme zu bereiten. Er legte nur eine kurze Pause ein, um Shandy rasch zuzunicken, und kaute dann weiter geräuschvoll seinen Fisch.

Shandy bestellte bei einem der Studenten, der Hotel- und Gaststättengewerbe im Hauptfach studierte, sein Mittagessen und begann diplomatisch ein Gespräch mit Porble anzuknüpfen. »Hallo, Phil. Was ist denn los?«

»Ich koche förmlich«, sagte der Bibliothekar und zerfetzte ein hartes Brötchen. »Ich vermute, Sie kennen den Grund.«

»Stimmt. Unser hochgeschätzter Präsident ist offenbar der Auffassung, eh, daß ich das Kind schon schaukeln werde. Für jegliche Hinweise zur Ernährung und Betreuung dieses Babys bin ich übrigens überaus dankbar.«

»Diese Klageandrohung ist ein verfluchter Schwindel.«

»Der Meinung bin ich auch. Irgendeine Ahnung, wer dahintersteckt?«

»Wahrscheinlich ist es einer dieser idiotischen Pläne vom alten Trevelyan, schätze ich. Er hat sein Gehirn so lange in diesem selbstgebrauten Desinfektionsmittel für Schafe gebadet, daß er wohl angefangen hat, seine eigenen Märchen zu glauben. Ich muß schon sagen, es wundert mich, daß Persephone ihn nicht gestoppt hat, bevor es zu spät war. Ich habe Sephy immer für ziemlich intelligent gehalten, jedenfalls bis jetzt.«

»Sie haben die Minks im Laufe der Jahre ziemlich häufig, eh, gesehen, nehme ich an?«

»Allerdings. Sephy und meine Frau sind miteinander verwandt, müssen Sie wissen. Sie und Purve waren sogar unsere Trauzeugen.

Bevor wir geheiratet haben, sind wir öfters gemeinsam ausgegangen. Wir treffen uns immer noch gelegentlich. Purve und ich eröffnen meist gemeinsam die Forellensaison.«

Fliegenfischerei war das einzige Thema, für das Doktor Porble je echte Begeisterung gezeigt hatte, seine Familie und die Bibliothek einmal ausgenommen. »Ich hatte mich schon richtig darauf gefreut«, fügte er ziemlich wehmütig hinzu.

»Diese Klageandrohung wird Sie doch nicht etwa entzweien?«

»Das ist leider bereits geschehen. Als ich erfahren habe, was dieser senile alte Schwachkopf vorhat, bin ich sofort hingefahren und habe ihm gesagt, er soll damit aufhören.«

»War das alles, was Sie gesagt haben?«

Porble zog eine Schulter hoch und schenkte seinem Kollegen ein mattes Lächeln. »Tante Minnehaha hat wohl bereits gesungen, wie? Zugegeben, mir sind die Nerven durchgegangen, und ich habe ihm alles mögliche an den Kopf geworfen. Normalerweise halte ich nicht viel von Tobsuchtsanfällen, aber diese letzte Schnapsidee von Trevelyan hat dem Faß glatt den Boden ausgeschlagen. Seit Jahren hat er sich hinter Sephys Rücken bei Grace beklagt, daß er für irgendwelche furchtbar wichtigen Sachen unbedingt Geld brauchte. Nachdem wir dann mit dem Geld herausgerückt sind, mußten wir feststellen, daß er Sephy und Purve mit derselben Geschichte geleimt hatte.«

Der Bibliothekar harpunierte ein weiteres Stück Thunfisch. »Trevelyan war auf seine gerissene Weise ein richtiger Schwindelkünstler. So hat er sich und seine Frau auch über Wasser gehalten. Dazu kam noch der schwarzgebrannte Alkohol und eine kleine Rente, die sie sich mit der Versicherung gekauft haben, die Bainbridge, ihr im Krieg vermißter Sohn, ihnen hinterlassen hat. Trev hat in seinem ganzen Leben keinen Schlag gearbeitet, soweit ich weiß.«

»Tja, und der Apfel fällt bekanntlich nicht weit vom Stamm«, meinte Shandy. »Ich habe gehört, daß seine beiden Söhne auch nicht allzu zuverlässig gewesen sein sollen.«

»Ich habe schon verdammt viel schlimmere Sachen über die beiden gehört. Wenn Bracebridge momentan nicht irgendwo im Gefängnis sitzt, hat er bloß schwer Glück gehabt.«

»Und was ist mit Bainbridge? Offenbar hat man ihn für tot erkärt, sonst hätte sein Vater wohl kaum die Versicherungssumme erhalten. Aber ist er es wirklich?«

»Wer weiß? Bei dieser lächerlichen Regierung ist alles möglich. Wenn er tatsächlich überlebt haben sollte, war er bis jetzt jedenfalls clever genug, hier nicht wieder aufzutauchen. Verdammt noch mal, Peter, ich habe die Nase dermaßen voll von dem ganzen Verein ...«

Porble trank einen Schluck Wasser, um sich ein wenig abzukühlen. »Es hat mir nicht viel ausgemacht, selbst ab und zu beschwindelt zu werden, aber als dieser alte Gauner dann auch noch das College reinlegen wollte, habe ich entschieden, daß es an der Zeit war, ihm seine Grenzen zu zeigen. Und jetzt hat er offenbar sich selbst und seine Frau vergiftet, und alle tun so, als ob ich daran schuld wäre.«

»Sie selbst glauben es also nicht?« fragte Shandy.

»Ich bin nicht eingebildet genug zu glauben, daß ein paar harte Worte aus meinem Mund ihn zu so etwas getrieben haben können. Nein, das kann ich mir wirklich nicht vorstellen. Aber es muß entweder Mord oder Selbstmord gewesen sein. Welche andere Erklärung gäbe es sonst? Sephy hat Grace erzählt, daß sie Whiskey getrunken haben, der mit Tetrachlorkohlenstoff versetzt war. Trotz meines angeblich sturen Naturells kann ich das Ergebnis der ärztlichen Untersuchung nicht bestreiten.«

»Und wie ist Trevelyan Ihrer Meinung nach an den Tetrachlorkohlenstoff gekommen?«

»Wer weiß? Vielleicht hatte er das Zeug irgendwo im Haus herumliegen.«

»Und welches Motiv hätte er haben können?«

»Wahrscheinlich wollte er mir eins auswischen. Ich habe Ihnen ja bereits gesagt, daß er nicht alle Tassen im Schrank hatte.«

»Hätte er in diesem Fall nicht einen Abschiedsbrief hinterlassen, in dem er Sie beschuldigte, ihn in den Tod getrieben zu haben?«

»Nicht wenn er vorhatte, mich als Mörder hinzustellen. Ich bin sicher, Minnie Mink hat Ihnen bereits erzählt, ich hätte die beiden um die Ecke gebracht.«

Shandy ließ diese Frage unbeantwortet. »Was sagt denn Persephone dazu?«

»Ich habe keine Ahnung. Im Moment haben wir offenbar Funkstille. Was soll's, ich muß jetzt zurück an meine Arbeit. Wir sind total unterbesetzt, seit Ihre Frau angefangen hat, ihre gesamte Zeit der Sammlung Buggins zu widmen.«

»Aber dafür ist sie schließlich eingestellt worden, Phil.«

»Nicht von mir.«

Porble zeichnete seine Rechnung ab und ging, ohne sich zu verabschieden. Shandy aß sein Mittagessen auf, ohne etwas davon zu schmecken. Genau hier in der Fakultätsmensa, erinnerte er sich, hatte Sieglinde Svenson ihren Gatten Thorkjeld dazu gebracht, Helen Marsh ihre jetzige Stelle anzubieten. Porble hatte sich fürchterlich über die Willkür der Svensons aufgeregt, bis er schließlich erfuhr, daß Helen einen Doktortitel in Bibliothekswissenschaft hatte. Danach versuchte er sie natürlich für die Projekte einzuspannen, die er selbst für wichtig hielt, allem voran selbstverständlich die Aufstellung von Schweinestatistiken. Jetzt hatte Svenson sie jedoch wieder zurück in den Buggins-Raum beordert, was dazu beigetragen haben mochte, Phils schwelende Buggins-Antipathie zu schüren.

Shandy hielt nicht viel von Porbles Theorie, daß Trevelyan Buggins zum Mörder und Selbstmörder geworden war, bloß um seinem angeheirateten Neffen eins auszuwischen, weil dieser ihm die Leviten gelesen hatte. Dazu hätte der Mann völlig von Sinnen sein müssen. Bisher hatte ihn jeder nur als geschwätzigen alten Kauz und recht geschickten kleinen Gauner geschildert. Aber würde ein gerissener Schwätzer wirklich sich selbst und seine Frau umbringen, ohne auch nur ein paar wenige bedeutungsträchtige Sätze zu hinterlassen, mit denen die Aufmerksamkeit auf den Mann gelenkt wurde, dem er das Ganze anhängen wollte?

Wäre Trevelyan außerdem sogar dafür gestorben? Er hätte doch genauso gut gerade soviel von irgendeiner schädlichen Substanz trinken können, daß er davon krank geworden wäre. Dann brauchte er nur die Saat des Zweifels auszustreuen und hätte darüber hinaus dadurch seine eigene Position, was die Klageandrohung betraf, gestärkt. Außerdem wäre er am Leben geblieben und Zeuge von Porbles Niedergang geworden und hätte zuguterletzt auch noch seinen Gewinn eingestrichen. Vielleicht hatte Trevelyan dies auch vorgehabt, doch seine Gewohnheit war stärker gewesen, als er geglaubt hatte, und so hatte er der Versuchung nicht widerstehen können, sich einen ordentlichen Schluck zu genehmigen, ganz gleich, was in der Flasche gewesen war.

»Absoluter Mist«, schnaubte Shandy laut, sehr zur Beunruhigung des jungen Kellners, der glaubte, er meine den ›Thunfisch Spezial‹. Shandy sah sich daher genötigt, den Studenten zu beruhigen und ihm zu versichern, er habe lediglich mit sich selbst gesprochen und etwas ganz anderes gemeint, wie zerstreute Professoren es oft tun. Ein größeres Trinkgeld als gewöhnlich beruhigte ihn schließlich und machte seine Verwirrung wieder wett.

Nach diesem kleinen Zwischenfall beschloß Shandy, etwas für seine überreizten Nerven zu tun und einen kleinen Spaziergang zum Polizeirevier zu machen, um herauszufinden, was – wenn überhaupt – inzwischen über die Woozles in Erfahrung gebracht worden war. Es stellte sich heraus, daß er einen günstigen Zeitpunkt für seinen Besuch gewählt hatte. Officer Dorkin war nämlich inzwischen wieder an seinen Schreibtisch zurückgekehrt und teilte gerade einen Eisbecher mit heißer Sauce mit seinem Katzenfreund Edmund.

»Haben Sie an den Seven Forks etwas herausfinden können?« erkundigte sich Shandy. »Herr des Himmels, was ist denn mit dem Kater los? Ihm steht ja der Schaum vor dem Mund!«

»Halb so schlimm«, sagte Dorkin. »Das ist bloß Marshmallow, das in seinen Schnurrhaaren hängt. Das leckt er sich früher oder später wieder ab. Ed spart sich das Marshmallow immer bis ganz zum Schluß auf. Werfen Sie Anker, und setzen Sie sich. Der Chef kommt gleich zurück. Er läßt sich bloß eben die Haare schneiden.«

»Mitten in der Woche?«

»Tja, ich nehme an, er denkt, daß er noch mal in die Zeitung kommt. Er hat vorhin mit Cronk Swope gesprochen.«

»Aha, dann ist Swope also auf dem Wege der Besserung?«

»Vermute, er hat immer noch eine Erkältung. Aber seine Mutter läßt ihn morgen wieder nach draußen, vorausgesetzt, daß es nicht gerade stürmt, weil er sie sonst noch zum Wahnsinn treibt. Die Freunde und Förderer der Bibliothek machen einen Bücherbazar, und sie wollte deshalb ein paar Telefongespräche führen, aber Cronk hat das Telefon bei sich im Bett und interviewt jeden, der ihm einfällt. He, Edmund, hör bloß auf, meine Sauce zu schlecken!«

Dorkin zog eine Pfote aus seinem Eis und fuhr, den Mund voll Eiscreme, mit seinem Bericht fort. »Cronk hat auch seine Schreibmaschine im Bett, und das Bettzeug verheddert sich dauernd darin. Er hatte schon die Hälfte seines Leitartikels auf das Kopfkissen getippt, das Mrs. Swopes Cousine Lucy selbst bestickt und seinen Eltern zur Silberhochzeit geschenkt hat. Doch dann ist seine Mutter ins Zimmer gekommen, und als sie gesehen hat, was er getan hatte, haben die beiden einen Riesenkrach gekriegt. Cronkite wollte die Story unbedingt an die Zeitung schicken, aber Mrs. Swope bestand darauf, den Kissenbezug sofort in Bleiche zu legen, bevor die Farbe zu stark eintrocknete und man sie nicht mehr rauswaschen konnte. Es wäre ihr verdammt recht, wenn Cronk endlich heiraten und ausziehen würde.«

»Gott steh der armen Frau bei, die ihn abbekommt«, sagte Shandy. »Ich vermute, Sie haben Ihre Nachforschungen an den Seven Forks bereits abgeschlossen? Haben Sie irgendwelche Woozles auftreiben können?«

»Na klar. Sind alle da, keiner fehlt. Mike Woozle war der einzige, den ich nicht gesehen habe. Der sitzt im Knast, wissen Sie. Arbeitet dort in der Werkstatt, sagt seine Mutter. Er hat bei seinen vielen Überfällen auf Tankstellen eine Menge über Maschinen gelernt. Jedenfalls sieht keiner von denen aus wie ein Buggins. Die Großmutter von Mike und Zack war auch da und hat behauptet, Corydon sei bloß ein großer Schwätzer gewesen. Sie sagte, Arbolene hätte es satt gehabt, sich ständig nur seine Gedichte anhören zu müssen, wo sie doch endlich mal zur Sache kommen wollte. Also hat sie Corydon irgendwann den Laufpaß gegeben und ist mit einem Vertreter für Teerpappe aus Schenectady durchgebrannt. Wollen Sie, daß ich das FBI einschalte, damit sie der Sache nachgehen?«

»Nein, das FBI sparen wir uns lieber für wirklich wichtige Dinge auf. Gute Arbeit, Budge«, sagte Shandy und versuchte, seine Enttäuschung zu verbergen. Wie der verstorbene Corydon hatte auch er falsche Hoffnungen auf Arbolene gesetzt.

»Eine Sache wäre da allerdings noch.« Dorkin klang nicht gerade glücklich. »Ich bezweifle allerdings, daß Ihnen die Geschichte gefallen wird.«

»Mir hat bisher noch gar nichts gefallen. Sie brauchen also auf meine Gefühle keine Rücksicht zu nehmen. Was ist denn sonst noch passiert?«

»Also, da gibt es eine gewisse Marietta Woozle, die mit Mikes Bruder Zack verheiratet ist. Sie ist Korrektorin bei der Pied Pica Press drüben in Clavaton, genau neben dem Bezirksgericht.«

Shandy sagte, der Ort sei ihm bekannt, er verstehe aber nicht, was daran so wichtig sei.

»Ich versuche lediglich, die Glaubwürdigkeit einer Zeugin festzustellen«, erwiderte Officer Dork steif. »Ich will damit sagen,

Marietta muß alle Einladungen für Hochzeiten und Neuaufnahmen bei den Freimaurern und dergleichen überprüfen, damit die Daten oder was weiß ich nicht verwechselt werden, also wäre sie wohl die letzte, die ein Autokennzeichen falsch lesen würde, meinen Sie nicht?«

»Wessen Kennzeichen hat sie denn nicht falsch gelesen?«

»Das von Doktor Porble.«

»Was?« rief Shandy entgeistert, fing sich jedoch sofort wieder. »Und wann hat sie angeblich diesen Fehler nicht begangen?«

»Um zwanzig nach neun vorgestern abend, also am ersten Februar. Wissen Sie, Marietta und Zack wohnen in dem roten Haus mit dem weißblauen Säulenfries, genau da, wo die Straße nach Second Fork abzweigt. Sie war spät dran nach der Arbeit, weil die Pied Pica Press die Einladungen für die Bürgerversammlung der Stadt Hoddersville druckt. Marietta sagt, daß man dafür immer Unmengen Korrektur lesen muß.«

»Zweifellos. Erzählen Sie bitte weiter.«

»Jedenfalls hat sie deshalb den Anfang vom Bingo-Abend verpaßt. Marietta sagt, daß sie sich nicht entscheiden konnte, ob sie so spät noch hingehen oder nicht doch lieber nach Hause fahren und die Wäsche machen sollte, weil sie doch schon den ganzen Tag nur auf Zahlen und Buchstaben gestarrt und die Nase gestrichen voll davon hatte. Aber sie wußte, daß ihre Freundin Ruthie da sein würde, weil Ruthie sich nie im Leben einen Bingo-Abend entgehen lassen würde, selbst wenn man sie mit den Füßen voraus hintragen müßte.«

Dorkin löffelte den letzten Rest Vanillesauce aus seinem Eiskarton und ließ ihn dann von Edmund auslecken. »Marietta hatte nämlich vorigen Montag Ruthies Geburtstag vergessen. Sie hatte eine von diesen Karten mit einer Schildkröte drauf gekauft und mit einem Vers, daß sie spät dran sei, weil sie zu lange für ihr Mittagessen gebraucht hätte, und wollte sie Ruthie unbedingt geben. Also hat sie 'ne Kleinigkeit gegessen und die Füße ein bißchen hochgelegt, und dann hat sie sich zusammengenommen und ist doch noch gefahren.«

»Punkt zwanzig nach neun?«

»Genau. Sie sagt, sie hat auf die Uhr im Armaturenbrett geschaut, als sie die Auffahrt verließ, und sie hatte kaum gewendet, als sie auch schon diesen großen schwarzen Wagen ohne Licht aus First Fork herauskommen sah. Marietta sagt, es sei ihr reichlich merkwürdig vorgekommen, daß so ein schrecklich nobel aussehender Wagen im Stockdunkeln in der Gegend von First Fork herumfuhr. Als er also wegen der Kurve abbremsen mußte, hat sie das Fernlicht eingeschaltet und einen genauen Blick auf das Kennzeichen geworfen.«

»Hat sie sich die Nummer des Autos aufgeschrieben?« fragte Shandy unglücklich.

»Klar doch, sofort. Daher weiß sie es ja auch. Sie hatte einen Notizblock für Einkäufe bei sich im Wagen. Korrektoren müssen eben immer sehr methodisch vorgehen, sagt sie. Jedenfalls ist sie heute später losgefahren, weil sie gestern abend noch Überstunden gemacht hat. Daher habe ich sie auch zufällig zu Hause erwischt. Sie hat mir die Nummer auf dem Einkaufsblock gegeben, und als ich damit hier angekommen bin, hat der Chef sofort die Registrierstelle angerufen. Deshalb wissen wir auch, daß es Doktor Porbles Wagen war. Tut mir leid, Professor Shandy.«

Shandy tat es noch viel mehr leid. »Was hat Ottermole dazu gesagt?«

»Na ja, zuerst nur ›Jesses‹, und dann hat er ›verdammter Mist!‹ gesagt und ist zum Friseur gegangen. Ich kann gar nicht verstehen, warum er immer noch nicht zurück ist.«

Mitten im Satz wurde Dorkins Stimme merklich leiser. Polizeichef Ottermole war gerade eingetroffen. Und zwar in Begleitung von Doktor Porble. Die Hände der beiden Männer waren miteinander verbunden, doch ihre Verbindung war keineswegs freundschaftlicher Natur.

Kapitel 12

Doktor Porble sah nicht besonders glücklich aus. »War das etwa Ihre Idee, Peter?« verlangte er unwirsch zu wissen.

»Nein, meine Idee war es bestimmt nicht«, schnaubte Shandy. »Verflucht noch mal, Ottermole, sind Sie denn von allen guten Geistern verlassen?«

Ottermole war der Unglücklichste von allen und über diese Tatsache äußerst erbost. »Also wirklich, Professor, ich habe schließlich meine Pflicht zu erfüllen. Da geht jemand hin und bricht einen Riesenkrach mit Trevelyan Buggins vom Zaun. In derselben Nacht sieht eine Zeugin seinen Wagen ohne Licht klammheimlich aus First Fork herausfahren, während die alten Leutchen allein oben im Haus sind und Miss Mink weg ist und irgendwo Bingo spielt. Am nächsten Morgen findet man beide Buggins tot auf, weil sie jemand vergiftet hat, und vor zehn Minuten entdecke ich das hier in seinem Kofferraum, versteckt in einer Dose, auf der ›Tennisbälle‹ steht.«

Behindert durch die Handschellen, die ihn immer noch mit dem Bibliothekar verbanden, griff Ottermole in eine der vielen Taschen seiner Lederjacke, holte eine längliche Röhre hervor, zog den Deckel ab und leerte den Inhalt auf den Schreibtisch, auf dem Edmund gerade saß und das Marshmallow von seinen Schnurrhaaren entfernte. »Sehen Sie?«

Shandy sah. Neben dem leeren Eiscremekarton lag eine kleine Flasche mit einem schmutzigen Etikett, auf dem man noch die Aufschrift Tetrachlorkohlenstoff erkennen konnte.

»Höchstwahrscheinlich wollen Sie mir jetzt weismachen, daß er die Flasche noch nie im Leben gesehen hat«, knurrte der Polizeichef.

»Woher zum Henker soll ich denn wissen, ob er das Ding schon gesehen hat oder nicht?« fauchte Shandy zurück. »Vielleicht habe ich es ja selbst schon gesehen, es gibt schließlich Dutzende davon. Warum legen Sie mir nicht auch gleich Handschellen an?«

»Weil es keinen Zeugen gibt, der Sie vorletzte Nacht aus First Fork hat fahren sehen, weil Sie noch nie Streit mit der Familie Buggins hatten und weil ich die Flasche hier nicht in Ihrem Auto gefunden habe.«

»Heiliger Strohsack, Mann, können Sie denn nicht sehen, daß es sich hier um ein abgekartetes Spiel handelt? Doktor Porble ist ein intelligenter Mann. Zwischen hier und First Fork liegen viele Meilen Wald. Wenn er tatsächlich etwas mit dieser Flasche zu tun hätte, glauben Sie dann nicht, daß er klug genug gewesen wäre, sie auf dem Nachhauseweg aus dem Fenster zu werfen?«

»Ach ja? Und die Flasche hätte dann ein Loch in den Schnee gemacht, und jemand hätte es gesehen und sie ausgegraben und sich vielleicht gefragt, wer sie wohl dahingeworfen hätte und warum. Sehen Sie, Professor, das ist das Problem, wenn man so intelligent ist. Man denkt einfach immer schon im voraus an alles, was vielleicht passieren könnte. Mike Woozle hätte die Flasche bestimmt einfach so rausgeworfen und sich nichts dabei gedacht, bis er wieder im Kittchen gelandet wäre.«

»Oder aber auch nicht, was durchaus möglich, wenn nicht sogar wahrscheinlich wäre.«

»Schon möglich, aber Doktor Porble würde nie so denken. Er wollte doch, daß keiner herausfindet, woran Mr. und Mrs. Buggins gestorben sind. Also würde er auch auf keinen Fall wollen, daß der Name Tetrachlorkohlenstoff irgendwo auftaucht, wo ich darauf stoßen könnte. Er hat damit gerechnet, daß ich dämlich genug bin, das zu glauben, was der alte Doc Fotheringay da auf den Totenschein geschrieben hat, statt eine Autopsie zu verlangen, wie ich das gemacht habe.«

»Mhmja«, sagte Shandy, »wenn man die Sache einmal ganz objektiv betrachtet, Phil, muß man wohl zugeben, daß Ottermoles Theorie tatsächlich irgendwie logisch klingt.«

»Dann betrachten Sie die Sache jetzt mal subjektiv«, sagte Porble, »und seien Sie so nett und erklären Grace, daß ich verhaftet worden bin, weil man mich verdächtigt, ihre Verwandten umgebracht zu haben, und daher nicht zum Abendbrot erscheinen werde. Ich kann mir kaum vorstellen, daß sie genug Zeit haben wird, mir auf die Schnelle einen Kuchen mit einer Feile darin zu backen, aber vielleicht ist sie so freundlich und packt mir einen kleinen Handkoffer mit meinem Schlafanzug und meinem Rasierzeug? Selbstverständlich nur unter der Voraussetzung, daß man mir erlaubt, einen Rasierapparat zu benutzen. Wie handhabt ihr das denn hier für gewöhnlich, Ottermole?«

»Ich habe einen Elektrorasierer, den Sie ausleihen können«, brummte der Polizeichef.

»Ich bin zwar überwältigt von soviel Rücksichtnahme, muß jedoch gestehen, daß ich mich mit einem solchen Gerät noch nie habe richtig rasieren können.«

»Sie müssen ihn nur richtig halten. Ich zeige Ihnen das schon.«

»Eh, hm«, sagte Shandy. »Darf ich diese Diskussion über Stoppelentfernung kurz unterbrechen. Phil, nur um es einmal klarzustellen, würde es Ihnen etwas ausmachen, uns mitzuteilen, was Sie in der Nacht vom ersten Februar um zwanzig nach neun in First Fork gemacht haben?«

»Überhaupt nichts. Ich habe Ottermole bereits gesagt, daß ich nicht da war. Meine Auseinandersetzung mit diesem alten Schwachkopf Trevelyan hat frühmorgens stattgefunden, etwa um halb neun. Grace hatte es schließlich nicht länger ausgehalten und mir am Abend zuvor von dieser hirnverbrannten Klageandrohung erzählt. Ich wäre auf der Stelle losgefahren und hätte mir Trevelyan vorgeknöpft, aber ich wußte, daß er bereits im Bett lag und es keinen Zweck haben würde, ihn aufzuwecken. Er wäre zu besoffen gewesen, um auch nur einen klaren Gedanken zu fassen. Daher erfolgte unser Zwist am frühen Morgen, was ich offen zugebe, genau wie ich es vorher auch schon getan habe. Minnie Mink hat Ihnen darüber sicher schon eine Menge erzählt und alles ordentlich aufgebauscht.«

Porble rieb sich das Handgelenk, das Ottermole inzwischen von den Handschellen befreit hatte. »Ich habe wirklich nicht vorgehabt, die Beherrschung zu verlieren. Ich wollte mich eigentlich nur ganz sachlich mit Trevelyan darüber unterhalten, daß er diese wahnwitzige Anzeige wieder fallenlassen sollte, genau wie ich auch versucht habe, mit Ottermole zu reden, als er in der Bibliothek auftauchte und mir mit den Handschellen vor der Nase herumfuchtelte.«

»Aber ich habe sie Ihnen erst angelegt, als wir schon draußen waren«, erinnerte Ottermole den Bibliothekar.

»Sehr richtig, Sie haben netterweise davon abgesehen, mich vor meinen Mitarbeitern zum Gegenstand des Gespötts und der Verachtung zu machen, wofür ich Ihnen Ihrer Meinung nach wohl auch noch Dank schulde. Ich bin mir allerdings nicht sicher, ob die Fahrt in dieser Höllenmaschine von sogenannten Streifenwagen, die zu erdulden ich gezwungen wurde, nicht bereits in die Rubrik brutale und ungewöhnliche Bestrafungsmethoden fällt.«

»Ach ja? Dann werden Sie sich hoffentlich auch noch dran erinnern, wie Sie sich heute gefühlt haben, wenn wir im April Bürgerversammlung haben und wieder alle anfangen zu jammern, daß wir uns keinen neuen Streifenwagen leisten können, weil wir doch unbedingt sparen müssen.«

»Bedaure zutiefst, Ottermole. Delinquenten haben dieses Privileg leider nicht mehr«, erwiderte Porble mit einem gewissen Maß an Befriedigung. »Sie haben sich leider selbst um eine Stimme gebracht.«

»Noch sind Sie nicht überführt«, erinnerte ihn Shandy. »Und wir können dieses Problem außerdem sehr schnell aus der Welt schaffen, wenn wir uns ganz einfach an die Tatsachen halten. Da Sie gesagt haben, Sie wären zu der fraglichen Zeit nicht in First Fork gewesen, würden Sie uns bitte mitteilen, wo Sie wirklich waren?«

»Zu Hause natürlich.«

»Mit wem waren Sie zusammen?«

»Cicero.«

»Was für ein Cicero?« fragte Ottermole.

Doktor Porbles Gesicht nahm einen gequälten Ausdruck an. »Marcus Tullius Cicero.«

»Herrgott, warum haben Sie das denn nicht gleich gesagt? Wie kann ich den Burschen erreichen?«

»Versuchen Sie es doch mal in der Bibliothek. Ich schlage vor, Sie beginnen mit den *Gesprächen in Tusculum,* vor allem Buch vier, in dem erklärt wird, wie Weisheit den Verstand von Affekten und Leidenschaften befreit und so unbedeutende Kleinstadtbullen wie Sie davor bewahrt, dumme Fehler zu machen. Was ich Ihnen gerade klarzumachen versuche, lieber Polizeichef Ottermole, ist die Tatsache, daß ich in einem Buch gelesen habe. Nur ich. *Solus.* Ganz allein. Meine Frau war ausgegangen. Ich habe kein Alibi. Am besten, Sie legen mir die Handschellen sofort wieder an.«

Aber auch Ottermole hatte es faustdick hinter den Ohren. »Ach so, *den* Cicero haben Sie gemeint! Ich habe früher immer *Ciceros Katze* in der Comic-Beilage gelesen. Budge, fahr mal schnell rüber zum Haus, und frag Edna Mae nach dem Notbett, das wir immer benutzen, wenn die Verwandtschaft zu Besuch kommt. Und nach ein paar Decken und einem sauberen Laken. Sie weiß dann schon Bescheid. Sag ihr, wir hätten einen vornehmen Gast hier im Kittchen. Professor, wenn Sie Mrs. Porble sehen sollten, lassen Sie sich dann bitte auch von ihr das Cicero-Buch mitgeben?«

»Warum versuchen wir nicht zuerst einmal herauszufinden, ob es irgendeine Erklärung dafür gibt, daß jemand Doktor Porbles Wagen gesehen hat, obwohl er gar nicht damit gefahren ist?« schlug Shandy vor. »Ich bin sicher, Sie sind sich der Tatsache bewußt, Phil, daß Polizeichef Ottermole sich Ihnen zuliebe sehr großzügig verhält, indem er Sie hier in der Zelle behält, statt Sie ins Bezirksgefängnis überführen zu lassen?«

»Mir ist außerdem bewußt, daß es sogar Polizeichef Ottermole irgendwie dämmern muß, daß man ihn wegen Freiheitsberaubung belangen kann, weil er einen Unschuldigen festgenommen hat«, sagte der Bibliothekar. »Verfügt dieses Etablissement vielleicht zufällig über ein Badezimmer?«

»So was Ähnliches«, antwortete Ottermole. »Hör mal, Budge, am besten, du fragst Edna Mae auch noch nach einem Handtuch und einem Stück von der feinen Seife, die sie immer rauslegt, wenn Besuch kommt. Und nach einer Dose Putzmittel. Können Sie sich noch so lange gedulden, bis wir es hier etwas wohnlicher gemacht haben, Doktor Porble?«

»Nehmen Sie sich ruhig Zeit«, meinte der Bibliothekar. »Ich versuche bloß, mich mit den Annehmlichkeiten meines neuen Heims vertraut zu machen, jetzt, wo ich von zu Hause fort bin. Um noch einmal auf meinen Wagen zu sprechen zu kommen, Peter, ich habe keine Ahnung, wie jemand ihn in der besagten Nacht in First Fork gesehen haben kann, in welcher, wie vermutet wird, der Tetrachlorkohlenstoff, der – ob dies nun zutrifft oder nicht, sei dahingestellt – aus der Flasche stammen soll, die man in meinem Kofferraum fand, in die Flasche gefüllt wurde, aus der entweder Trevelyan oder Beatrice Buggins sich den Drink, von dem man glaubt, daß er ihr gemeinsames Ableben verursacht hat, eingeschenkt haben oder auch nicht eingeschenkt haben. Können Sie mir soweit folgen?«

»Völlig problemlos.«

»Gut. Dann darf ich Sie vielleicht auch noch daran erinnern, daß ich meinen Wagen genau wie Sie immer unten in Charlie Ross' Garage stehenlasse, da es auf dem Crescent so gut wie keine Parkmöglichkeiten gibt. Charlie macht seinen Laden zu und geht nach Hause, wann immer er Lust hat, was um diese Jahreszeit soviel wie ziemlich früh bedeutet. Ich persönlich habe keinerlei Talent, was mechanische Dinge angeht, aber ich habe gehört, daß es relativ simpel sein soll, mit ein paar kleinen Handgriffen einen Wagen zu starten, ohne dabei einen Zündschlüssel zu benutzen. Habe ich recht, Polizeichef Ottermole?«

»Stimmt«, sagte Ottermole niedergeschlagen. »Das geht tatsächlich.«

»Vielen Dank. Ich möchte außerdem noch erwähnen, daß ich stets einen zusätzlichen Schlüssel bei Charlie lasse, für den Fall, daß an meinem Wagen gearbeitet werden muß. Wenn also jemand nicht das Geschick hat, die Drähte oder Kabel zu manipulieren, bräuchte er statt dessen nur in die Werkstatt einzubrechen und sich den Schlüssel zu holen, bevor er sich das Auto ausleiht. Und als weitere Hypothese bliebe dann auch noch, daß irgendein Gauner lediglich mein Kennzeichen abgeschraubt und an einem anderen Wagen befestigt hat, der zwar wie meiner aussah, es jedoch nicht war. Ich hege keinen Zweifel, daß unser wachsamer Polizeichef in der Lage sein wird, uns darzulegen, wie diese Hochleistungen vollbracht werden konnten und der Wagen wieder zurückgestellt wurde, ohne daß es jemandem aufgefallen wäre.«

»Ich war an dem Abend nicht im Dienst«, sagte der wachsame Polizeichef. »Frank, der Sohn von Clarence Lomax, hatte Dienst. Frank hat um etwa Viertel vor neun einen Anruf bekommen, daß vor dem Meat-o-Mat Unruhestifter zugange wären. Ein paar Jungs hätten auf dem Parkplatz ein Feuer gemacht und behauptet, sie wollten ein Murmeltier grillen. Dabei ist natürlich überhaupt nichts passiert, aber einer der Anwohner hat sich fürchterlich aufgeregt und Alarm geschlagen, also mußte Frank hin. Man kann ihm wohl kaum vorwerfen, daß er nicht an zwei Stellen gleichzeitig gewesen ist, oder?«

»Ich für meine Person werfe niemandem etwas vor, wenn ich dazu nicht auch einen triftigen Grund habe«, erwiderte Porble, »ich bedaure jedoch zutiefst, daß diese Regel offenbar mir gegenüber nicht gilt. Wie dem auch sei, ich bemühe mich nach Kräften, Ihre Art der Beweisführung, wenn man sie denn als solche bezeichnen kann, zu verstehen, Polizeichef Ottermole, und versuche mit dem mir noch verbliebenen Gleichmut, meine momentane Einkerkerung, die, wie ich fest glaube, nur vorübergehender Natur ist, zu ertragen. Aber ich versichere Ihnen, daß ich mich politisch engagieren werde, sobald ich mich wieder auf freiem Fuß befinde, und Mittel und Wege finde, damit Sie schleunigst Ihres Postens enthoben und durch jemanden ersetzt werden, der weiß, wie er seine Arbeit zu tun hat.«

Verdammt noch mal, dachte Shandy, das ging nun aber wirklich zu weit. Zugegeben, Phil Porble hatte jedes Recht, seinen Groll darüber zu artikulieren, daß man ihn aus seiner hoheitsvollen Position herausgerissen und hinter Schloß und Riegel gebracht hatte und noch dazu in eine lausige Zelle wie diese hier, die nur halb so groß war wie ein Hühnerstall, doch konnte er dem armen Ottermole nicht wenigstens Edna Maes sauberes Handtuch und die feine Seife zugute halten?

Shandy hatte eigentlich vorgehabt, Porble zu sagen, daß er ruhig seine Frau Grace anrufen könne, entschied sich aber dann dafür, den Mund zu halten. Wenn er persönlich hinfuhr und ihr die Nachricht überbrachte, daß ihr Gatte verdächtigt wurde, ihren Onkel und ihre Tante ermordet zu haben, und deswegen im Gefängnis saß, konnte der Schock sie vielleicht dazu bringen, daß sie ihre unangebrachte Loyalität gegenüber Persephone Mink aufgab und die Karten, die sie eventuell versteckt hielt, offen auf den Tisch legte. Er knöpfte seinen Mantel zu, klappte die Ohrenschützer herunter und stapfte den Weg zum Crescent hoch.

Kapitel 13

Er hätte eigentlich wissen müssen, daß die Nachricht Grace Porble bereits vor seinem Eintreffen erreicht hatte. Mary Enderble verließ gerade das Haus und trug einen Gesichtsausdruck zur Schau, den sich die Leute normalerweise für Kondolenzbesuche aufsparten. Nicht einmal Mary, die für gewöhnlich jeden mochte, schien sich zu freuen, ihn zu sehen. Grace selbst empfing ihn mit offener Feindseligkeit.

»Sieh mal einer an, Peter Shandy. Ich hoffe, jetzt sind Sie endlich zufrieden.«

»Grundgütiger, Grace, Sie glauben doch nicht etwa, daß ich Ottermole veranlaßt habe, Phil festzunehmen?« protestierte er.

»Wenn Sie es nicht waren, wer soll es denn sonst gewesen sein?«

»Grace, Miss Mink hat die Sache mit dem Streit, den Phil mit Trevelyan Buggins hatte und den er übrigens auch selbst zugibt, ausgeplaudert. Irgendeine Frau aus Second Fork hat ausgesagt, daß sie Phils Wagen beobachtet hat, wie er vorgestern abend gegen zwanzig nach neun ohne Licht First Fork verließ. Ottermole selbst hat daraufhin den Wagen durchsucht und eine leere Flasche Tetrachlorkohlenstoff gefunden, die im Kofferraum versteckt war. Aufgrund dieses Tatbestandes hatte er keine andere Wahl, als Phil in Untersuchungshaft zu nehmen.«

»Peter, das ist doch völliger Schwachsinn. Warum hat er nicht statt dessen mich verhaftet? Ich fahre den Wagen doch viel häufiger als Phil.«

»Ich habe gehört, Sie waren an dem fraglichen Abend nicht zu Hause?«

»Ich war drüben bei den Enderbles und habe mir eine Schachtel mit Buttons angesehen, die John von seinem Onkel Elijah geerbt hat, falls Ihnen das als Alibi genügt.«

»Was für Buttons waren es denn?«

»Diese Plastikdinger, die man sich ans Revers steckt und auf denen irgendein markiger Satz steht, etwa ›Ich liebe meine Frau, aber du bist auch nicht schlecht‹ oder ›Für das Vaterland sich mühen, tief im Innern dafür glühen‹.

»›Und danach die Kette ziehen‹«, murmelte Shandy. »Entschuldigen Sie, Grace, das war unfein von mir. Das hat mir mal einer meiner Onkels beigebracht. Ich habe mich als Kind darüber immer fast totgelacht.«

»Komisch, mein Bruder Boatwright auch«, stellte Grace ein wenig erstaunt fest. »Meine Güte, an Boatwright habe ich seit Jahren nicht mehr gedacht. Ich habe mich schon gefragt, warum mir der Satz so bekannt vorkam. Aber wie dem auch sei, Phil war den ganzen Abend hier und hat gelesen.«

»Das hat er uns auch erzählt. Außerdem sagte er, daß Sie ihm bis vorhergehenden Abend nichts von der Klageandrohung erzählt hätten. Hatte Ihre Cousine Sie denn nicht schon früher darüber informiert?«

»Doch, und ich habe mich ganz schön darüber aufgeregt, das können Sie mir glauben. Ich hatte die ganze Zeit gehofft, daß die Sache im Sande verlaufen würde, aber als sie mir schließlich erzählt hat, der Anwalt würde die Vorladung, oder was immer es war, zustellen, wußte ich, daß ich es Phil sagen mußte.«

»Und Phil ist ausgerastet.«

»Phil schätzt es nicht, wenn man ihn in eine peinliche Lage bringt, und ich muß zugeben, daß es mir nicht anders geht. Wie dem auch sei, ich wußte, daß es absolut unmöglich war, Onkel Trevelyan etwas auszureden, was er sich einmal in den Kopf gesetzt hatte. Ich habe Phil gesagt, es sei reine Zeitverschwendung, aber« – Grace griff nach dem Blumenarrangement auf dem Tisch neben sich, als wolle sie sich daran festhalten – »ich wette, es ist einer von den Woozles gewesen, der Ottermole diese gemeine Lüge über Phil aufgetischt hat. Die Woozles würden uns liebend gern in Schwierigkeiten bringen.«

»Warum?«

»So sind sie eben. Sie haben schon immer etwas gegen die Buggins gehabt.«

»Grace, einem Richter würde dies als Erklärung wohl kaum reichen.«

»Einem Richter?« Zum ersten Mal klang ihre Stimme ängstlich. »Peter, Phil wird sich doch nicht vor Gericht wegen etwas verantworten müssen, das er gar nicht getan hat?«

»Nicht, wenn wir eine einleuchtendere Erklärung finden können als die bloße Tatsache, daß die Woozles die Buggins nicht mögen.«

»Aber wenn die Wahrheit nicht ausreicht, weiß ich wirklich nicht mehr weiter. Haben Sie Phil gesehen, seit er . . .?«

»Natürlich. Ich komme gerade von ihm. Er hat mich geschickt, um seinen Handkoffer zu holen.«

»Um Himmels willen, soll er etwa ins Bezirksgefängnis?«

»Nein, nein, keine Sorge. Ottermole behält ihn hier bei sich auf dem Revier.«

»In dieser schrecklichen kleinen Zelle, in die sie Samstag abends immer die Woozle-Jungs stecken?«

»Edna Mae schickt ihm ein paar saubere Handtücher.«

»Mein Gott! Was soll ich denn bloß Lizanne sagen?«

»Warum wollen Sie ihr überhaupt etwas davon sagen? Ihre Tochter kommt doch dieses Wochenende nicht vom College nach Hause, oder?«

»Nein, an der Schule von Harry Junior wird eine Sondervorstellung von *Tod und Verklärung* aufgeführt. Aber was passiert, wenn die Zeitungen darüber berichten?«

»Wie sollten sie das?« erwiderte Shandy mit gut gespielter Überzeugung. »Cronkite Swope liegt mit einer Erkältung im Bett, und seine Mutter läßt ihn nicht aus dem Haus.«

»Aber Arabella Goulson läuft immer noch frei herum.«

»Eh, wenn man Ihre persönliche Freundschaft mit den Goulsons in Betracht zieht und die ganz besondere Art der Beziehung zwischen Lizanne und dem jungen Harry, meinen Sie da nicht auch, daß Arabella genauso gern wie Sie der Öffentlichkeit diese unglückselige Entwicklung vorenthalten möchte?«

Grace dachte nach. »Ja, ich glaube, da könnten Sie recht haben, obwohl es ihr wahrscheinlich das Herz brechen wird, daß sie Cronkite die Story nicht vor der Nase wegschnappen kann. Arabella ist wirklich mit Leib und Seele Reporterin, wissen Sie. Aber sie hat Lizanne gern, und Sie müssen zugeben, daß Harry und Lizanne wirklich ein schönes Paar sind. Nicht daß wir unser Kind unbedingt unter die Haube bringen wollen, aber sie so wohlversorgt hier in Balaclava Junction zu wissen – Peter, sind Sie sich bewußt, welchen Schaden diese verrückte Aktion von Ottermole den Goulsons und unserer Familie zufügen könnte? Können Sie ihn nicht dazu bringen, daß er Phil wieder gehen läßt? Gibt es denn wirklich keinen anderen Ausweg?«

»Möglicherweise schon, wenn Sie und Persephone Mink endlich den Mund aufmachen und auspacken. Nun reden Sie doch endlich, Grace!«

»Ich habe keine Ahnung, was Sie von mir hören wollen.«

»Sie könnten beispielsweise damit beginnen, daß Sie mir verraten, wer tatsächlich hinter dieser hirnverbrannten Klageandrohung steckt, die Trevelyan Buggins angeblich selbst ausgeheckt haben soll.«

»Was meinen Sie mit angeblich? Onkel Trev hat sich immer sehr darüber aufgeregt . . .«

»Onkel Trev hat sich offenbar über 80 Jahre lang aufgeregt, ohne je etwas zu unternehmen. War es vielleicht die Idee seiner Tochter?«

»Selbstverständlich nicht! Sephy hätte nie auch nur im Traum an so etwas gedacht.«

»Wer war es dann?«

»Peter, ich kann es Ihnen wirklich nicht sagen. Phil und ich sind davon ausgegangen, daß es Onkel Trev gewesen ist. Er war natürlich nicht wirklich mein Onkel, aber ich habe ihn immer so genannt. Jedenfalls hat er ständig über alten Papieren von Knightsbridge und Ichabod gebrütet. Sie waren sein Vater und sein Großvater, aber das hat Helen Ihnen sicher bereits erzählt. Sie weiß mehr über die Buggins als ich.«

Grace fuhr sich mit der Zunge über die Lippen. »Knightsbridge hat es nie zu etwas gebracht. Onkel Trev übrigens auch nicht, auch wenn er immer gepredigt hat, daß man einen Menschen nicht nach seiner Fähigkeit beurteilen soll, irdische Güter anzuhäufen. Ich persönlich habe nie eine besondere moralische Leistung darin gesehen, heimlich schlechten Schnaps zu brennen, was so ungefähr das einzige gewesen ist, das er je in seinem Leben getan hat. Als ich noch ein kleines Mädchen war, ist Tante Beatrice immer hinter ihm hergewesen, weil er die Tür reparieren oder im Garten irgendwelches Unkraut jäten sollte. Er sagte jedesmal, daß er es bald machen würde, er müßte nur die Zeit dafür finden, und sie sagte dann immer: ›Was soviel bedeutet wie überhaupt nie.‹ Sephy und ich haben es dann schließlich meist selbst erledigt. Oder Sephy hat es allein gemacht, und ich habe so getan, als ob ich ihr helfen würde.«

»Haben Sie denn damals bei den Buggins gewohnt?«

»Eine Zeitlang, nachdem meine Mutter gestorben war und Vater nicht wußte, was er mit mir anfangen sollte. Damals sind Sephy und ich auch so gute Freundinnen geworden. Wir lagen nebeneinander im Bett und haben uns all die wunderbaren Dinge ausgemalt, die wir tun wollten, wenn wir erst einmal erwachsen wären.«

»Und was halten Sie von Persephones Brüdern? Haben Sie sie gemocht?«

»Ich hatte eigentlich kaum Gelegenheit, sie kennenzulernen. Genausowenig wie meine eigenen Brüder«, fügte Grace ein wenig bitter hinzu. »Sie waren alle soviel älter, wissen Sie. Das war noch etwas, das Sephy und ich gemeinsam hatten, daß wir beide größere Brüder hatten. Allerdings waren meine Brüder keine Zwillinge, und der Altersunterschied zwischen uns war noch größer. Boatwright muß inzwischen schon weit über 60 sein, glaube ich. Ist es nicht schrecklich, wenn man noch nicht einmal sagen kann, wie alt der eigene Bruder ist?«

Sie zuckte die Achseln. »Aber ich vermute, daß Boat sich an mich auch nicht mehr allzu gut erinnert. Er hat mir alle Jubeljahre einmal aus irgendwelchen Häfen, in denen sein Schiff gerade angelegt hatte, kleine Geschenke geschickt, und ich habe meine Briefe an ihn immer an die Dampfschiffahrtsgesellschaft gesandt. Er hat nie geantwortet, deshalb habe ich schon vor Jahren damit aufgehört. Aber ich habe ihm dann trotzdem eine Einladung zu unserer Hochzeit zukommen lassen und auch eine Geburtsanzeige, als Lizanne zur Welt gekommen ist. Zur Hochzeit hat er mir ein paar geschnitzte Kratzhändchen aus Elfenbein geschenkt und ein Kärtchen dazu, auf dem stand: ›Eine Hand kratzt die andere / Jetzt könnt Ihr Euch wenigstens gegenseitig kratzen.‹ Das war wohl der längste Brief, den ich je von ihm bekommen habe. Phil fand es lustig, aber ich hätte mir doch gewünscht, daß Boat ein bißchen mehr Familiensinn zeigt.«

Grace machte eine Pause, bis sie ihre Stimme wieder besser unter Kontrolle hatte. »Von Trowbridge und seiner Frau haben wir eine hübsche Sauciere von Gump's bekommen. Ich habe darin sogar einmal ein Blumengesteck für die große Ausstellung in Boston arrangiert und damit mein erstes Blaues Band gewonnen. Ich habe ihnen ein Foto und den Zeitungsausschnitt geschickt, aber sie haben bloß mit einer Postkarte geantwortet und sich für den Zeitungsausschnitt bedankt. Vielleicht waren sie beleidigt, daß ich ihr Geschenk für Blumen und nicht für Saucen benutzt habe. Oh, und einmal bekam Lizanne von Boat eine dieser russischen Puppen, die man öffnen kann und in denen dann immer kleinere Puppen sind. Ich glaube, das war das letzte Mal, daß ich von ihm gehört habe. Ich bin mittlerweile dazu übergegangen, nur noch eine Weihnachtskarte zu schicken.«

»Und wohin?«

»Wie ich bereits sagte, an die Adresse der Dampfschiffahrtsgesellschaft. Es ist die ›Great Magnificent‹. Angeblich stammt sie aus Liberia, aber sie besitzt auch ein Büro in New York. Ich nehme an, daß er immer noch für sie arbeitet. Jedenfalls ist bisher noch nie eine Karte zurückgekommen.«

»Könnten Sie mir vielleicht die Adresse geben?«

»Wenn Sie möchten, obwohl ich mir wirklich nicht vorstellen kann, was Sie damit anfangen wollen.« Sie ging zu einem kleinen Rollpult und nahm ihr Adreßbuch heraus, ein recht umfangreiches Exemplar mit einem Einband aus grünem Saffianleder, auf dem in Goldlettern »Grace B. Porble« prangte und in dem alles fein säuberlich und gut lesbar eingetragen war.

»Wollen Sie Trowbridges Adresse auch haben? Wir halten den Kontakt mehr oder weniger aufrecht, obwohl er und seine Frau noch nie hier gewesen sind und uns auch noch nie zu sich eingeladen haben. Ich gebe ja zu, daß Washington State ziemlich weit von Balaclava Junction entfernt ist. Sie leben in Tacoma. Trowbridge ist Geologe. Ich nehme an, er watet ständig durch irgendwelche Sümpfe und klettert auf alle möglichen Berge, um zu entscheiden, wo neue Straßen und dergleichen gebaut werden sollen.«

Sie reichte Shandy das bei dem Buchstaben B aufgeschlagene Buch und setzte sich wieder hin, die Hände auf den Lehnen des samtbezogenen Sessels. Sie wirkten geschickt, kräftig und gut gepflegt. Ihre Nägel waren in einem blassen Aprikosenton lackiert, der hervorragend mit dem rostfarbenen Wollkleid, das sie trug, harmonierte. In einem schlichten Weißgoldring, den sie hinter ihrem dazu passenden Ehering trug, funkelte ein kleiner Diamant. Während Shandy die Adressen ihrer Brüder in das abgegriffene Notizbuch schrieb, das er immer bei sich trug, um Termine mit Studenten nicht durcheinanderzubringen, sprach sie weiter, allerdings mehr zu sich selbst als mit ihm.

»Bevor ich Phil traf, hatte ich nie das Gefühl, zu einem Menschen zu gehören. Meine Brüder waren immer in der Schule, in irgendwelchen Ferienlagern oder sonstwo, bis sie schließlich ganz von zu Hause fortgezogen sind. An meine Mutter kann ich mich kaum noch erinnern. Ich war ein Nachkömmling, und ich glaube nicht, daß sie allzu glücklich darüber war, so spät noch ein Baby zu bekommen. Als ich vier war, hatte sie einen Schlaganfall. Ist einfach eines Tages in der Küche zusammengebrochen, als sie gerade Doughnuts gebacken hat. Glücklicherweise hat Mrs. Morrigan - ihr Mann war damals Rechnungsprüfer, und die Familie lebte dort, wo heute die Jackmans wohnen - das verbrannte Fett gerochen und ist zu uns herübergelaufen. Sonst wäre wahrscheinlich das ganze Haus in Flammen aufgegangen, und ich wäre verbrannt. Ich lag oben in meinem Bettchen. Eigentlich sollte ich ein Mittagsschläfchen halten, aber ich habe wahrscheinlich mit meinen Stofftieren gespielt. Merkwürdig, daß ich mich besser an meinen Pandabären erinnern kann als an meine Mutter, finden Sie nicht?«

»Das ist doch völlig normal, würde ich sagen.« Was hätte Shandy auch sonst antworten können?

»Also hat mein Vater mich zu Onkel Trev und Tante Beatrice in Pflege gegeben. Dort bin ich dann fast zwei Jahre lang geblieben. Ich kann mich nicht erinnern, daß Vater mich während dieser Zeit öfter als ein oder zwei Mal besucht hat. Tante Beatrice hat gesagt, ich sähe meiner Mutter sehr ähnlich, und es würde ihm weh tun, an sie erinnert zu werden. Für mich war es auch nicht gerade ein Honiglecken, aber ich vermute, das ist ihm nie in den Sinn gekommen. Die Leute meinen immer, daß kleine Kinder nicht viel fühlen. Dabei stimmt das absolut nicht.«

Sie bemerkte mit einem Mal, daß sie die ganze Zeit an dem Samtstoff zupfte, und faltete ihre Hände auf dem Schoß. »Jedenfalls hat er nach einer Weile Judith geheiratet und mich wieder geholt, damit ich bei ihnen wohnen konnte. Judith war auf ihre Art sehr nett zu mir, aber sie war kein sehr mütterlicher Typ und hat auch nie so getan, als wäre sie es. Sie war eher wie eine Gouvernante. Aber sie war gut für Vater. Sie gingen abends oft zusammen aus und haben dann Sephy geholt, um auf mich aufzupassen. Ich weiß wirklich nicht, was ich ohne Sephy getan hätte.«

Verdammt noch mal, wo war er bloß wieder hineingeraten? Shandy wünschte sich, daß er es Helen überlassen hätte, mit Grace zu reden. Aber Helen saß wahrscheinlich in der Bibliothek, steckte bis über beide Ohren in Verwaltungskram und ärgerte sich, daß sie mit der Sammlung Buggins nicht weiterkam. Heiliger Strohsack, war es etwa möglich, daß jemand versuchte, Phil etwas anzuhängen, um damit Helen von dem Archiv fernzuhalten?

Wenn man die Angelegenheit allerdings rein logisch betrachtete, saß Doktor Porble jetzt vor allem deshalb in der Klemme, weil er sich sozusagen selbst zur Zielscheibe gemacht hatte. Helen gleich mit aus dem Verkehr zu ziehen, wäre möglicherweise ein zusätzlicher, begrüßenswerter Erfolg, wenn der Betreffende wußte, daß es etwas in der Sammlung Buggins gab, das die Klage wirkungslos machte. Wenn man bedachte, wie lange das Archiv in der Bibliothek verschlossen gehalten worden war, tat sich hier eine interessante Frage auf.

War es möglich, daß Phil Porble sie alle so raffiniert an der Nase herumführte? Konnte es nicht sein, daß er trotz des ihn selbst belastenden Wutausbruchs derjenige war, der den alten Trevelyan auf die Idee mit der Klage gebracht hatte? Konnte es sein, daß man sich heimlich darauf geeinigt hatte, Grace die Hälfte des Gewinns zukommen zu lassen oder etwas in der Art?

Unsinn! Falls Phil wirklich das Archiv durchstöbert haben sollte und wußte, daß dort Beweise lagen, hätte er sie doch sicher zerstört. Es sei denn, sein Berufsethos als Bibliothekar war ausgeprägter als seine Rechtschaffenheit als Bürger. Es sei denn, er hatte von vornherein einkalkuliert, daß die Klage fallengelassen wurde. Es sei denn, er hatte vorgehabt, in allerletzter Minute einzuschreiten, das entscheidende Dokument aus den Archiven hervorzuzaubern, das College vor dem finanziellen Ruin zu retten und Doktor Helen Marsh Shandy als inkompetenten Schwachkopf hinzustellen.

Aber warum zum Teufel hätte er das tun sollen? Helen war nicht scharf auf seinen Posten. Sie versuchte nicht, seine Stellung zu untergraben. Zugegeben, durch sie war der schwere Fehler aufgedeckt worden, den er gemacht hatte, als er die Sammlung Buggins derart unterschätzt und zu einer Rumpelkammer degradiert hatte, doch sein Vorgänger war in diesem Punkt schließlich auch nicht anders gewesen. Beide hatten die Sammlung vernachlässigt, weil sie den Standpunkt vertraten, daß ihre Hauptpflicht in der Schaffung und Aufrechterhaltung der bestmöglichen Forschungs- und Studienbedingungen für die Studenten und die Fakultät bestand, und hatten dies auch erfolgreich in die Tat umgesetzt.

Außerdem saß ihm momentan eine Person gegenüber, die weitaus verdächtiger erschien. Schließlich war es nicht Phil gewesen, der seine ersten Lebensjahre in First Fork verbracht hatte, der mit den Familienanekdoten der Buggins' aufgewachsen war, der Persephone Mink wie eine Schwester liebte, aber für den alten Trev nicht allzu viel übrig hatte. Grace hatte immerhin in der Bibliothek gearbeitet, hatte zwischen den Regalen herumgeknutscht, hatte den Bibliothekar geheiratet und war zweifellos mit all seinen Entscheidungen und Plänen vertraut. In der letzten Zeit war sie Helen im Buggins-Archiv zur Hand gegangen. Vielleicht war sie dem sarkastischen Mistkerl, mit dem sie verheiratet war, sehr viel weniger zugetan, als die Nachbarn bisher vermutet hatten? Vielleicht tat P. Shandy gut daran, endlich wieder auf den Boden der Tatsachen zurückzukehren und das zu Ende zu bringen, weswegen er hergekommen war, und dann zu machen, daß er fortkam.

»Ist das Ihre Familie?« Er wies mit dem Kopf auf eine Fotografie in einem verzierten Silberrahmen, das Graces Blumenarrangement ergänzte. Auf dem Bild waren ein Mann und eine Frau, die im Stil der dreißiger Jahre gekleidet waren, und drei Kinder zu sehen. Der Mann hatte ein ganz kleines Mädchen mit einem luftigen weißen Kleid auf dem Schoß. Hinter den Eltern standen zwei Söhne im Teenageralter, die sich in ihren Anzügen und Krawatten offenbar höchst unwohl fühlten.

»Ja«, antwortete Grace. »Ich habe das Bild aufgestellt, damit ich nicht vergesse, daß auch ich früher einmal eine Familie hatte. Die Leute sagen immer, ich sähe genauso aus wie meine Mutter. Finden Sie das auch?«

»Oh ja, zweifellos. Ihre Brüder schlagen allerdings eher der Buggins-Seite nach.«

»Stimmt, und bei Sephys Brüdern war es genauso. Das war auch wieder so eine Sache, über die wir uns immer lustig gemacht haben, daß es unsere Brüder waren und nicht wir, die das Buggins-Kinn geerbt haben.«

»Ich habe an dem Morgen in First Fork ein Bild von den Zwillingen gesehen. Sie sagten eben, Sie hätten sie nicht besonders gut gekannt, aber vielleicht können Sie sich trotzdem noch an irgendwelche Einzelheiten erinnern?«

»Nicht bei Bainbridge. Er ist von zu Hause weggelaufen und in die Armee eingetreten, als er noch zur Schule ging. Oder wenigstens hätte gehen sollen. Ich glaube, Onkel Trev mußte damals sogar einige Papiere unterschreiben.«

»Harry Goulson hat mir schon davon erzählt. Er sagte, Bainbridge sei damals als vermißt gemeldet worden. Haben seine Eltern je herausfinden können, was mit ihm passiert ist?«

»Falls ja, haben sie es mir jedenfalls nicht gesagt. Sephy spricht grundsätzlich nie über ihn.«

Grace machte sich nervös an einer Schale mit schneeweißen Narzissen zu schaffen, die die Hauptattraktion ihres Arrangements darstellte. »Bestimmt hat Harry Ihnen auch erzählt, daß es Onkel Trev und Tante Bea nicht gerade das Herz gebrochen hat, daß er nicht mehr zurückgekommen ist. Bain hat ganz schön über die Stränge geschlagen, bevor er fortging. Ich habe mich immer gefragt, wie er wohl mit der Disziplin in der Armee klargekommen ist. Es würde mich nicht wundern, wenn er einfach desertiert wäre, aber Sie brauchen Harry Goulson gegenüber nicht zu erwähnen, daß ich Ihnen das gesagt habe.«

Sie experimentierte wieder mit der Narzissenschale. »Ich wette, Harry hat Ihnen alles mögliche erzählt.«

»Die Zwillinge scheinen einige, eh, recht eindrucksvolle Erinnerungen hinterlassen zu haben«, räumte Shandy ein.

Grace stellte die Narzissen wieder genau an die Stelle zurück, wo sie zuerst gestanden hatten. »Bracebridge war ein schrecklicher Quälgeist. Er hat mir immer ganz furchtbare Gutenachtgeschichten erzählt, über einen Bär, der mich mit Haut und Haaren verschlingen würde, während ich schlief. Er sagte, ich würde im Magen des Bärs aufwachsen und würde nicht wissen, wo ich wäre. Natürlich habe ich davon Alpträume bekommen, bin im Finstern wachgeworden und habe zu schreien angefangen, weil ich dachte, der Bär hätte mich gefressen. Und dann kam Brace hereingestürmt und hat mich ausgelacht. Sephy war deswegen immer furchtbar wütend auf ihn.«

»Und das mit gutem Grund. Mein Gott, wie kann man einem kleinen Kind nur so etwas antun.«

»Brace konnte aber auch schrecklich lustig sein. Er hat die Nachbarn so gut nachgemacht, daß man hätte schwören können, sie ständen leibhaftig vor einem. Als er in der letzten Klasse war, hat er eine Rolle in einem Theaterstück gespielt. Er sollte einen älteren Mann darstellen, also hat er sich entsprechend geschminkt und verkleidet und ist überall an den Seven Forks herumgezogen und hat so getan, als wäre er ein Vertreter für Damenunterwäsche. Er hatte schon diverse Bestellungen in der Tasche, als schließlich ein Mädchen herausbekommen hat, wer er in Wirklichkeit war. Aber anstatt ihn dazu zu bringen, daß er das Geld wieder zurückzahlte, hat sie sich von ihm ausführen lassen, und die beiden haben alles Geld auf den Kopf gehauen. Dann ist er eingezogen worden, und ich habe ihn nie wiedergesehen. Er hat nach dem Krieg noch eine Weile zu Hause gewohnt, aber da ging ich bereits aufs College.«

»Und was tut er heute?«

»Ich weiß es nicht und möchte es auch gar nicht wissen. Sephy will mit ihm absolut nichts mehr zu tun haben.«

»Aus einem bestimmten Grund?«

»Das kann man wohl sagen. Sobald Brace herausgefunden hatte, daß Sephy Arbeit gefunden hatte und allein lebte, hat er angefangen, ihr aus New York Briefe zu schicken, und zwar von einem Haus, das ›The Wayfarer's Rest‹ hieß. Er sagte, es sei eine Art Zufluchtstätte für Menschen, die im Leben Pech gehabt hätten, und daß er krank gewesen sei und wegen seiner ständigen Ohnmachtsanfälle keine feste Arbeit annehmen könne. Dann hat er Sephy gefragt, ob sie vielleicht zehn Dollar entbehren könne, damit er mit dem Geld einen Arzt bezahlen konnte. Sie hat ihm also die zehn Dollar geschickt, und natürlich hat er sie ein paar Wochen später wieder angebettelt.«

Grace machte ein Geräusch, das sehr einem Schnauben ähnelte. »Schließlich hat er richtig auf die Tränendrüse gedrückt. Er sei bei einem seiner Ohnmachtsanfälle gestürzt, habe sich den Arm gebrochen und sei nicht einmal mehr in der Lage, sich ohne fremde Hilfe anzuziehen. Er habe seit Tagen nichts gegessen und werde bestimmt seine Wohnung verlieren. Wenn Sephy ihm nicht verdammt schnell 50 Dollar schickte, wäre er vor Ende der Woche bereits unter der Erde und würde sich die Radieschen von unten ansehen.

Sephy sah nur eine Möglichkeit, ihm zu helfen. Sie beschloß, sofort nach New York zu fahren und ihn heimzuholen. Das war das einzige Mal, daß Sephy mich je gebeten hat, ihr Geld zu leihen. Ich hatte 200 Dollar. Die habe ich ihr gegeben, und dann hat sie den nächsten Zug genommen. Sie hatte eine Heidenangst, allein den weiten Weg nach New York zu fahren, wo sie doch in ihrem ganzen Leben noch nicht einmal in Boston gewesen war, aber sie war fest entschlossen, ihre Pflicht zu erfüllen.

Also, um mich kurz zu fassen, sie kam in New York an und fand schließlich sogar das ›Wayfarer's Rest‹. Es stellte sich jedoch heraus, daß es sich dabei um einen piekfeinen Nachtclub handelte. Und dort fand sie dann schließlich auch ihren armen, schwerkranken Bruder, wie er sich todschick angezogen mit einem aufgetakelten Flittchen auf dem Tanzparkett vergnügte. Sephy hat ihm nur einen einzigen Blick zugeworfen, sich auf dem Absatz umgedreht, ist dann auf der Stelle wieder zurück nach Hause gefahren und hat mir meine 200 Dollar zurückgegeben. Der Kerl hat sogar die Unverschämtheit besessen, ihr einen weiteren Brief zu schicken, aber den hat sie sofort ins Feuer geworfen, und danach hat er es aufgegeben.

Es würde mich gar nicht wundern, wenn er seinen Eltern auch weiterhin auf der Tasche gelegen hätte. Onkel Trev hat uns ziemlich oft Jammergeschichten aufgetischt, beispielsweise, daß er seine Steuern nicht bezahlen konnte und dergleichen. Dabei wußte ich ganz genau, daß es gelogen war, weil Sephy und Purvis sich immer um seine Rechnungen gekümmert haben. Wenn wir in der richtigen Stimmung waren, haben wir ihm dann aus reiner Gutmütigkeit trotzdem ein bißchen gegeben.«

»Dann glauben Sie also, daß seine Eltern die ganze Zeit mit Bracebridge in Kontakt gestanden haben?«

»Peter, ich glaube wirklich, Sie sollten nicht mit mir, sondern mit Sephy über Brace sprechen. Momentan bin ich viel zu sehr mit der Sorge um meinen Mann beschäftigt. Läßt dieser Schwachkopf Fred Ottermole wenigstens zu, daß ich Phil sein Abendessen bringe? Oder hat er ihn auf Wasser und Brot gesetzt?«

»Sie können gern auf dem Revier anrufen und nachfragen. Ich vermute, Ottermole wird nichts dagegen haben, daß Sie Phil besuchen, wenn Sie wollen.«

»Peter Shandy, Sie sollten sich wirklich in Grund und Boden schämen! Warum haben Sie das denn nicht gleich gesagt? Ich gehe davon aus, daß Sie als großer Meisterdetektiv allein nach draußen finden. Wahrscheinlich sollte ich Ihnen auch noch danken, daß Sie hergekommen sind, aber wenn ich ehrlich sein soll, wäre es mir lieber, wenn Sie sich diese Mühe nicht gemacht hätten.«

Grace war bereits im Nebenzimmer und wählte die Nummer des Polizeireviers. Shandy knöpfte seinen Mantel wieder zu, den abzulegen man ihn nicht gebeten hatte, und begab sich hinaus in die hereinbrechende Dunkelheit.

Kapitel 14

Shandy wußte nicht, was er von der ganzen Angelegenheit halten sollte. Hatte er gerade mit einer Unschuldigen gesprochen, die aus verständlichen Gründen in heller Aufregung war, oder aber mit einer Mrs. Borgia, deren üble Machenschaften fehlgeschlagen waren und der schließlich der eigene Ehemann zum Opfer gefallen war? Bisher hatte Shandy Grace immer nur als Porbles Frau, Helens Freundin und gute Nachbarin gesehen. Ihre ebenmäßige Schönheit und ihr großes Geschick mit Tigerlilien, die er bisher immer nur aus respektvoller Entfernung bewundert hatte, erinnerten ihn an die Frauengestalten auf den Bildern von Burne-Jones. Sollte er etwa zurückgehen und eine Frau, die Lilien arrangierte, danach fragen, ob sie nicht zufällig auch einen dreifachen Mord arrangiert hatte?

Bisher hatte er das Ganze für die Tat eines gerissenen Intriganten gehalten, doch was war, wenn er es statt dessen einfach mit einigen groben Schnitzern zu tun hatte? Angenommen, der flüchtige Gedanke, daß Grace in der Sammlung Buggins etwas über Oozaks Teich gefunden hatte, entsprach tatsächlich der Wahrheit? Angenommen, sie glaubte, einen Weg gefunden zu haben, um beweisen zu können, daß Ichabods Ansprüche legitim waren oder zumindest legitim zu sein schienen?

Was war, wenn Grace, eine gänzlich unkomplizierte Person mit dem Bedürfnis, Gutes zu tun und anderen zu helfen, doch aufgrund ihrer schweren Kindheit einige latente Störungen aufwies und beschlossen hatte, die Träume ihrer geliebten Freundin Sephy wahr werden zu lassen? Und was war, wenn ihr Vorhaben völlig außer Kontrolle geraten war, weil sie nicht bösartig und raffiniert genug war und nicht vorhergesehen hatte, daß Porble auf die Klageandrohung so heftig reagieren würde?

Zweifellos war Grace an dem betreffenden Abend tatsächlich bei den Enderbles gewesen und hatte sich Plastikbuttons angesehen, wie sie gesagt hatte. Sie hatte jedoch nicht angegeben, wann genau sie die Enderbles verließ, und Shandy bezweifelte, ob Mary oder John sich noch daran erinnern würden. Grace wäre wahrscheinlich nicht lange geblieben. Die Enderbles gingen früh zu Bett und hätten an diesem speziellen Abend bestimmt Wert darauf gelegt, sich früh hinzulegen, weil John Enderble immerhin bereits um sechs Uhr morgens seine Verabredung mit Beauregard hatte.

Aber Porble hatte angedeutet, daß Grace den ganzen Abend weg gewesen war. Vielleicht hatte Porble dies nur aus Boshaftigkeit gesagt, vielleicht entsprachen seine Angaben aber auch der Wahrheit. Grace hatte ihren eigenen Wagenschlüssel. Sie hätte das Auto holen und zu den Forks hinausfahren können, nachdem sie die Enderbles gegen halb neun oder eventuell sogar noch früher verlassen hatte. Sie hatte vielleicht von dem Tetrachlorkohlenstoff in Flackleys Scheune gewußt. Miss Mink hatte bestimmt den gesamten Nachbarschaftstratsch vom Bingospiel mit nach Hause gebracht, und die Buggins hatten ihn weitererzählt, einfach, weil es sonst nichts Interessantes zu erzählen gab.

Sie hätte bestimmt nicht riskiert, mitten in der Nacht dort herumzuschleichen und die Huskies in Aufruhr zu versetzen. Sie hätte einfach irgendwann tagsüber vorbeifahren können, etwa, um sich ein Stück Hundegeschirr für ein Blumenarrangement zu borgen, beispielsweise für eine eigenwillige Interpretation des Nordlichts. Es gab unzählige mögliche Ausreden.

Die Flasche in einer Büchse für Tennisbälle zu verstecken, hätte Grace sicher für eine gute Idee gehalten, denn nur Lizanne spielte Tennis, und Lizanne war momentan auf dem College. Die Dose konnte schon seit Monaten im Kofferraum gelegen haben. Porble hätte sie bestimmt nicht aufgemacht. Nur ein einfacher Cop wie Ottermole konnte auf diese Idee kommen. Aber mit Ottermole hatte Grace nicht gerechnet.

Daran, daß Marietta Woozle später als sonst von der Arbeit gekommen war, hatte sie ebenfalls nicht gedacht. Amateure waren nie auf Zufälle gefaßt. Jedenfalls hätte es Grace nicht sonderlich beunruhigt, wenn jemand gesehen hätte, daß sie ihre betagten Verwandten am Abend vor deren Tod besucht hatte. Sie war schließlich nur gekommen, um ihnen Gesellschaft zu leisten, während Miss Mink Bingo spielte, und mußte bei dieser Gelegenheit feststellen, daß sie schlecht aussahen. Nein, sie war daher auch keineswegs erstaunt gewesen, als der Arzt feststellte, daß die beiden eines natürlichen Todes gestorben waren. Nur das Ergebnis der Autopsie hatte sie erstaunt.

Doch warum hätte Grace die beiden umbringen sollen? Weil Onkel Trev immer soviel redete? Weil sie Angst hatte, daß die beiden zulassen würden, daß Bracebridge Sephys Anteil am Erbe bekam? Oder war es der abtrünnige Bainbridge, den sie hatte erstechen müssen? Jedenfalls würde jetzt, da der Rest der Familie tot war, alles an Sephy gehen.

War dies vielleicht auch der Grund, warum Persephone Mink sich geweigert hatte, den Mann aus dem Teich als ihren Bruder zu identifizieren? Wenn Grace für Sephy jemanden umgebracht hatte, konnte Sephy schließlich auch für Grace lügen.

Es war eine ausgesprochen unangenehme Hypothese, und Shandy konnte einfach nichts davon glauben. Er hatte viel eher Lust, sich zu Hause in aller Ruhe mit einem Sack Bohnen hinzusetzen und sich die Zeit damit zu vertreiben, sie alle zu zählen. Er wohnte nur zwei Häuser weiter. Jane Austen würde sich bestimmt freuen, ihn zu sehen. Aber Helen war sicher noch oben in der Bibliothek, und so lenkte er seine müden Füße in Richtung College.

Helen war tatsächlich bei der Arbeit, wirkte jedoch ein wenig erschöpft. Sie winkte ihn in das Büro des Bibliothekars, schloß die Tür und starrte ihn wütend an.

»Ich hoffe, du bist endlich zufrieden.«

»Weshalb sollte ich das?« fragte Shandy, der den Grund am liebsten gar nicht hören wollte.

»Daß du Fred Ottermole auf Doktor Porble gehetzt hast und ich jetzt seine ganze Arbeit auch noch am Hals habe.«

»Ich habe nichts dergleichen getan«, protestierte Shandy. »Ottermole hat völlig selbständig gehandelt. Sieh dir doch bitte einmal die Fakten an, Helen. Er hat die leere Tetraflasche in Phils Wagen gefunden, der gesehen wurde, als er aus First Fork herausfuhr, mit ausgeschalteten Scheinwerfern, ausgerechnet in der Nacht, als die Buggins vergiftet wurden. Außerdem wußte er, daß Porble sich an dem Morgen mit Trevelyan Buggins gestritten hatte. In Anbetracht dieser Tatsachen blieb ihm kaum etwas anderes übrig, als Phil festzunehmen. Ich habe es erst erfahren, als er ihn bereits verhaftet hatte. Ich hoffe bei Gott, daß er sich irrt, und Grace hat mir auch schon die Hölle heiß gemacht. Daher wäre ich dir dankbar, wenn du aufhören würdest, Salz in meine Wunden zu streuen.«

»Aber was soll denn bloß mit Doktor Porble geschehen?«

»Nichts Dramatisches, hoffe ich. Ottermole ist für seine Verhältnisse äußerst zurückhaltend. Bei unserem letzten Treffen war er gerade dabei, das Kittchen mit einem Notbett und einem Stück feiner Seife in ein Ritz Carlton zu verwandeln.«

Helen wollte eigentlich nicht lachen, konnte es sich jedoch nicht verkneifen. »Vielleicht sollten wir noch schnell ein Blumenarrangement vorbeibringen. Darf man Doktor Porble besuchen?«

»Wahrscheinlich, aber ich würde vorschlagen, wir warten damit, bis sich die Gemüter wieder ein wenig beruhigt haben. Grace telefonierte gerade mit ihm, als ich das Haus verließ, und besprach mit ihm das Abendessen. Apropos, welche Pläne hast du eigentlich für heute abend?«

»Ich habe daran gedacht, mich in eine Ecke zu verkriechen und mich richtig auszuweinen, vorausgesetzt, ich komme hier jemals raus. Ich hatte auch vor, aus Solidarität mit Sephy während der Besuchszeiten zu Goulson zu gehen, aber ich nehme an, es wäre dir lieber, wenn ich statt dessen einen weiteren Versuch mit dem Buggins-Material unternehmen würde. Warum muß bloß immer alles gleichzeitig passieren?«

»Gute Frage«, sagte Shandy. Durch das Glasfensterchen in der Bürotür konnte er bereits die Katastrophe herannahen sehen. »Wappne dich, Helen, da kommt Präsident Svenson.«

»Warum mußt du ausgerechnet uns so strafen, o Herr?« seufzte Helen. »Aber wieso brüllt er denn nicht?«

Auch das, dachte Shandy, war eine gute Frage. Niedergeschlagen war zwar nicht das richtige Wort, um die Verfassung von Präsident Svenson zu beschreiben, doch es war das beste, das ihm auf Anhieb einfallen wollte.

Die Begrüßung des hünenhaften Mannes wirkte eher sorgenvoll als wütend. »Verdammte Schande. Tut mir leid, Helen.«

»Mir tut es auch leid, Thorkjeld«, erwiderte sie. »Aber ich bin sicher, wir werden die Sache bald aufgeklärt haben.«

»Wäre auch verdammt besser.« Auch dies klang eher nach einem Seufzer als nach einer Drohung.

»Fühlen Sie sich nicht gut, Präsident?« erkundigte sich Shandy besorgt.

»Nein. Was hängen Sie hier überhaupt herum?«

»Er versucht, Ihnen die verflixte Klage vom Hals zu schaffen«, sagte Helen.

»Urrgh.« Doch selbst Svensons Urrgh klang irgendwie kraftlos. »Holen Sie erst mal Porble raus. Schwächt die Moral. Natürlich nichts gegen Ihre Arbeit, Helen.«

»Ich fühle mich auch gar nicht angesprochen. Was ist denn los mit Ihnen, Thorkjeld?«

»Purvis Mink«, stieß Svenson hervor, »ist gerade bei mir gewesen und hat mir seine Kündigung angeboten. Interessenkonflikt. Freund gegen Freund. Bruder gegen Bruder. Schlimmer als bei den Blauröcken und Grauröcken damals im Bürgerkrieg. Gottverdammich, Purve ist Wachmann, seit ich in Balaclava bin. Hat mit meinen Kindern Eulen beobachtet! Hat mit mir Eulen beobachtet, verflucht noch mal! Hab' ihm gesagt, wenn er kündigt, kündige ich auch, und dann ist es seine gottverdammte Schuld, wenn das ganze gottverdammte College vor die Hunde geht. Muß wieder weg. Gottverdammte Kuratoriumsversammlung.«

»Sollen wir im Chor ›Jetzt geht's in die Schlacht, o Mutter‹ singen, bevor Sie gehen?« schlug Shandy vor.

Svenson starrte ihn finster an. »Äußerst lustig, Shandy.« Doch in seinem Knurren lag eine Spur mehr Kampfgeist, und sein Schritt war wieder fester, als er die Bibliothek verließ.

»Ich glaube, wir haben ihm gutgetan«, sagte Helen. »Der arme Thorkjeld. Ein College zu leiten ist eine schreckliche Verantwortung, Peter.«

»Und wie geschickt er darauf hingewiesen hat, daß wir alle im selben Boot sitzen. Glaubst du, es würde etwas nützen, wenn ich noch schnell bei Persephone vorbeifahre und mit ihr rede?«

»Heute abend? Bist du nicht mehr ganz bei Trost?«

»Ich interpretiere deine Reaktion als eine negative Antwort auf meine Nachfrage. Wann, glaubst du, bist du hier fertig?«

»Peter, ich habe, ehrlich gesagt, nicht die geringste Ahnung. Warum gehst du nicht nach Hause, fütterst Jane Austen und machst dir ein Sandwich? Oder schaust in der Mensa vorbei?«

»Soll ich dir irgend etwas vorbeibringen?«

»Wo ich doch hier von unzähligen Lakaien umgeben bin, die mir jeden Wunsch von den Augen ablesen? Nein, Liebling, geh ruhig.«

Das Telefon klingelte. Helen gab ihm einen flüchtigen Kuß und nahm den Hörer ab. Shandy ging.

Jane war ärgerlich, weil sie so lange auf ihren Verdauungsspaziergang hatte warten müssen, und tat dies auch kund. »Ach, ihr Frauen seid alle gleich«, antwortete er, hielt ihr die Eingangstür auf und sah zu, wie sie vorsichtig eine Pfote auf die kalte, nasse oberste Stufe setzte, sie wieder zurückzog, schüttelte und ableckte und schließlich einen neuen Versuch wagte. »Man kann es euch wirklich nicht recht machen. Da gibt man euch, um was ihr bittet, und dann stellt sich heraus, daß ihr es gar nicht wollt.«

Er stand immer noch da und schaute zu, wie sie sich langsam pfötchenschüttelnd den Weg hinunterbewegte, als sein Nachbar Jim Feldster vorbeikam. Feldster schepperte ein wenig, woraus Shandy schloß, daß er Logeninsignien oder dergleichen unter seinem Mantel trug.

»Hi, Pete. Führst du deine Katze aus?«

»Hi, Jim. Zu welchem Treffen bist du denn gerade unterwegs?«

»Zu gar keinem. Ich bin auf dem Weg zu Goulson. Trev Buggins war Mitglied bei der Erlauchten Vereinigung der Amazonier, also dachten die Brüder, wir sollten stilgerecht von ihm Abschied nehmen.«

»Eh, ich möchte nicht unhöflich erscheinen, aber sind Brüder nicht das falsche Geschlecht für Amazonier?«

Feldster dachte einen Moment nach und schüttelte dann den Kopf. »Oh, verstehe. Immer einen kleinen Scherz auf Lager, wie? Du meinst sicher die Amazonen. Ich habe mal einen Film darüber gesehen. Große, stramme Mädels mit Schienbeinschützern und nackten Oberschenkeln bis hin zu den du weißt schon, was ich meine. Waren angeblich Kriegerinnen. Wer zum Teufel würde sich schon mit denen anlegen wollen?«

Er gestattete sich ein leicht anzügliches Grinsen, bevor er sich wieder an den Ernst seiner Mission erinnerte. »Kommst du mit Helen später auch noch vorbei?«

»Das weiß ich noch nicht genau. Helen hat noch eine Menge in der Bibliothek zu erledigen. Übrigens, hast du zufällig einen von Trevelyans Söhnen gekannt?«

»Leider nicht. Sie waren schon fort, als wir hergezogen sind. Aber ich kann dir sagen, mit wem sie dick befreundet waren. Beziehungsweise ich könnte es, wenn ich mich bloß an den Namen erinnern würde. Aber er wird mir schon wieder einfallen. Also, dann bis später.«

Professor Feldster machte sich scheppernd wieder auf den Weg. Jane Austen tippelte zurück ins Haus und beklagte sich bitter bei Shandy, weil er die Schuld daran trug, daß ihre Pfoten naß geworden waren. Er hob sie hoch und trug sie in die Küche.

Im Kühlschrank lag Roastbeef. Shandy aß seinen Anteil mit Roggenbrot und Gürkchen, Jane den ihren pur. Noch während sie in trauter Zweisamkeit ihr Abendessen verzehrten, klingelte das Telefon. Zu Shandys großer Überraschung war der Anrufer Jim Feldster.

»Es ist mir wieder eingefallen, Peter. Der komische Heilige, an den du dich wenden solltest, heißt Hesperus Hudson. Er lungert normalerweise im ›Dirty Duck‹ draußen an der Landstraße herum. Falls er da nicht sein sollte, kann man dir dort sicher sagen, wo du ihn findest.«

Shandy fragte erst gar nicht, woher sein Kollege, ein anerkannter Experte für die Grundlagen der Molkereiwissenschaft, einen komischen Heiligen namens Hesperus Hudson kannte, der draußen im ›Dirty Duck‹ herumlungerte. Er sagte nur: »Woher weißt du so genau, daß ich mit ihm reden will?«

»Warum hättest du sonst wohl gefragt?« Mit einem letzten gedämpften Scheppern legte Feldster auf. Shandy aß noch ein Gürkchen.

Ehrlich gesagt, hatte er wenig Lust, diesen Hesperus Hudson überhaupt zu treffen. Er hätte sich viel lieber vor dem bis dato noch nicht angezündeten Kaminfeuer im Wohnzimmer ausgestreckt, sein Sandwich mit einem milden Scotch hinuntergespült und über alles in Ruhe nachgedacht. Er beschloß, das Feuer noch nicht anzuzünden, gestattete sich jedoch eine kleine meditative Pause. Irgendwie mußte sich daraus ein Nickerchen entwickelt haben, wie das bei seinen kleinen Meditationen häufig vorkam. Nach etwa einer halben Stunde erwachte er wieder, mit steifem Nacken und einem schlechten Gewissen, weil er eigentlich aktiv sein, etwas unternehmen und dem Schicksal mutig entgegentreten wollte.

Ganz vorsichtig, um nur ja Jane nicht zu stören, holte er seinen alten Plaidmantel und seinen ausgebeulten Tweedhut. Dies müßten eigentlich die geeigneten Kleidungsstücke für das ›Dirty Duck‹ sein. Helen war immer noch nicht nach Hause gekommen, und er erwog zunächst, in der Bibliothek anzurufen, entschied sich aber schließlich dagegen. Es war noch nicht allzu spät, und sie hatte auch ohne einen übertrieben fürsorglichen Ehemann, der sich einbildete, sie könne ohne ihn nicht zurechtkommen, schon mehr als genug am Hals. Er hinterließ ihr daher lediglich eine kurze Nachricht: »Ich bin wieder weg, um mit den Jungs im ›Malemute Saloon‹ auf den Putz zu hauen«, und ging seinen Wagen holen.

Vielleicht gehörte Charlie Ross auch zu den Amazoniern. Er hatte jedenfalls heute früher als sonst die Schotten dicht gemacht. In der Garage brannte nur eine trübe Lampe, die zur Beleuchtung der Parkplätze diente. Es wäre ein Kinderspiel, sich hier ein Auto auszuleihen, bloß würde es hier nie jemand riskieren, denn Autodiebstahl war in Balaclava Junction höchst verpönt. Außerdem würde Betsy Lomax todsicher herausfinden, wer es gewesen war, denn sie wohnte direkt um die Ecke und betrieb das erfolgreichste Buschtelefon der Stadt.

Shandy überlegte, ob Mrs. Lomax nicht vielleicht sogar mehr über Doktor Porbles Wagen wußte als Porble selbst. Falls dies der Fall sein sollte, warum hatte sie dann nicht dafür gesorgt, daß der Autodieb seine wohlverdiente Strafe bekam? Betsy Lomax war zwar kein selbsternanntes Mitglied der Bürgermiliz, vertrat jedoch äußerst feste Grundsätze, was ihre Bürgerpflichten betraf, und tat diese auch gerne kund.

Diesmal befand sie sich jedoch möglicherweise in einem Dilemma. Mrs. Lomax fühlte sich sicher ihrer Freundin Sephy verpflichtet, durfte jedoch nicht vergessen, daß sie außerdem auch die Vermieterin von einem von Purvis Minks Kollegen beim Wachdienst und die angeheiratete Cousine oder dergleichen von einigen anderen war. In der Stadt war sie Vorsitzende, Präsidentin oder Mitglied von allen möglichen Gesellschaften und mit fast jedem auf irgendeine Weise verwandt. Auf dem Campus war sie für die Familien mehrerer Fakultätsmitglieder als Haushaltshilfe und Hauptstütze tätig und dementsprechend hochgeschätzt und gut bezahlt. Shandy konnte sich nicht vorstellen, daß sie absichtlich ein Verbrechen vertuschen würde, bei dem es um einen Konflikt zwischen Bürgern und College ging. Allerdings wäre es äußerst töricht von ihr, den Mund aufzumachen, bevor sie sich ihrer Sache nicht absolut sicher war.

Betsy Lomax war jedoch alles andere als töricht. Shandy seufzte, ließ den Wagen an und fuhr in Richtung Landstraße.

Kapitel 15

Shandy hatte keine große Lust, ins ›Dirty Duck‹ zu gehen. Er hatte diese Spelunke zwar noch nie betreten, war jedoch oft genug daran vorbeigefahren, was sicher das Klügste gewesen war. Finster betrachtete er die dunkelbraune Fassade und die schmutzigen Fenster, hinter denen vereinzelte ramponierte Neonreklamen für Bier trübes Licht verbreiteten, und konnte sich nicht vorstellen, daß es jemand geben sollte, der freiwillig ausgerechnet diese Kneipe aufsuchte, um sich zu amüsieren. Hierher kam man nur, wenn man vorhatte, sich zu besaufen.

Wahrscheinlich lungerten im Inneren ausschließlich irgendwelche Männer mit krummem Rücken an der Bar herum und führten endlose, langweilige Diskussionen über nichts Bestimmtes. Frauen verirrten sich bestimmt nicht in diese Spelunke. Die Theke zierte höchstwahrscheinlich ein Bezug aus abgeschabter Plastikfolie, deren Muster größtenteils verblaßt, die dafür aber mit Schmutzflecken und schalen Bierpfützen bedeckt war. Überall standen verdreckte Aschenbecher herum, überquellend von aufgeweichten, stinkenden Zigarettenkippen. Vielleicht gab es auch irgendwo eine Schale mit altem Käse-Popcorn, das mehr neben als in der Schale lag, weil ungewaschene Hände nachlässig in die Schale griffen, während ihre Besitzer hier Rast machten und ein paar Bier tankten, nachdem sie irgendwo eine Klärgrube leergepumpt hatten.

Offenbar genau die richtige Kulisse für Stücke, die zornige junge Dramatiker ihrem zornigen älteren Publikum gern als absoluten Realismus präsentierten. Wer zum Teufel brauchte so etwas schon? P. Shandy jedenfalls nicht. Ihm war inzwischen etwas Besseres eingefallen. Er würde zuerst anderswo einkehren, seinem Magen nach dem Abendessen ein wenig Ruhe gönnen und später wieder hierher zurückkommen. Falls Hesperus Hudson bereits da war, würde er sicher den ganzen Abend hier klebenbleiben, falls noch nicht, warum sollte Shandy sich dann damit quälen, herumzusitzen und stinkende Zigarettenkippen zu riechen, während er auf ihn wartete?

Shandy vermutete, daß er Budge Dorkins Bericht über die Korrektorin von der Pica Press eigentlich nicht zu überprüfen brauchte, doch Dorkin war jung und unerfahren, und es war außerdem eine willkommene Ausrede, um den Besuch im ›Dirty Duck‹ noch ein wenig hinauszuzögern. Er fuhr also geradewegs nach Second Fork und hatte, wie erwartet, keinerlei Schwierigkeiten, das rote Haus mit dem weißblauen Säulenfries zu finden.

Auch nach der Korrektorin brauchte er nicht lange zu suchen. Marietta Woozle war daheim und entspannte sich. Zumindest vermutete Shandy, daß sie das tat. Das maßgeschneiderte, knöchellange Gewand, das sie anhatte, sah nicht gerade aus wie ein Kleidungsstück, das jemand trug, der gerade Korrektur las. Die zahlreichen Federn an den Säumen der wehenden Ärmel wären sicher höchst hinderlich, sollte man jedenfalls annehmen, wenn Mrs. Woozle ihre Hände für etwas Anstrengenderes als das Schälen einer Traube benutzte. Shandy fühlte sich an die Gewänder erinnert, die Mae West in den Filmen zu tragen pflegte, in die er sich als Junge immer hineingeschmuggelt hatte, nur daß Miss Wests Kleider in den besagten Filmen immer nur in Schwarzweiß zu sehen gewesen waren, während das Kleidungsstück von Mrs. Woozle scharlachrot und mit blauen Federn verziert war. Gefärbte Hühnerfedern, dachte er, doch er war sich nicht ganz sicher. Dan Stott hätte es bestimmt auf den ersten Blick erkannt.

Mrs. Woozle brach nicht gerade in Jubel aus, als sie einen Herrn mittleren Alters in einem schäbigen Plaidmantel vor ihrer Tür erblickte. »Wenn Sie zu Zack wollen«, teilte sie ihm kühl mit, »der ist drüben im ›Dirty Duck‹.«

»Eh, nein«, sagte Shandy. »Ich hatte eigentlich gehofft, Sie anzutreffen. Sie sind doch Mrs. Marietta Woozle, nehme ich an?«

»Sie können von mir aus annehmen, was Sie wollen.« Mrs. Woozle zuckte mit den Achseln, woraufhin die blauen Hühnerfedern auf eine Art zu flattern begannen, die man möglicherweise als Verführungsversuch hätte deuten können, wenn sich die gefiederte Dame dabei etwas gastfreundlicher gebärdet hätte. »Wie schreibt man Konstantinopel?«

Shandy vermutete, daß diese Frage keineswegs ungewöhnlich war, denn immerhin stammte sie aus dem Munde einer Korrektorin. Vielleicht löste die Dame ja auch gerade ein Kreuzworträtsel. Jedenfalls buchstabierte er das Wort für sie, und sie quittierte seine Antwort mit einem Nicken.

»Aha, genau, wie ich mir gedacht habe. Sie sind einer der Professoren vom College, und Sie sind gekommen, um mich mit Ihrem schnöden Mammon zu ködern, damit ich meine Aussage über diesen heimtückischen Doktor Porble wieder zurückziehe. Mein letztes Wort in dieser Angelegenheit ist nein, nein und nochmals nein.«

»Ein Nein hätte volkommen genügt«, sagte Shandy. »Ich gebe offen zu, daß ich einer der Professoren vom College bin. Mein Name ist Shandy, doch ich hege keinerlei Absicht, Sie zu ködern.«

»Wirklich nicht?«

»Nein, nein und nochmals nein! Daran würde ich nicht einmal im Traum denken. Jeder sieht doch, daß Sie eine Dame von« - er taxierte leicht amüsiert den tiefen Ausschnitt ihres Gewandes, bevor er seinen Satz beendete - »Charakter sind.«

»Oh.«

Sie legte die rechte Hand auf die Hüfte und hob die linke, um mit ihrem Nackenhaar zu spielen, genau wie Mae West. Bei diesen Szenen hatten die älteren Jungen immer versucht zu pfeifen, während die jüngeren nach draußen gegangen waren, um sich Popcorn zu holen. Einen gespenstischen Moment lang hatte Shandy eine akustische Halluzination und meinte, das Scheuern von Cordhosen in einem dunklen Kino zu hören.

»Ich bin hergekommen, Mrs. Woozle, weil ich gern einige Punkte der Aussage, die Sie heute gegenüber Officer Dorkin gemacht haben, eh, überprüfen möchte. Selbstverständlich nur unter der Voraussetzung, daß Sie ein wenig Zeit für mich erübrigen können.« Er hatte bemerkt, daß sie einen flüchtigen Blick auf die rote Wanduhr mit weißen Zeigern auf blauem Zifferblatt geworfen hatte.

»Dann machen Sie aber bitte flott. Was wollen Sie wissen?«

Sie hatte ihn nicht aufgefordert, sich zu setzen, noch hatte sie es offenbar vor, obwohl überall mehr als genug weiße Venylstühle herumstanden, alle mit rot-blauen Sternenbannerkissen geschmückt. Wahrscheinlich war sie am vierten Juli geboren, mutmaßte Shandy. Er räusperte sich.

»Wenn ich richtig verstanden habe, Mrs. Woozle, befanden Sie sich am Abend des ersten Februars um zwanzig nach neun auf dem

Weg zum Gemeindezentrum. Als Sie die Kreuzung erreichten, bemerkten Sie einen Wagen, der gerade ohne Licht First Fork verließ.«

»Den Wagen von Doktor Porble, allerdings.«

»Woher wußten Sie, daß es der Wagen von Doktor Porble war?«

»Ich kenne den Wagen, und ich habe das Kennzeichen gesehen. Das habe ich Budge Dorkin bereits gesagt. Außerdem habe ich die Nummer sofort aufgeschrieben, damit ich sie nicht vergesse, auch wenn ich sie sowieso nicht vergessen hätte. Ich besitze nämlich ein fotografisches Gedächtnis.«

»Wie überaus praktisch für Sie. Dann können Sie mir vielleicht auch beschreiben, wie Doktor Porbles Wagen aussieht?«

Sie konnte es und tat dies auch. Shandy wurde immer niedergeschlagener. Er versuchte sich einzureden, daß die Beschreibung nichts zu bedeuten hatte. Grace Porble war bestimmt oft genug mit dem Wagen hergekommen, um den Buggins heiße Suppe und Blumenarrangements zu bringen. Marietta Woozle hatte mehr als genug Gelegenheit gehabt, sich sämtliche Einzelheiten genau einzuprägen.

Aber warum hätte sie lügen sollen, als sie sagte, daß sie den Wagen vorletzte Nacht gesehen hatte? Ihr mußte doch bewußt sein, welche Folgen ihre Aussage für Doktor Porble haben würde? Mrs. Woozle machte trotz der blauen Hühnerfedern auf ihn keineswegs den Eindruck einer dummen Pute. Vielleicht war ihre Mae-West-Aufmachung lediglich einer dieser weiblichen Tricks, um Zack Woozle aus dem ›Dirty Duck‹ herauszulocken. Da Marietta ein oder zwei Nummern zu üppig für ihr Kleid war, schien ihre Methode allerdings mit einem gewissen Maß an Overkill behaftet, doch vielleicht gehörte Zack Woozle zu der Art von Männern, die auf subtile Mittel nicht ansprangen?

»Haben Sie denn genau gesehen, daß Doktor Porble den Wagen gefahren hat?« fragte er verzweifelt.

»Na ja, das war ja wohl kaum möglich, oder? Aber als ich mein Fernlicht angeschaltet habe, konnte ich eine Gestalt erkennen, die aussah wie er, gerade aufgerichtet, genau wie er auch immer sitzt, mit einer Art Dick-Tracy-Profil und einem dieser Harry-Truman-Filzhüte. Ich kenne sonst niemanden, der diese Hüte heute noch trägt, also bin ich davon ausgegangen, daß er es gewesen ist, aber beschwören kann ich das natürlich nicht. Die Gesichtszüge konnte ich nicht sehen, nur die Silhouette.«

»Ich würde sagen, Sie haben im Licht Ihres Scheinwerfers auch so bereits erstaunlich viel gesehen«, bemerkte Shandy leicht gereizt. »Anscheinend haben Sie extrem gute Augen, Mrs. Woozle.«

»Worauf Sie sich verlassen können!« brauste sie auf. »In meinem Beruf braucht man das auch. Außerdem war es nicht nur ein flüchtiger Blick bei Abblendlicht. Ich hatte schließlich die ganze Zeit mein Fernlicht auf ihn gerichtet, als ich aus der Auffahrt hinaus- und auf die Kreuzung zufuhr, also habe ich ihn sowohl von hinten als auch von der Seite gesehen. Beides ist so genau in meinem fotografischen Gedächtnis gespeichert wie eine Videokassette in einer Familienkassettenbox, das können Sie mir glauben. Und das werde ich auch jederzeit vor einem Richter und den Geschworenen wiederholen, falls dies nötig sein sollte. Haben Sie jetzt alles erfahren, was Sie hören wollten, Professor?«

Sie flatterte hinüber zur Tür und hielt sie für ihn auf. Bei einer Frau, die in ihren blauen Kunstlederpantoffeln etwa einen Meter sechsundsiebzig groß war und ungefähr 83 Kilo, wenn nicht mehr, auf die Waage brachte, Hühnerfedern nicht mitgerechnet, ließ sich dieser Wink nur schwer übersehen. Shandy hatte nicht das gehört, was er sich erhofft hatte, doch er hatte eindeutig alles erfahren, was sie ihm mitzuteilen gewillt war. Er murmelte daher: »Vielen Dank, daß Sie sich die Zeit genommen haben«, und ging wieder. Zack Woozles Vorliebe für das ›Dirty Duck‹ schien ihm allmählich nachvollziehbar.

Jetzt, wo es zu spät war, fiel Shandy ein, daß er vergessen hatte, Mrs. Woozle zu fragen, warum sie hier in ihrem Heim herumflatterte und Trauben schälte, statt sich wie die übrigen Bewohner der Stadt zu Harry Goulson zu begeben und sich die sterblichen Hüllen ihrer ehemaligen Nachbarn anzusehen. Vielleicht dachte sie, daß sie nichts Passendes anzuziehen hatte. Vielleicht hatte sie auch wieder einen harten Arbeitstag mit der Korrektur von Einladungen für die Bürgerversammlung hinter sich. Vielleicht hatte sie aber auch von den Buggins schon zu deren Lebzeiten die Nase gestrichen voll gehabt.

Oder sie erwartete Herrenbesuch. Als Shandy losfuhr, bemerkte er, daß ein Wagen nach Second Fork abbog. Aus purer Neugier hielt er auf dem Seitenstreifen, sobald er sich in sicherer Entfernung auf der Landstraße befand, stellte den Motor ab und zog seinen Feldstecher aus dem Handschuhfach. Hier draußen gab es fast nur Sumpfahorn und Erlen, er hatte daher eine gute Sicht durch die kahlen Zweige. Tatsächlich, das andere Auto setzte zurück und fuhr auf den Wendeplatz am Haus der Woozles.

Marietta hatte das Außenlicht angeschaltet, und alles, was er sehen konnte, war Flo mit ihrem falschen Pelz und der fürchterlichen roten Perücke auf dem Kopf. Marietta schien zwar nicht gerade in einen Freudentaumel zu geraten, ließ Flo jedoch ins Haus. Als Mikes offizielle Lebensgefährtin genoß Flo möglicherweise bei den Woozles eine Art Familienstatus. Oder vielleicht gab sich Marietta auch mit jedem zufrieden, der gewillt war, sich ihre neuesten, aus dem Leben gegriffenen Skandalgeschichten anzuhören.

Die beiden konnten beispielsweise bei einer Tasse Kaffee in der rot-blauen Eßecke sitzen, während Marietta Flo schilderte, wie sie die perfiden Pläne des bösen Professor Shandy durchkreuzt hatte. Flo konnte sich revanchieren, indem sie zum besten gab, wie ihn seine wohlverdiente Strafe in Gestalt von Miss Mink ereilt hatte. Alles in allem gab Shandy in der Gegend der Seven Forks keine sonderlich gute Figur ab. Was hinderte ihn also daran, sich den mißratenen Tag vollends zu verderben? Deshalb auf ins ›Dirty Duck‹.

Das Innere des sogenannten Rasthauses war beinahe so abstoßend, wie Shandy es sich vorgestellt hatte. Er hatte nur den alten Schwarzweißfernseher vergessen, dessen Bildschirm voller Fliegendreck war und der mehr oder weniger unbeachtet auf einem Regal hinter der Bar vor sich hinplärrte. Er bestellte ein Bier und sagte dem Barkeeper, daß er sich keine Umstände mit dem Glas zu machen brauche. Wenigstens war die Flasche sauber. Das nahm Shandy zumindest an, wurde jedoch eines Besseren belehrt, als der Barkeeper zuvorkommenderweise den Verschluß entfernte und Öffnung und Hals der Flasche mit einem unbeschreiblichen Lappen abwischte, bevor er sie über die bierverschmierte, mit Popcorn übersäte Theke schob. Shandy blieb nichts anderes übrig, als sie verstohlen mit dem Mantelärmel abzuwischen und ein Stoßgebet zum Himmel zu schicken, in der Hoffnung, daß es irgendeinen Heiligen gab, der für Streptokokken zuständig war.

Er wußte, daß es nicht ratsam war, einfach mir nichts dir nichts mit jemandem in diesem Etablissement eine Unterhaltung anzuknüpfen. Er ließ sich daher mit dem Bier Zeit, auch wenn ihm dies wenig angenehm war. Doch es blieb ihm wohl nichts anderes übrig, da er sonst aufgefallen wäre, und so gab er vor, völlig von dem fasziniert zu sein, was sich gerade auf der Mattscheibe abspielte. Allem Anschein nach handelte es sich um zwei Schlammringer, auch wenn Shandy nur den Schlamm erkennen konnte. Während er gebannt auf den Bildschirm starrte, hielt er die Ohren offen, um keinen Namen zu verpassen. Er war neugierig, wer von den Anwesenden wohl Zack Woozle war, und außerdem war es ihm lieber, mit Hesperus Hudson Kontakt aufzunehmen, ohne vorher fragen zu müssen, wer Hudson war.

Zack zu identifizieren war kein Problem. Er war spindeldürr und sah nicht aus, als ob er es mit der üppigen Marietta aufnehmen konnte. Dennoch ließ eine gewisse Abgespanntheit um die Augen darauf schließen, daß er es zumindest versucht hatte. Zack sagte nicht viel, er saß nur da, hielt sich an seiner Bierflasche fest und nickte mechanisch, sobald ein Gast zufällig in seine Richtung eine Bemerkung fallenließ. Shandy hörte ihn nicht sprechen, bis ihn schließlich jemand fragte, ob er in der letzten Zeit drüben gewesen sei und Mike gesehen hätte. Er sagte »Nöh« und starrte weiter in sein Bier.

»Vermute, bei euch in First Fork is' 'ne Menge los gewesen, was, Zack?« stellte einer der Gäste fest.

Zack nickte.

»Da hat der alte Buggins es doch tatsächlich geschafft, sich un' seine Alte zu vergiften, hab' ich gehört. Hat er's nun mit Absicht getan, oder war's bloß sein elendes Gesöff?«

Zack zuckte mit den Achseln.

»Mußte ja früher oder später so enden, was? Hat ja auch immer 'n scheußliches Zeug zusammengebraut, nich'?«

»Hab's noch nie probiert.«

»Wieso denn nich'?«

»Weil er mir nie was angeboten hat.«

»Das is' natürlich 'ne Erklärung.«

»Ich hab' 'ne Menge davon gepichelt«, quiekte eine Stimme aus der Ecke.

»Ha!« sagte Zacks Gesprächspartner. »Dann nenn' mir mal was, wovon du nich' 'ne Menge pichelst, solang's dir 'n anderer bezahlt. Was trinkste denn heute, Hesp? Katzenpisse oder Batteriesäure?«

Das also war das fehlende Glied in der Kette. Shandy hörte sich das geistlose Geschwätz ein oder zwei Minuten länger an und gab dann dem Barkeeper zu verstehen, daß er noch ein zweites Bier wünsche. Während die Aufmerksamkeit sämtlicher Anwesenden einen Moment auf den Bildschirm gerichtet war, der sich inzwischen irgendwie geklärt hatte, so daß man erkennen konnte, wie unzählige Fahrzeuge mit Wucht ineinanderrasten, bahnte er sich einen Weg zu dem besonders scheußlichen Tisch, an dem Hesperus Hudson mehr lag als saß.

»Wie wär's mit einem Bier, Mr. Hudson?«

»Höh?« Unter dem Schirm einer ehemals weißen Malerkappe blickte ein gerötetes Auge zu ihm hoch. »Wer zum Henker sin' Sie denn?«

»Mein Name ist Shandy. Jim Feldster schickt mich. Ich soll Sie von ihm grüßen. Sie erinnern sich doch an Jim?«

»Na klar doch.«

Hesperus Hudson wäre auch bereit gewesen, sich an Prinzessin Margaret oder Idi Amin zu erinnern, dachte Shandy, wenn dabei ein Bier für ihn herausgesprungen wäre. Es war natürlich auch möglich, daß Hesperus Hudson sich tatsächlich an Jim Feldster erinnerte, denn Feldster gehörte so gut wie jeder Bruderschaft und jedem Verein in Balaclava County an und außerhalb davon noch einigen mehr. Aber Hesp sah nicht aus wie ein Logenbruder. Er sah aus wie ein leidenschaftlicher Kneipenhocker. Das Bier hatte er schon in sich hineingeschüttet, ehe Shandy einen Stuhl mit vier intakten Beinen ausfindig machen konnte.

»Hier«, sagte Shandy, »nehmen Sie doch meins auch noch.«

Er tauschte die Flaschen, in der Annahme, daß es Hudson nichts ausmachte, mit einem Fremden aus derselben Flasche zu trinken. Tatsächlich schien sich Hudson von dieser Tatsache nicht im geringsten irritieren zu lassen.

»Danke, Kumpel. Wie war noch mal Ihr Name?«

»Longfellow«, sagte Shandy. »Henry W.«

»Ja, richtig. Jetzt weiß ich's wieder. Ich hab' nämlich 'n fotografisches Gedächtnis.«

»Eine seltene Gabe«, antwortete Shandy höflich. »Sie sind wohl nicht zufällig mit Zack Woozles Frau verwandt?«

»Was für'n Zack?«

Hesperus Hudson gönnte sich einen kräftigen Schluck aus Shandys Flasche. »Ich hab' mal 'nen Typ drüben in Frisco gekannt, der hieß Zack. Hatte 'ne chinesische Wäscherei. Die hatte seinerzeit 'n Kerl namens Ah So eröffnet, aber Ah is' dann auf Computer umgestiegen un' später Multimillionär geworden. Also hat Ah gesagt, zum Teufel mit dem Ding, was soll ich hier für irgendwelche

Leute weiter Hemden bügeln. Und dann hat Zack den Laden übernommen. Zack Hoover, so hieß er. Sie kennen Zack Hoover?«

Shandy schüttelte den Kopf. »Bedauerlicherweise hatte ich das Vergnügen noch nicht. Aber trotz Ihrer offensichtlichen, eh, Welterfahrenheit, sind Sie doch wohl ein Einheimischer und stammen aus der Gegend der Seven Forks, nicht wahr, Mr. Hudson?«

»Was heißt hier Einheimischer? Die Hudsons sind immer eingefleischte Methodisten gewesen. Bis ich kam. Ich bin nämlich Freidenker. Und Freitrinker, wenn man mir einen ausgibt.«

Shandy verstand den Wink mit dem Zaunpfahl und ging Nachschub holen. Unterwegs fragte er sich, ob er wohl irgend etwas für seine Flaschen bekommen würde. Der Barkeeper blickte ihn nachdenklich an.

»Sind Sie 'n Freund von Hesp?«

»Nein«, sagte Shandy. »Ich sehe ihn heute abend zum ersten Mal. Zack Hoover hat mich gebeten, ihm der guten alten Zeiten wegen einen auszugeben. Kennen Sie Zack Hoover?«

Der Barkeeper sagte, nein, den kenne er nicht, und entfernte sich, um irgendein Großmaul am anderen Ende der Theke zu bedienen. Shandy nahm die vollen Flaschen mit zu dem schmuddeligen Tisch und dem noch schmuddeligeren Gast.

»Bitte sehr, Mr. Hudson. Ich habe gehört, Sie sind hier draußen mehr oder weniger mit den Buggins-Zwillingen aufgewachsen?«

»Mit wem?«

»Bracebridge und Bainbridge Buggins.«

»Ach so, Brace un' Bain, Teufel auch! Wir drei waren die schlimmsten Kerle, die je frei rumgelaufen sind. Wir ham dem Alten immer seinen Schnaps geklaut. Wir ham ihn heiß getrunken, direkt aus 'm Destillierapparat, mit 'nem Schilfrohr als Strohhalm, damit er nich' merkte, daß wir an dem Zeug gewesen waren. Ja, so war das, der erste Drink meines Lebens kam aus Trevelyan Buggins' Destillierapparat. Die Schnapsbrennerei is' 'n echtes historisches Wahrzeichen. Die sollten mal endlich so'n hübsches Schild mit Informationen drauf aufstellen.«

»Was meinen Sie wohl, wer jetzt die Brennerei übernimmt, wo der alte Mr. Buggins nicht mehr lebt?«

»Höh?«

»Vielleicht kommt Bracebridge zurück und führt die Brennerei weiter? Das könnte doch sein, nicht wahr? Haben Sie ihn in der letzten Zeit gesehen?«

»Ich seh' Bain ab un' zu mal.«

»Tatsächlich?« Shandy hoffte, daß er nicht allzu begeistert klang. »Wo sehen Sie Bain denn?«

»Mal hier, mal da. Er kommt und geht.«

»Wohin geht er denn?«

»Neue Schlangen besorgen, nehm' ich mal an. Bain hat immer sechs bis acht von diesen verdammten rosa Biestern bei sich. Ich hasse rosa Schlangen. Die erinnern mich immer an Erna Millen, damals, als ich noch 'n Kind war. Erna Millen, dick un' breit, allzeit bereit. Was aber gar nich' gestimmt hat. Ich hab' sie mal gefragt, aber da hat sie ausgeholt un' mir eine in die Fresse gedonnert. Un' hat dabei glatt drei meiner besten Zähne rausgeschlagen.«

Shandy begann zu befürchten, daß Jim Feldster sich einen Scherz mit ihm erlaubt hatte. Aber da er nun einmal bei dem alten Säufer saß, konnte er genausogut versuchen, wenigstens eine kleine Gegenleistung für sein Bier zu bekommen. »Was hat Bainbridge Buggins denn mit den rosa Schlangen gemacht?«

»Auf mich gehetzt. Bain war schon immer 'n hundsgemeiner Kerl. Manchmal verwandelt er sich sogar selbs' in 'ne rosa Schlange. Weiß auch nich' wieso, aber irgendwie sieht er so natürlicher aus.«

Hudson kippte den letzten Rest Bier mit einem scheußlichen schlürfenden Geräusch hinunter, und Shandy schob ihm die nächste Flasche hin.

»Danke, Kumpel. Schon komisch. Eigentlich sollte man ja erwarten, daß Brace sich in 'ne Schlange verwandelt un' nich' Bain. Brace hat immer so verdammt gemeine Streiche ausgeheckt. Genauso, als wenn ich jetzt hier mit Ihnen sitz' und red' un' glaub', daß ich Sie seh', un' ganz plötzlich fangen Sie dann an, mich auszulachen, un' sin' in Wirklichkeit die ganze Zeit Brace gewesen. Sin' Sie sich auch ganz sicher, daß Sie nich' doch Brace sind? Scheint mir irgendwie, als hätt' ich Brace neulich gesehen. Hatte sich als Henry Wadsworth Longfellow verkleidet.«

»Henry Wadsworth Longfellow? Wie in Dreiteufelsnamen kommen Sie denn darauf?«

»Ich hab' diesen Henry Wadsworth Longfellow doch gesehen. Ich meine, ich hab' Bilder von ihm gesehen. Wissen Sie, drüben in Middlesex County gibt's 'ne Kneipe, die nennen alle ›Wayside Inn‹, obwohl das gar nich' stimmt. In Wirklichkeit heißt sie nämlich

›Red Horse Inn‹, un' vorher hat sie noch anders geheißen. Aber egal, jedenfalls soll dieser Longfellow da immer gepichelt un' seine Geschichten geschrieben haben, un' sie haben da 'n Zimmer, das heißt ›Longfellow Room‹, un' da hängen überall Bilder un' so von ihm rum. Die ham auch 'ne Schankstube, ich hab' mir da nämlich mal so 'nen altmodischen Drink genehmigt, den sie Coow Woow nennen. Irres Zeug! Also hab' ich noch 'n paar mehr davon gekippt. Damals bin ich noch jung un' leichtsinnig gewesen!«

»Um es kurz zu fassen, Sie haben Ihren alten Freund Bracebridge Buggins aufgrund der Bilder erkannt, die Sie im ›Wayside Inn‹ in Sudbury von Henry Wadsworth Longfellow gesehen haben«, sagte Shandy. »Nun ja, das klingt plausibel, nehme ich an. Worin bestanden denn die, eh, besonderen Kennzeichen?«

»Höh? Ach so. Na ja, Brace hat so 'nen dichten langen Bart bis runter zur Gürtelschnalle gehabt un' hat 'nen komischen schwarzen alten Anzug mit ganz langen Rockschößen angehabt.«

»Haben Sie ihn nicht nach dem Grund gefragt?«

»Nöh. Hätte ja auch keinen Zweck gehabt.«

»Warum denn nicht?«

»Weil er doch tot war.«

Shandy versuchte, die Beherrschung über seine Stimme nicht zu verlieren. »Und Sie sind sich da ganz sicher? Er hat sich nicht in, eh, irgend etwas anderes verwandelt und ist dann wieder verschwunden?«

»Nöh. Hat bloß einfach so dagelegen.«

»Und wo ist das gewesen?«

»Da, wo wir immer zusammen hingegangen sind. Die Hütte im Wald, wo Braces Alter immer seinen Schnaps brennt.«

Heiliges Kanonenrohr, konnte es sein, daß Hudson tatsächlich die Wahrheit sagte? »Haben Sie ihn berührt, Mr. Hudson? Versucht, seinen Puls zu fühlen?«

»Hab' ihn nich' angefaßt. Un' auch nichts weggenommen. Hab' erst den Destillierapparat untersucht, mal sehen, ob noch 'n Schlückchen oder zwei drin waren, aber das Ding is' so trocken gewesen wie 'ne ausgedörrte Titte. Da hab' ich mir gedacht, ich guck mal lieber nach, ob Brace vielleicht was in 'n Taschen hat. Vielleicht 'ne Flasche oder so was. Oder Geld für 'n Drink.«

»Und hatte er?«

»Nöh. Keinen verdammten Cent, bloß zwei dicke Steine.«

Kapitel 16

Donnerkeil!« rief Shandy. »Sind Sie sich auch ganz sicher, daß es Bracebridge war?«

»Wenn er's nich' gewesen is', wer zum Teufel soll's dann gewesen sein?«

»Hätte es nicht vielleicht Bainbridge gewesen sein können?«

»Der hätte doch rosa Schlangen dabeigehabt.«

Der alte Säufer lehnte sich noch weiter über den Tisch und blies eine übelriechende Alkoholfahne Richtung Shandy. »Also wissen Sie, Mister, ich weiß doch noch, wann ich was sehe un' wann nich'! Wenn das Bain gewesen wär', hätt' ich mir doch gar nich' ers' die Mühe gemacht, die Taschen zu durchwühlen, oder? Weil doch jemand, der sich in 'ne Schlange verwandeln kann, sowieso nix drin haben kann, oder?«

»Mja, da könnten Sie natürlich recht haben, Mr. Hudson. In Ordnung, Sie haben also, einmal relativ nüchtern betrachtet, in der Schnapsbrennerei einen Mann gesehen, von dem Sie überzeugt sind, daß es sich um Bracebridge Buggins handelte. Sie haben seinen Körper gefühlt.«

»Von wegen gefühlt. Ich hab' bloß mal eben den schwarzen Anzug durchsucht, den er anhatte, wie ich schon gesagt hab'! In 'n Hosentaschen war nix drin, bloß in 'n Jackentaschen. Die hab' ich zuerst gar nich' finden können. Hat sich schließlich herausgestellt, daß die in 'n Rockschößen waren, wo man sie am wenigsten erwartet hätte.«

»Lag er auf dem Rücken oder auf dem Bauch?«

»Auf'm Rücken. Drum hab' ich ja auch zuerst gedacht, er wär' Henry Wadsworth Longfellow, wissen Sie. Ich seh' den Riesenbart un' sag' zu mir selbs', das is' doch der Knilch, den ich im ›Wayside Inn‹ gesehen hab'. Un' dann sag' ich, nee, das is' doch Brace Buggins, der sich verkleidet hat un' mich wieder mal reinlegen will.«

»Sie haben nicht versucht, ihn wachzurütteln?«

»Teufel auch, natürlich nich', warum hätt' ich das tun sollen? Ich hab' Ihnen doch grad' gesagt, daß ich versucht hab', ihn zu beklauen. Außerdem hab' ich doch gewußt, daß er hinüber is'. Sein Mund hat offen gestanden, un' seine Augen waren ganz starr, un' er war steif wie 'n neuer Stiefel. Seh'n Sie, ein Arm hat so ausgesehen.«

Hudson krümmte seinen linken Arm und hob ihn in Schulterhöhe. »Un' als ich 'n dann 'n bißchen hochgehoben hab', damit ich hinten an die Taschen konnte, was aber 'ne reine Zeitverschwendung war, wie ich eben schon gesagt hab', da hat sich der Arm nich' mal bewegt. Wie aus einem Guß, könnte man sagen.«

»Dann haben Sie den Körper also doch angefaßt«, sagte Shandy.

»Na ja, aber ich hab' ihn nich' von oben bis unten befummelt, wie Erna Millen das immer gemacht hat. Hat Brace jedenfalls immer behauptet, aber natürlich hat Brace immer 'ne Menge behauptet.«

»Verstehe. Und was haben Sie danach getan?«

»Bin abgezischt, als wär' der Leibhaftige hinter mir her, un' wieder zurück nach Hause. Ich hatte noch 'ne Flasche Zitronenextrakt gelagert, die ich mir mal für alle Fälle im Laden gekrallt hab'.«

»Äußerst weitsichtig von Ihnen, Mr. Hudson. Wo wohnen Sie überhaupt?«

»Hab' 'ne Hütte draußen im Wald, ungefähr inner Mitte zwischen Buggins' Hütte un' hier.«

»Ah ja, strategisch also äußerst günstig gelegen, genau zwischen den Bezugsquellen sozusagen. Würden Sie gern eine kleine Spritztour mit mir machen?«

»Wohin denn? Hey, Sie sind doch wohl nich' etwa irgendso 'n Menschenfreund, der mich wohin bringen will, wo sie mich ausnüchtern?«

»Eine solche Dreistigkeit würde mir nicht einmal im Traum einfallen. Ich weiß bloß, wo wir viel bessere Drinks bekommen als das Zeug, das wir hier trinken.«

»Un' ich brauch' nichts dafür zu blechen?«

»Keinen einzigen Cent.«

»Okay, mehr will ich auch auf keinen Fall ausgeben.«

Shandy stellte mit Erleichterung fest, daß Hudson immer noch relativ sicher auf den Beinen stand. Es war daher nicht weiter schwierig, ihn zur Tür zu bringen, doch er mußte natürlich darauf gefaßt sein, daß ihr Aufbruch von den Anwesenden nicht ohne Kommentar geschluckt wurde.

»Hey, Hesp, wo gehst du denn hin?« wollte der Barkeeper wissen. »Gibs' dich wohl plötzlich lieber mit der High Society ab, was?«

»Wir statten nur einem alten Freund einen kleinen Besuch ab«, antwortete Shandy an Hudsons Stelle. »Machen Sie sich keine Sorgen, Sir, ich nehme Ihnen Ihren Stammkunden schon nicht weg.«

»Das soll wohl 'n Witz sein, was?«

Diese Frage kam von einem kräftigen Mann, der bedeutend näher an der Tür saß, als Shandy lieb war. Shandy tat so, als habe er es nicht besonders eilig, und schaffte es, Hudson nach draußen zu manövrieren, bevor er in eine Auseinandersetzung geriet. Er hatte sogar noch genug Zeit, um zu sehen, wie Zack Woozle in die Tiefen seines immer noch nicht ausgetrunkenen Bieres starrte, als wolle er darin seine Zukunft lesen.

»Mein Wagen steht dort drüben, Mr. Hudson«, sagte Shandy.

Sein Begleiter starrte das Fahrzeug an und zuckte zurück wie ein angeschossener Kojote. »Barmherziger Jesus, Mister, wo haben Sie den denn geklaut?«

»Er ist mein Eigentum, rechtmäßig erstanden und bezahlt«, versicherte Shandy. »Ich habe vor einiger Zeit, eh, Glück gehabt.«

Eigentlich war es kein Glück gewesen, sondern jahrelange intensive Arbeit, die schließlich mit der Zucht einer Superrübe, des Balaclava Riesenprotzes, belohnt worden war. Diesem Erfolg verdankte Shandy den größten Teil seines Wohlstands, doch er sah keinen Grund, warum er seine Einkommensverhältnisse vor Hesperus Hudson offenlegen sollte. Er hatte ja nur vor, diesen Mann zu Harry Goulsons Haus zu schaffen und zu sehen, ob Hudson den Körper in der Kühlzelle tatsächlich eindeutig identifizieren konnte.

Und wie würde es weitergehen? Das Vernünftigste wäre, dem betrunkenen Hudson eine bequeme Nacht in der Zelle zu verschaffen, ihm ein ordentliches Frühstück zu servieren und ihn dann mit ein paar Dollar Trinkgeld in der Tasche an seiner Lieblingskneipe abzusetzen. Shandy konnte sich jedoch nicht vorstellen, daß Phil Porble von Hudson als Schlafgenossen übermäßig begeistert sein würde. Außerdem war das Kittchen für zwei Insassen wohl kaum geräumig genug, und Edna Mae Ottermole verfügte vermutlich auch über kein zweites mobiles Bett, das sie entbehren konnte.

Nun ja, es würde ihm schon noch etwas einfallen. Augenblicklich schien es so, als reagiere Hudson auf den ungewohnten Luxus eines bequemen Polstersitzes damit, daß er einschlief. Shandy hätte gern dasselbe getan, doch er mußte leider fahren.

Er hatte das Gefühl, daß an diesem Abend eigentlich schon genug passiert war, doch dies stellte sich bald als Irrtum heraus. Als sie an Goulsons Haus angekommen waren, sah er, daß immer noch zahlreiche Menschen hineingingen und herauskamen, auch wenn die meisten Besucher offenbar gingen. Der Herr der Trauerfeierlichkeiten war nicht gerade entzückt, als Professor Shandy mit einem stinkenden Besoffenen im Schlepptau hereinschlenderte und verlangte, die sterblichen Überreste des Unbekannten in der Kühlzelle zu sehen.

»Warum machen Sie es sich nicht beide im hinteren Empfangszimmer bequem, bis ich mich um Sie kümmern kann?« schlug Harry Goulson, der auch in dieser Situation nichts von seiner Liebenswürdigkeit verlor, höflich vor. »Ich bin mir ziemlich sicher, daß auch noch Kaffee und ein paar Doughnuts da sind.«

»Kaffee und Doughnuts?« jammerte Hesperus. »Sie ham doch gesagt, daß ich hier umsonst was Ordentliches zum Süffeln krieg'!«

»Das bekommen Sie auch«, versuchte Shandy ihn zu beruhigen. »Ich wollte nur, daß Sie sich die Leiche noch einmal anschauen, solange Sie noch klar sehen können.«

»Warum zum Teufel? Die hab' ich schon klarer gesehen, als mir lieb war. Un' da hat sie mir schon nich' besonders gut gefallen, un' jetzt gefällt sie mir bestimmt auch nich' besser.«

»Aber Ihr Name wird in der Zeitung stehen. Sie werden vielleicht noch richtig berühmt.«

»Huh. Mein Name hat schon oft genug inner Zeitung gestanden. Meistens, weil ich besoffen war un' mich danebenbenommen hab'. Früher fast immer, weil ich mit besoffenem Kopp gefahren bin, aber das mach' ich jetzt schon seit 1952 nich' mehr. Die ham mir den Führerschein so oft weggenommen, daß es mir selbs' zu blöd wurde, un' da hab' ich's dann lieber ganz gelassen. Die verdammten Autos, die man heute baut, sind sowieso nich' wert, daß man sie klaut. Sie legen mich mit Ihrer vornehmen Blechkiste auch nich' rein, Mister, das brauchen Sie gar nich' ers' zu glauben. Von wegen Whiskey umsonst!«

Hudson ließ sich auf einen Stuhl fallen und trank einen Schluck von dem Kaffee, den Shandy ihm gegeben hatte. »Wenigstens is' das Zeug naß«, gab er in einem weniger kämpferischen Ton zu.

»Trinken Sie ruhig noch etwas mehr davon«, drängte Shandy. »Und nehmen Sie sich ein Doughnut. Oder gleich mehrere.« Er gab sich keinen falschen Hoffnungen hin, daß ein paar Tassen Kaffee auch nur ein Jota an dem Alkoholikerdasein von Hesperus Hudson ändern würden, aber wenigstens wurde der alte Säufer davon nicht noch betrunkener.

Silvester Lomax, einer der beiden Chefs des Wachdienstes, sprang zwar heute nacht für Purvis Mink ein, hatte sich aber trotzdem die Zeit genommen, während seiner Kaffeepause vorbeizuschauen und den beiden aufgebahrten Toten die letzte Ehre zu erweisen. Als Lomax in das hintere Empfangszimmer trat, um sich eine Tasse Kaffee zu holen, damit ihm auch niemand vorwerfen konnte, er habe unter Vorspiegelung falscher Tatsachen eine Pause gemacht, fragte Shandy ihn, ob es ihm etwas ausmachen würde, einige Minuten lang ein Auge auf einen wichtigen Zeugen zu haben. Lomax sagte, es mache ihm nichts aus, und Shandy ließ ihn mit Hudson allein und begab sich in den vorderen Teil des Gebäudes.

Es waren noch einige Nachzügler da, die den Minks ihr Beileid aussprachen und die Kunst der Goulsons bewunderten. Persephone wirkte, als sei sie inzwischen selbst nahe daran, sich aufbahren zu lassen. Tatsächlich schien es Shandy sogar so, als sähen die beiden Verblichenen im Moment besser aus als sie, vermutlich so gut wie seit Jahren nicht mehr. Goulson hatte in aller Eile einen Doppelsarg aus Boston kommen lassen, damit sie auch im Tod vereint blieben. Arabella hatte Mrs. Buggins eine weiße Rose in die wächsernen Hände gelegt, die über dem violetten Polyestermieder gefaltet waren. Trevelyan Buggins hielt eine Pfeife, wahrscheinlich seine Lieblingspfeife, in der Hand, frisch poliert und desodoriert, wie er sie sicher nie in seinem Leben gesehen hatte. Warum eigentlich keine Essigflasche, dachte Shandy verdrossen.

Die lieben Verstorbenen trugen beide ihre Trifokalbrillen. Die Augengläser sollten die beiden vermutlich natürlicher wirken lassen, obwohl sie mit geschlossenen Augen dalagen. Die Kunst des Aufbahrens schien sich offenbar mit jedem neuen Kniff wieder enger an alte Bestattungsrituale anzulehnen. Shandy fragte sich, ob die beiden Dahingeschiedenen wohl auch einen Susan-B.-Anthony-Silberdollar unter ihrer Zunge trugen, mit dem sie den Fährmann, der sie über den Jordan bringen sollte, bezahlen konnten. Doch er verkniff sich die Frage.

Er hatte gehofft, ein paar Worte mit Persephone Mink wechseln zu können, doch momentan schien diese Hoffnung so gut wie unerfüllbar. Offenbar war Harry Goulson leicht beunruhigt, Shandy in der Trauerkapelle frei herumlaufen zu sehen, und faßte daher den Entschluß, seiner Gattin Arabella, die häufig für ihn einsprang, wenn der Junge nicht aushelfen konnte, die weiteren offiziellen Formalitäten zu überlassen und den möglicherweise störenden Shandy persönlich aus dem Raum zu manövrieren, bevor das Dilemma im hinteren Empfangszimmer sich zu einer Katastrophe in der Trauerkapelle auswachsen konnte.

»Ich habe jetzt ein paar Minuten Zeit für Sie, Professor«, murmelte er. »Hier entlang, bitte.«

Inzwischen war Hesperus Hudson in ein nettes Gespräch mit Silvester Lomax vertieft und zeigte keinerlei Interesse, den gemütlichen Plausch zu unterbrechen, doch Lomax sagte, er müsse sowieso wieder zurück an seine Arbeit. Sie verabschiedeten sich freundlich, und Shandy konnte Hesperus Hudson endlich die Leiche zeigen. Hudson protestierte augenblicklich.

»Das is' nich' Henry Wadsworth Longfellow. Wo is' der Bart?«

»Da ist er schon.« Goulson holte einen ganzen Armvoll Bart hervor, sorgfältig getrocknet und gekämmt, und drapierte ihn auf dem glattrasierten Gesicht.

»Hat er so ausgesehen?« fragte Shandy.

»Genau«, sagte Hudson. »Bloß, daß er auf'm Boden inner Schnapsbrennerei zwischen seinen Rockschößen gelegen hat. Un' so sauber wie jetzt war er auch nich'.«

»Ich habe mich ein wenig um ihn gekümmert«, gab Harry Goulson zu. »Ich konnte einfach nicht anders, Professor. Berufsethos.«

»Sehr verständlich«, sagte Shandy. »Es war also ein falscher Bart. Er muß ganz schön fest gesessen haben, sonst hätte er sich im Wasser sicher gelöst.«

»Das kann man wohl sagen«, stimmte ihm Goulson zu. »Ich hatte auch eine Heidenarbeit damit. Ich erzähle Ihnen besser nicht, womit ich ihn schließlich entfernt habe.«

»Nein, besser nicht«, wehrte Shandy ab. »Und was ist mit dem Haar?«

»Oh, das ist echt. Daran besteht kein Zweifel.«

»Brace hat immer 'ne schöne Matte gehabt«, sagte Hudson. »Aber ich hab' nie gedacht, daß er sich mal 'n Bart wachsen lassen würde.«

»Das würde aber doch gut zu seiner Angewohnheit passen, sich zu verkleiden und andere hinters Licht zu führen«, meinte Shandy. »Es ist ja auch kein echter Bart, wissen Sie.«

»Is' es nich'?« Hudson nahm die weiße Bartpracht vom Gesicht und Oberkörper des Toten und hielt sie hoch, um sie sich genauer anzusehen. »Scheint mir aber ganz schön echt zu sein. Was Sie meinen, is' wohl, daß er zwar echt is', aber nich' seiner. Menschenskind, das is' doch mal wieder typisch für Brace! Sich 'n Bart unter'n Nagel zu reißen un' einen dann drunter auslachen. Manometer, der war wirklich 'n echter Fiesling.«

»Sie sind demnach immer noch davon überzeugt, daß es sich bei dieser Leiche um Bracebridge Buggins handelt?« drängte Shandy.

»Woher zum Teufel soll ich 'n das wissen? Vielleicht hat Brace sie ja auch irgendwem geklaut.«

»Eh, angenommen, dies wäre nicht der Fall, würden Sie dann sagen, er ähnelt Bracebridge Buggins, so wie Sie ihn gekannt haben?«

»Was issen das wieder für 'ne dämliche Frage! Als ich Brace gekannt hab', war er doch noch 'n ganz junger Spunt. Un' das hier is' doch 'n alter Mann, oder wenigstens nahe dran. Ich kann bloß sagen, daß der hier so aussieht, wie ich mir vorstell', daß Brace heut' aussehen müßte, wenn er so alt wär' wie der hier.«

»Ich nehme alles wieder zurück«, erwiderte Shandy kleinlaut. Offenbar war er doch erschöpfter, als er angenommen hatte. »Erinnern Sie sich vielleicht an irgendein, eh, besonderes Kennzeichen, mit dessen Hilfe wir ihn eindeutig identifizieren könnten? Ein Muttermal oder eine alte Narbe, die er sich zugezogen hat, als er noch ein Junge war?«

Hudson probierte gerade selbst den Bart an und mußte seinen Mund zuerst von unzähligen falschen Haaren befreien, bevor er antworten konnte. »Puh, das Zeug schmeckt aber scheußlich. Klar hat Brace 'ne Narbe gehabt. Genau unterm Kinn. Hab' ich ihm selbs' mal verpaßt, als ich meinen ersten Schlagring ausprobiert hab'. Der hat eigentlich zuers' Bain gehört, aber der hat 'n mir dann für einsfuffzig verkauft, weil er 'nem Kerl, den er auf'm Jahrmarkt irgendwo auf'm Land aufgemischt hat, seinen abgenommen hat und weil der noch besser war.«

»Ich habe keine Narbe bemerkt, als ich den Bart entfernt habe«, sagte Goulson.

»Vielleicht war es doch ein weniger, eh, dauerhaftes Andenken, als Hudson angenommen hat«, sagte Shandy. »Narben verschwinden häufig im Laufe des Lebens wieder. Haben Sie eine starke Lampe, die wir direkt auf sein Gesicht richten können, Goulson? Und vielleicht auch ein Vergrößerungsglas?«

Goulson hatte beides. Das Vergrößerungsglas sah aus wie eine Schweißbrille und konnte über den Kopf gezogen werden. Manchmal sei dies sehr praktisch, erklärte Goulson ziemlich vage.

Doch selbst das Vergrößerungsglas nutzte Shandy wenig. »Keine Spur von einer Narbe.«

»Vielleicht hat er sie irgendwo wegmachen lassen«, schlug Hudson vor. »Da gibt's Operationen inner Plastikchirurgie. Darüber ham die sich im ›Dirty Duck‹ neulich mal unterhalten.«

»Selbst der beste Plastische Chirurg hinterläßt häufig Narben, die für ein geübtes Auge sichtbar bleiben«, sagte Goulson. »Darf ich mal sehen, Professor?«

»Selbstverständlich.« Shandy gab die Brille ihrem rechtmäßigen Besitzer zurück, doch auch Goulson konnte mit professionellem Blick keinerlei Anzeichen einer ehemaligen Narbe an der Stelle entdecken, die Hudson ihnen gezeigt hatte.

»Dann is' es wohl doch Bain«, sagte Hesperus Hudson. »Aber was hat er dann bloß mit all den rosa Schlangen gemach'?«

»Man könnte auch annehmen, daß die Narbe, eh, verblaßt ist«, insistierte Shandy. »Sie sehen ja, wie viele Falten und Runzeln er hat. Vielleicht die Folge von starker Wind- und Sonneneinwirkung, meinen Sie nicht auch, Goulson?«

»Ja, aber Brace hat doch immer so 'nen langen weißen Seidenschal getragen«, protestierte Hudson. »Wie die *Flying Aces* in den alten Filmen.«

»Ich dachte, Sie wären davon überzeugt, daß der Mann hier Bainbridge ist?« Peter Shandy war der Verzweiflung nahe und zeigte dies auch. »Welche Augenfarbe hatten die Zwillinge übrigens?«

»Warum gehn Sie nich' hin un' schauen nach?«

Der Kaffee und die Doughnuts hatten offenbar das, was von Hudsons Gehirn noch übrig war, etwas zu stark stimuliert. Hesperus mußte ein ziemlich gewitztes Kerlchen gewesen sein, als er damals mit den Zwillingen zusammen die Gegend unsicher gemacht hatte.

»Die Frage war eigentlich als eine Art Test gedacht«, teilte Shandy ihm finster mit. »Ich würde gern von Ihnen wissen, welche Augenfarbe die Buggins-Brüder hatten. Können Sie sich noch daran erinnern?«

»Ich kann mich noch nich' mal erinnern, was für 'ne Augenfarbe ich selbs' hab'«, knurrte Hudson. »Wann krieg' ich endlich meinen Drink?«

Shandy entschied, daß er genausogut das Handtuch werfen konnte. »Haben Sie vielleicht irgend etwas Alkoholisches im Haus, Goulson? Ganz gleich, was es ist. Tut mir leid, daß ich Ihnen so viele Umstände mache.«

»Aber das ist doch völlig in Ordnung, Professor. Ich bin wahrscheinlich noch viel mehr als Sie daran interessiert, daß dieser Mann hier identifiziert wird.«

Goulson griff in einen Schrank und zog eine Flasche Bourbon und ein sauberes Glas hervor, das er großzügig vollschenkte. »Bitte sehr, Mr. Hudson. Ich habe hier draußen immer eine Flasche davon stehen. In meinem Beruf weiß man nie, wann jemand ein kleines Stärkungsmittel braucht. Möchten Sie etwas Wasser dazu?«

Hesperus Hudson starrte den Bestattungsunternehmer an, als sei er eine große rosa Schlange. »Wenn Sie das im ›Dirty Duck‹ gesagt hätten, würd' man Sie wegen schlechtem Benehmen sofort rausschmeißen.«

Er kippte den Inhalt des Glases hinunter und hielt es Goulson zum Nachfüllen hin. Harry Goulson schaute Professor Shandy an, zuckte mit den Achseln und schenkte nach. Dann schraubte er den Verschluß wieder auf die Flasche und stellte sie zurück in den Schrank.

»Geizkragen«, stöhnte Hudson. »Sieht mir ganz so aus, als müßt' ich sparsam mit dem Zeug hier umgeh'n.« Er zog einen Stuhl an den Einbalsamierungstisch, verschüttete ein paar Tropfen von seinem Drink, gerade soviel, daß er sich wie zu Hause fühlte, und sank über der kleinen Pfütze in sich zusammen, wobei es sich um seine gewöhnliche Sitzhaltung zu handeln schien.

Shandy und Goulson ließen ihn allein zurück und begaben sich wieder in die Trauerkapelle. Inzwischen waren alle Besucher gegangen. Arabella half den Minks, deren Töchtern und einigen angeheirateten Verwandten in ihre Mäntel. Wahrscheinlich war dies nicht der geeignete Zeitpunkt, Persephone anzusprechen, doch Shandy tat es trotzdem.

»Mrs. Mink, wir haben einen Mann im Hinterzimmer, der sich ziemlich sicher ist, daß der Tote, den wir bisher noch nicht identifizieren konnten, einer Ihrer Brüder ist. Er behauptet, er habe beide gut gekannt, als sie noch Kinder waren. Sein Name ist Hesperus Hudson. Kennen Sie ihn?«

»Natürlich kenne ich ihn. Die Hudsons wohnten drüben in Fourth Fork. Soweit ich weiß, hat es keiner von ihnen je zu etwas gebracht«, fügte sie naserümpfend hinzu. »Das letzte, was ich von Hesp gehört habe, war, daß er ein richtiger Herumtreiber geworden ist. Die Leute sagen, daß er nur noch im ›Dirty Duck‹ herumhockt und auf einen Trottel wartet, der dumm genug ist, ihm einen Drink auszugeben.«

»Aber er war tatsächlich früher mit Ihren Brüdern befreundet?«

»Das stimmt schon, obwohl es nicht gerade schmeichelhaft für meine Brüder ist. Für ihn übrigens auch nicht, wenn ich ehrlich sein soll.«

»Was bedeutet, daß Hesperus Hudson Bracebridge und Bainbridge möglicherweise noch besser gekannt hat als Sie selbst, wenn man den Altersunterschied zwischen Ihnen und Ihren Brüdern bedenkt.«

Persephone nickte grimmig. »Es würde mich keineswegs wundern, wenn er sie sogar sehr gut gekannt hätte. Aber mit Güte hatte es trotzdem nicht das geringste zu tun, wie Mae West so schön zu sagen pflegte. Aber was rede ich da überhaupt.« Sie schaute zu den beiden verblichenen Buggins in ihrem blumengeschmückten Doppelsarg hinüber. »Ich habe schon immer vermutet, daß es die drei Burschen gewesen sind, die damals in die Seifenfabrik eingebrochen sind und die Sprinkleranlage ausgelöst haben.«

»Und kurz darauf ist Bainbridge dann in die Armee eingetreten, nicht wahr?«

»Es würde mich nicht wundern, wenn das sogar der wahre Grund für sein Verschwinden gewesen wäre. Der Schaden, der dort angerichtet wurde, war fürchterlich. Die Eigentümer der Fabrik hätten sich bestimmt durch nichts davon abhalten lassen, die Schuldigen vor Gericht zu bringen. Sie konnten nur nicht herausfinden, wer es gewesen ist. Bain hat es höchstwahrscheinlich mit der Angst zu tun bekommen und sich davongemacht, bevor Brace ihn angezeigt hätte, nur um die Belohnung zu kassieren. Er war ein fürchterlicher Feigling, wie die meisten Schlägertypen.«

Sie rümpfte nochmals die Nase. »Ich erinnere mich noch, wie froh ich war, als er wegging. Ich war damals noch ein kleines Mädchen, aber ich habe genau gespürt, daß Mama und Daddy genauso froh waren wie ich, auch wenn sie sich nichts haben anmerken lassen. An dem Tag, als sie die Flagge mit dem goldenen Stern aus dem Fenster gehängt hat, um den Nachbarn zu zeigen, daß ihr Sohn sein Leben für den Dienst am Vaterland geopfert hat, hat Mama ›God bless America‹ gesungen. Sie hat sie schon an dem Tag gekauft, als sein Schiff ausgelaufen ist, nur für alle Fälle. Das war so ungefähr das einzige, was Bain je getan hat, auf das sie wirklich stolz sein konnte. Das und das Geld von der Versicherung. Hesp versucht doch wohl nicht, Ihnen einzureden, daß der Mann dort hinten Bain ist, oder?«

»Er schien sich zunächst ziemlich sicher zu sein, daß es sich um Bracebridge handelte, außer daß er behauptete, Bracebridge hätte eine Narbe unter dem Kinn, die aber spurlos verschwunden ist. Erinnern Sie sich an eine Narbe?«

»Nein, davon weiß ich nichts. Ich kann dazu nur sagen, daß Brace, falls er wirklich eine solche Narbe gehabt hat, bestimmt alles Menschenmögliche getan hat, um sie zu verbergen, es sei denn, er hätte sich im Laufe der Jahre völlig verändert. Er hat sich immer schrecklich viel auf sein Aussehen eingebildet. Er behauptete sogar, er sei der hübschere Zwilling, obwohl ich persönlich keinen großen Unterschied zwischen den beiden feststellen konnte. Brace hat allerdings eine Menge Aufhebens von seiner Kleidung gemacht, während Mama Bain immer nur mit viel Überredungskunst dazu kriegen konnte, wenigstens alle Jubeljahre einmal ein Bad zu nehmen und die Unterwäsche zu wechseln. Ich nehme an, beim Militär hat man Bain diesen Unsinn schon ausgetrieben.«

»Nicht für sehr lange«, knurrte ihr Ehemann.

Purvis Mink war wirklich ein typischer Balaclava-Wachmann, dachte Shandy. Er war mittelgroß, sauber und gepflegt, ohne elegant zu sein, und sah ähnlich wie der Mann in Goulsons Hinterzimmer ein wenig wettergegerbt aus, da er den größten Teil seiner Arbeitszeit draußen verbrachte. Mink hätte es ganz und gar nicht gepaßt, wenn man ihn als gutaussehend bezeichnet hätte, doch für sein Alter - er mußte ungefähr 50 sein - sah er wirklich nicht schlecht aus.

»Ich vermute, Sie haben die Zwillinge nie persönlich kennengelernt, Mink?« erkundigte sich Shandy.

»Nein, meines Wissens habe ich keinen von beiden je gesehen«, antwortete der Wachmann, »und ich kann auch nicht behaupten, daß ich die beiden je vermißt habe. Ich habe Sephy erst kennengelernt, als sie und Grace in das Cottage oben auf dem Campus gezogen sind. Tut mir leid, daß ich Ihnen keine große Hilfe bin, Professor, aber es ist nett von Ihnen, daß Sie sich dafür interessieren. So, wenn Sie uns nicht weiter brauchen, denke ich, daß wir jetzt nach Hause gehen sollten. Sephy ist völlig erledigt. Ich glaube, ich hatte einen Hut dabei, als ich herkam, Arabella.«

»Einen grauen«, sagte Persephone.

Mrs. Goulson kramte in der Garderobe. »Ach herrje, Purvis, ich befürchte, der einzige Hut, der noch übrig ist, ist braun.«

»Das ist er«, sagte Mink.

Seine Frau errötete. »Jetzt ist es mir tatsächlich schon wieder passiert! Tut mir leid, Arabella.«

»Macht doch nichts, Sephy«, beruhigte ihre Gartenclubschwester sie lächelnd. »Es ist ja nicht so schlimm wie damals nach der Blumenschau am Commonwealth Pier, als du uns die ganze Zeit auf dem Riesenparkplatz hin und her gehetzt hast, bloß um einen grauen Wagen zu suchen, der in Wirklichkeit braun war. Meine Tante Luanna hatte genau dasselbe Problem. Braun sieht genauso aus wie Grau, weil man das Rot darin nicht sieht. Und die Tatsache, daß du Rot nicht sehen kannst, ist bestimmt auch der Grund dafür, daß du so lieb und sanftmütig bist.«

Shandy haßte es, Arabella den Spaß zu verderben, doch es ergab sich hier eine interessante Frage. »Eh, bitte verzeihen Sie mir, daß ich wieder davon anfange, Mrs. Mink, aber wie konnten Sie sich dann bei der Augenfarbe Ihres Bruders gestern morgen so sicher sein?«

»Ich habe doch gesagt, daß sie braun sind, oder?«

»Ja, schon, aber Sie können Braun doch gar nicht erkennen.«

»Aber Blau kann ich erkennen. Und die Augen des Mannes waren jedenfalls nicht blau, oder?«

»Richtig«, mußte Shandy zugeben.

»Dann kann es auch nicht Brace sein, wie ich Ihnen sagte. Seine Augen waren braun. Das hat er mir selbst gesagt, als ich ihn mal gefragt habe.«

Kapitel 17

Darüber werden wir uns erst wieder Gedanken machen, wenn wir die beiden hier begraben haben«, sagte Purvis Mink mit rauher Zärtlichkeit. »Komm, wir gehen nach Hause, Sephy.«

»Für mich wird es auch allmählich Zeit, ins Bett zu gehen.« Arabella Goulson hatte eindeutig das Gefühl, lange genug für ihren Gatten eingesprungen zu sein. »Du kommst doch bald nach, nicht, Harry?«

Sie hatte zu gute Manieren, um Professor Shandy dabei vorwurfsvoll anzusehen, auch wenn er sich so fühlte. Ihr Gatte räusperte sich.

»Was wollen Sie mit Hesp Hudson anfangen, Professor?«

»Ehrlich gesagt habe ich mir darüber auch schon meine Gedanken gemacht«, gab Shandy zu. »Im Gefängnis ist kein Platz für ihn, es sei denn, Ottermole hat seine Meinung über Phil Porble geändert.«

»Was nicht der Fall ist«, seufzte Goulson. »Grace war vor einer Weile dort, um ihn zu besuchen, und sie sah ganz schön niedergeschlagen aus, das kann ich Ihnen sagen. Aber Sie kennen ja Grace – sie behält immer den Kopf oben, egal, was passiert. Meine Frau und ich machen uns ziemliche Sorgen um Phil, wenn ich ganz ehrlich sein soll. Mal abgesehen von allem anderen, müssen wir schließlich auch an Lizanne und unseren Jungen denken. Ich habe Grace heimlich gefragt, ob sie es Lizanne schon erzählt hat, und sie sagte, nein, sie hätte es nicht übers Herz gebracht, den Kindern das schöne Wochenende zu verderben. Na ja, ich hoffe, in ein oder zwei Tagen wird sich alles geklärt haben. Meinen Sie nicht?«

Warum zum Teufel stellte Goulson gerade ihm diese Frage? Doch dann kam Shandy der Gedanke, daß vielleicht auch ein Leichenbestatter hin und wieder ein wenig Trost brauchte. »Das hoffe ich auch, Goulson«, sagte er. Vielleicht half ihm das.

»Sie glauben nicht, Professor, daß Trevelyan Buggins und seine Frau eventuell das Ableben ihres geliebten Sohnes, sagen wir einmal, selbst in die Hand genommen haben? Nicht daß sie nicht genug triftige Gründe dafür gehabt hätten, nach allem, was ich über die Buggins-Jungen gehört habe. Aber vielleicht hat sie danach die Reue trotzdem so sehr gequält, denn immerhin handelte es sich um ihren eigenen Sohn, daß sie, na ja ...«

»Auch ihr eigenes Ableben selbst in die Hand genommen haben?«

Shandy versuchte gar nicht erst, sein nächstes Gähnen zu unterdrücken. Der Impuls war so stark, daß er sowieso nichts mehr dagegen tun konnte. »Aber zuerst haben sie mit Phil Porble abgemacht, daß er die Leiche in Oozaks Teich werfen sollte, meinen Sie, und zwar in der Nacht vom ersten Februar, so daß sie dort am Murmeltiertag für eine kleine Extrasensation sorgen würde? Mhmja, das würde natürlich alles wunderbar passen, nicht wahr? Glauben Sie, Persephone Mink würde sich besser fühlen, wenn wir sie anrufen und fragen, was sie von dieser Idee hält?«

»Es ist mir ja nur so durch den Kopf gegangen«, erwiderte Goulson ein wenig verstimmt. »Ich weiß nicht, ob Sie schon einmal daran gedacht haben, Professor, wie unangenehm es für einen Mann in meinem Beruf ist, einen unbekannten Verblichenen in der Kühlzelle liegen zu haben.«

»Nein, dieser Gedanke ist mir tatsächlich noch nicht gekommen«, gab Shandy zu. »Irgendwie kann ich Sie schon verstehen.«

Derart bestärkt, erwärmte sich Goulson erst richtig für das Thema. »Und wenn es Grund zu der Annahme gibt, daß der Verstorbene vielleicht doch jemand sein könnte, den man kennt, aber niemand zu wissen scheint, wer genau es ist, dann macht das alles nur noch schlimmer. Wir Goulsons sind immer stolz auf unseren Dienst an Nachbarn und Freunden gewesen, aber es ist schrecklich schwierig, für jemanden freundschaftliche Gefühle zu entwickeln, wenn man nicht einmal genau weiß, um wen es sich handelt. Ich will mich nicht beklagen, Professsor, aber ich kann mir nicht helfen, ich habe irgendwie das Gefühl, daß dieser spezielle Verblichene allmählich lange genug hier gelegen hat. Womit wir wieder beim Thema Hesperus Hudson wären.«

»Schon gut, ich habe verstanden, Goulson. Ich würde ihn ja gern nach Hause fahren, wenn ich nur wüßte, wo er wohnt, aber nach dem, was er mir erzählt hat, ist es eine kleine Hütte irgendwo im Busch zwischen der Brennerei von Trevelyan Buggins und dem ›Dirty Duck‹. Ich kann nicht sagen, daß ich große Lust habe, mitten in der Nacht danach zu suchen. Aufs Revier kann ich ihn ebenfalls nicht bringen, weil Phil Porble schon dort sitzt. Auch zu mir nach Hause will ich ihn nicht mitnehmen, denn meine Frau hat inzwischen unser Gästezimmer völlig in Beschlag genommen, um dort die gesamte Sammlung Buggins unterzubringen, und ich fürchte, daß sie alles andere als begeistert sein wird, wenn ich ihn einfach auf dem Wohnzimmersofa ablade. Normalerweise bringen wir unerwarteten Besuch immer im ›College Arms‹ unter, aber ich weiß nicht genau, wie Mrs. Blore auf Hudson reagieren würde.«

›College Arms‹ war der etwas prätentiöse Name einer höchst respektablen Pension, die einer Cousine dritten Grades von Betsy Lomax gehörte, die sich in der Hauptsache um heimatlose Professoren und Eltern, die zu Besuch gekommen waren, kümmerte. In Wirklichkeit wußte Shandy natürlich haargenau, wie Mrs. Blore auf Hudson reagieren würde. Goulson wußte es ebenfalls. Der Leichenbestatter seufzte.

»Ich wollte, ich könnte Ihnen helfen, Professor, aber ich bin hier wegen des Doppelbegräbnisses morgen früh wirklich ziemlich eingespannt. Das Beste, was mir einfällt, ist, Hesp rüber zu Zack Woozle zu bringen. Marietta ist nämlich seine Nichte. Ich nehme an, sie wird schon wissen, was sie mit ihm anfangen soll.«

»Vielen Dank, Goulson.« Shandy versuchte, die Bitterkeit, die er verspürte, nicht in seiner Stimme mitklingen zu lassen. »Wenn Sie mir vielleicht eben helfen könnten, ihn in den Wagen . . .«

»Ich habe einen fahrbaren Tisch, auf dem ich die Dahingeschiedenen immer transportiere.«

Es stellte sich jedoch heraus, daß dies gar nicht nötig war. Hesperus Hudson war immer noch in der Lage, seine blutunterlaufenen Augen zu rollen und sein Glas erwartungsvoll über den Tisch zu schieben. Shandy schüttelte den Kopf.

»Heute abend gibt es nichts mehr, Mr. Hudson. Ich werde Ihnen etwas Trinkgeld für morgen geben, aber zuerst möchte ich Sie nach Hause bringen.«

»›Dirty Duck‹«, insistierte Hudson.

Genau das wäre Shandy auch am liebsten gewesen. Das Problem war nur, daß es schon so spät war, als sie dort endlich eintrafen, daß kein Wagen mehr auf dem Parkplatz stand und die Tür verschlossen war.

»Schon geschlossen«, seufzte Shandy. »Wo ist Ihre Hütte, Hudson?«

»Höh?«

»Ihre Hütte. Das Haus, in dem Sie wohnen. Wo ist es?«

»Da drin.« Hudson machte eine Armbewegung, die beinahe das gesamte Gebiet der Seven Forks umfaßte.

Shandy starrte düster aus dem Wagenfenster auf die weite Ebene aus Schneematsch und Gestrüpp und hatte nicht die geringste Lust, irgendwo dort draußen steckenzubleiben. »Kommen Sie, ich bringe Sie zu Ihrer Nichte.«

»Ich will aber lieber hier bleiben.«

»Dann sind Sie morgen früh todsicher erfroren.« Was im Grunde keine schlechte Idee war, aber Shandy wollte dafür nicht die Verantwortung übernehmen. Sie mußten also doch noch zu den Woozles, obwohl ihm schon die Vorstellung von Hesperus Hudson inmitten des ganzen glänzenden Vinyls absolut wahnwitzig erschien.

Noch bevor es Shandy gelungen war, Hudson von seinem Beifahrersitz zu locken, war klar, daß sie für ihren Besuch einen höchst ungünstigen Zeitpunkt gewählt hatten. Trotz der ziemlich fachmännisch wirkenden Isolierung von Türen und Fenstern konnte er den bis dato schweigsamen Zack brüllen hören wie ein gereiztes Gnu.

»Du brauchst dir gar nicht einzubilden, daß ich nicht weiß, was du hier treibst!«

»Ach ja?« Marietta stand ihm offenbar in nichts nach und gab ihm anständig Zunder. »Jetzt aber mal halblang, du Schlappschwanz! Wenn du selbst wenigstens gelegentlich mal dazu fähig wärst, würdest du dich jetzt auch nicht so bescheuert aufführen, bloß weil du Angst hast, daß ich es mir woanders hole.«

Shandy mußte sich noch diverse andere Improvisationen zum selben Thema anhören, bevor es ihm gelang, Hudson zum Haus zu schleifen und sich durch Trommeln und Schlagen gegen die Tür über dem Tumult im Inneren Gehör zu verschaffen.

»Wer zum Teufel ist das?« brüllte Zack schließlich.

»Warum gehst du nicht hin und siehst selber nach, du fauler Hund?« schrie Marietta.

»Und warum gehst du nicht, du dämliche Schlampe?«

»Herrgott noch mal!« Shandy blieb offenbar nichts anderes übrig, als sich ebenfalls an dem Höllenlärm zu beteiligen. »Machen Sie sofort auf! Hier ist die Polizei!«

Das wirkte augenblicklich. Zack Woozle riß die Tür auf. »Was zum Teufel wollen Sie?«

»Ich will, daß Sie mir Ihren Saufkumpan abnehmen, damit ich endlich nach Hause in mein Bett kann.«

Shandy schleuderte den mittlerweile komatösen Hesperus Hudson über das gewachste rot-weiß-blaue Linoleum wie einen Curlingstein auf der Eisbahn und rannte, so schnell er konnte, zu seinem Wagen, bevor die Woozles sich von ihrem Schock erholten und den alten Säufer zurückschossen.

Es ging ihn zwar nichts an, doch er hätte liebend gern gewußt, mit wem sich Marietta Woozle die Zeit vertrieben hatte. Ihm war nämlich aufgefallen, daß sie trotz ihres Gekeifes eben die Anschuldigungen ihres Mannes mit keinem Wort dementiert hatte. Ihr Ehrenkodex als Korrektorin verbot ihr offenbar, krasse Falschaussagen in den Raum zu stellen. Es konnte sowieso nur jemand gewesen sein, der in der Nähe wohnte. Kein Don Juan, der seinen Verstand auch nur halbwegs beisammen hatte, würde in einer Nacht wie dieser weit fahren, bloß um sich von ein paar blauen Hühnerfedern kitzeln zu lassen.

»*Seductio ad absurdum*«, murmelte er und schaltete das Autoradio ein, um sich wachzuhalten.

Als er endlich die Haustür seines kleinen Backsteinhauses auf dem Crescent aufschließen konnte, kannte seine Erleichterung keine Grenzen. Er hatte erwartet, daß Helen schon schlief, doch sie rief von oben durch das Treppenhaus: »Peter, bist du's?«

»Mitnichten, meine Geliebte«, erwiderte er. »Nichts als der bleiche Schatten des verwegenen Mannes, den einst du gekannt. Ich dachte, du lägst schon längst in Morpheus' Armen?«

»Das dachte ich auch, aber der Abend hatte es wirklich in sich. Grace Porble ist eben erst wieder gegangen. Sie ist völlig aus dem Häuschen.«

»Wer ist das nicht? Möchtest du vielleicht eine Tasse heiße Schokolade?«

»Nein, danke. Ich habe mindestens sechs Tassen Tee mit Grace getrunken. Ich habe nicht gewagt, ihr etwas Alkoholisches anzubieten, aus Angst, sie könnte völlig zusammenbrechen.«

»Wie recht du doch hattest. Einen sinnlos Betrunkenen am Hals zu haben ist wirklich höllisch unangenehm. Das habe ich sozusagen gerade am eigenen Leib erfahren.«

»Das hast du also die ganze Zeit gemacht!« Helen war inzwischen nach unten gekommen. Sie trug den wattierten aprikosenfarbenen Seidenmorgenrock, den Shandy ihr zu Weihnachten geschenkt hatte, und schmiegte ihr Gesicht an seine alte graue Strickjacke. »Pfui, du stinkst ja entsetzlich nach Kneipe.«

»Nach ›Dirty Duck‹, wenn du es genau wissen möchtest.«

»Ist das nicht diese schreckliche Spelunke draußen an der alten Landstraße?«

»Woher weißt du denn, daß es eine schreckliche Spelunke ist?«

»Das sieht man dem Ding doch schon von außen an. Und was, um Himmels willen, hast du dort gesucht? Das ist doch wohl keine Kneipe für gute Ehemänner!«

»Mit Güte hatte es auch nichts zu tun, wie deine Freundin Sephy Mink heute abend in Harry Goulson Trauerkapelle so treffend bemerkte.«

»Peter, das darf doch nicht wahr sein! Sephy würde nie im Leben so etwas auf der Beerdigung ihrer eigenen Eltern sagen!«

»Auf der Beerdigung hat sie es ja auch nicht gesagt. Es geschah während der Aufbahrung oder wie auch immer man das heutzutage nennt, nachdem die Besucher sich verabschiedet hatten und sie sich endlich ein wenig gehenlassen konnte. Außerdem wurden die Worte keineswegs leichtfertig gesprochen, wie du offenbar anzunehmen scheinst.«

»Peter, Liebling«, sagte Helen. »Unsere Ehe ist doch bisher im großen und ganzen bemerkenswert glücklich gewesen. Würdest du dir wünschen, daß dieser Zustand weiterhin andauert, oder möchtest du, daß ich anfange, zänkisch wie eine Xanthippe zu sein?«

»Ich entscheide mich für die Fortführung der Harmonie, wenn du schon so liebenswürdig bist, mir die Wahl zu lassen. Ich hatte heute außerdem bereits einen Zusammenstoß mit einer Xanthippe.«

»Du liebe Zeit, du hast anscheinend wirklich eine tolle Nacht verbracht! Sollten wir uns nicht doch zusammensetzen und einen kleinen Erfahrungsaustausch abhalten?«

»Wie wäre es, wenn wir uns statt dessen gegenseitig festhalten würden? All dies nächtliche Treiben setzt kein gutes Beispiel für Jane.«

»Versuch bloß nicht, mich einzuwickeln. Katzen sind Nachttiere, genau wie herumstromernde Ehemänner. Was hast du also die ganze Zeit getrieben?«

Shandy klärte sie auf, während er seine diversen Kleidungsstücke überall im Schlafzimmer verstreute. »Und jetzt möchte ich mich duschen, ein paar Gewürznelken kauen und mich in die Falle hauen. ›Denn das Schwert ist dauerhafter als die Scheide, und die Seele dauerhafter als die Brust, und der Mantel dauerhafter als die Hose, und zu guter Letzt bleibt bloß der Frust.‹ Die erste Hälfte stammt von Byron, die zweite von irgendeinem anderen Dichter, dessen Name mir aber gerade nicht einfällt. Jedenfalls ist es nicht Corydon Buggins, das ist sicher. Komm schon, Jane. Du darfst am Duschvorhang hochklettern, während dein Alter sich reinigt.«

»Nimm bitte seine dreckigen Socken und die Unterwäsche mit, Jane, und stopf sie in den Wäschebeutel«, schlug Helen gähnend vor. »Und begrab die scheußliche alte Hose im Katzenklo.«

»Xanthippe!« Shandy entledigte sich der anstößigen Kleidungsstücke und begab sich ins Badezimmer, um sich von den hartnäckigen Dünsten des ›Dirty Duck‹ zu befreien. Frisch gereinigt, in seinem sauberen Schlafanzug und gewärmt vom süßen Körper seiner geliebten Gattin, lag er schließlich im Bett und versuchte, das Chaos in seinem Gehirn zu ordnen.

War es wirklich einer der Zwillinge, der momentan Goulsons Kühlzelle blockierte, oder nur eine verirrte Leiche, die Bracebridge gemeinsam mit dem Bart irgendwo entwendet hatte, wie Hesperus Hudson vermutete? War Kapitän Flackley heute abend in dem Bestattungsinstitut aufgetaucht, oder war er anderweitig beschäftigt gewesen? Und hatte diese Beschäftigung rein zufällig etwas mit Marietta Woozle zu tun? Vielleicht hatte sie gar nicht versucht, Mae West nachzuahmen, sondern eher einen patriotischen Pinguin? Mit dem Gedanken an Pinguine schlief Shandy schließlich ein.

Er hätte sicher bis Mittag weitergeschlafen, wenn Helen den Wecker nicht auf sieben Uhr gestellt hätte. »Sadistin!« seufzte er. »Hast du denn kein Mitgefühl im Balg?«

»Dieses Wort darf man in höflichen Konversationen nicht benutzen. Meine Mutter sagt, daß sich das nicht gehört«, erwiderte sie. »Einer von uns muß heute arbeiten, falls dir dies entfallen sein sollte. Ich dusche als erste!«

»Dann nichts wie los. Ich bin bereits sauber genug.«

Er hätte sich am liebsten sofort wieder in die Kissen zurücksinken lassen, doch Helen hatte andere Pläne für ihn. »Dann kannst du uns ja inzwischen das Frühstück machen. Eier und Schinken für mich, bitte. Der Himmel weiß, ob wir heute überhaupt etwas zu

Mittag essen werden. Du wolltest doch auch den armen Doktor Porble aus dem Kittchen holen, nicht? Ich glaube nicht, daß ich seine Arbeit und meine ganzen anderen Verpflichtungen noch sehr viel länger schaffen kann.«

»Soll ich daraus schließen, daß die Fortsetzung seiner Einkerkerung eine Bedrohung meiner ehelichen Privilegien darstellt?«

»In diesem Licht hatte ich die Sache zwar noch gar nicht gesehen, doch es ist eigentlich ein hervorragender Einfall.«

Helen verschwand im Badezimmer und schloß die Tür hinter sich ab. Shandy verfluchte die unfairen Methoden der Schicksalsgöttin und begab sich nach unten in die Küche.

Er mußte am Nachmittag noch zwei Vorlesungen halten. Der morgige Tag war bereits völlig ausgebucht, denn er würde sowohl den Vormittag als auch den Nachmittag im Versuchstreibhaus verbringen. Somit hatte er weniger als sechs Stunden Zeit, um Porble herauszuboxen und jemand anderen wegen dreifachen Mordes hinter Gitter zu bringen.

Wenigstens hatte Hesperus Hudsons Aussage ziemlich eindeutig die Verbindung zwischen dem Tod des Unbekannten und dem des alten Ehepaares bestätigt. Hesperus mochte zwar rosa Schlangen sehen, doch Steine in den Taschen eines altmodischen Fracks, den ein Mann trug, der als Henry Wadsworth Longfellow verkleidet war, gehörten nicht zu der Art von Halluzinationen, die einen so mir nichts, dir nichts überfielen, selbst wenn man ein Stammkunde des ›Dirty Duck‹ war. Vor allem nicht, wenn sich diese Vision auf dem Grund und Boden eines Mannes abspielte, der mit den Werken von Corydon Buggins wohlvertraut war, und wenn eine Leiche, auf die Hesps Beschreibung haargenau zutraf, im Beisein von ungefähr der Hälfte der Einwohner von Balaclava Junction und Umgebung aus Oozaks Teich gefischt wurde.

Hudson hatte bewiesen, daß zumindest ein Teil seines Gehirns noch funktionsfähig war, vielleicht weil er nie genug Geld besessen hatte, um so betrunken zu bleiben, wie er gerne gewollt hätte. Seine Schilderung, warum er zur Hütte gegangen war und wie er dort die Leiche gefunden hatte, klang ziemlich überzeugend. Nur schade, daß er sich nicht erinnern konnte, wann genau er dort war, aber Shandy hatte den Eindruck, daß es innerhalb der letzten ein oder zwei Wochen gewesen sein mußte. Das würde ungefähr mit dem Zeitraum übereinstimmen, den die Leiche schätzungsweise im Wasser verbracht hatte. Hätte sie länger dort gelegen, wäre der falsche Bart sicher abgefallen, ganz egal, womit man ihn angeklebt hatte, denn das Hautgewebe hätte angefangen, sich aufzulösen.

Die Schnapsbrennerei war knochentrocken gewesen, hatte Hudson gesagt. Shandy glaubte ihm dies ohne weiteres. Da er mehr oder weniger mit Buggins-Schnaps großgeworden war, wußte Hudson bestimmt sehr genau, wie er auch noch an den letzten Tropfen dort kommen konnte. Das bedeutete, daß es bereits eine ganze Weile her sein mußte, seit der alte Buggins Nachschub produziert hatte. Alkohol, der in den Schläuchen oder Röhren zurückgeblieben war, wäre nämlich nicht gefroren und in dem kalten Wetter nur langsam verdunstet. Vielleicht war es möglich, den Zeitpunkt, an dem der Mann getötet worden war, ein wenig genauer einzugrenzen, indem man herausfand, wann Trevelyan Buggins seine letzte Essigflasche abgefüllt hatte. Minerva Mink müßte eigentlich darüber Auskunft geben können, doch was mit dieser Information dann anzufangen war, blieb abzuwarten.

Vielleicht hätte man besser daran getan, ein wenig im bürokratischen Morast zu waten, indem man bei der *Veterans Administration* oder sonstwo nachhakte, um herauszufinden, ob sich genauere Informationen über den Vermißtenstatus von Bainbridge Buggins finden ließen. Doch wenn dies der Fall sein sollte, hätte man die Familie sicher schon längst benachrichtigt, und Grace Porble wüßte davon. Ihre Theorie, daß Bainbridge desertiert war, klang recht plausibel, bedachte man, was Hesperus Hudson über seinen alten Kumpel aus Jugendzeiten gesagt hatte. Und Bain hätte sich in diesem Fall wohl auch kaum die Mühe gemacht, dem befehlshabenden Offizier seine neue Adresse zu hinterlassen, damit man ihm seine Post nachsenden konnte. Zuallererst hätte er sich bestimmt eine neue Identität zugelegt. Es war ihm sogar zuzutrauen, daß er die Hände eines Opfers enthäutet hatte, um sich neue Fingerabdrücke zu verschaffen, wenn ihm diese Idee durch den Kopf gegangen wäre. Ob sie nun Trevelyans legale Sprößlinge waren oder nicht, die Buggins-Zwillinge waren offenbar wirklich Mistkerle erster Güte.

Jane kletterte an Shandys Hosenbein hoch und forderte lautstark ihren Anteil an gebratenem Schinken. Shandy schob den Gedanken an die Buggins-Söhne beiseite und widmete sich wieder seinen unmittelbaren Pflichten.

Kapitel 18

»Einfach vorzüglich, Liebling.« Helen stellte ihre leere Tasse auf den Tisch. »Aber jetzt muß ich mich wirklich beeilen. Du kannst dir gar nicht vorstellen, wieviel Verwaltungsarbeit nötig ist, um diese Bibliothek zu führen. Ich weiß nicht, wie Thorkjeld es schafft, das gesamte College zu leiten und dabei auch noch alles andere im Griff zu haben. Momentan steckt er bis über beide Ohren in der Überarbeitung des Lehrplans für die Abteilung Molkereiwissenschaft, tüftelt mit den Architekten Pläne für den neuen Flügel des Lower-West-Studentenheims aus, versucht, noch ein paar tausend Dollar zusätzlich aus dem Stiftungsfond herauszuquetschen, um die Examenskandidaten zu unterstützen, die diese hervorragende Idee für die kollektive Obstplantage hatten und nicht genug Kapital, um ihr Projekt zu starten, und ist außerdem noch mit ungefähr 20 weiteren Projekten beschäftigt. Ganz zu schweigen von seinen üblichen Pflichten und Aufgaben, beispielsweise einer Studentin im ersten Semester schonend beizubringen, daß ihr zahmer Leguan zu Hause in Tuscaloosa gestorben ist, weil ihre Eltern nicht genug Mut haben, es ihr selbst zu sagen. Das arme Ding hat sich die Sache wirklich sehr zu Herzen genommen.«

»Heiliger Strohsack, du weißt jetzt schon mehr über das, was auf dem Campus passiert, als ich in den letzten 20 Jahren herausgefunden habe«, meinte Shandy.

»Informationen zu sammeln gehört schließlich zum Arbeitsgebiet einer Bibliothekarin, Schatz. Außerdem hat Sieglinde mir gestern abend einen kleinen Besuch abgestattet. Sie ist dir schrecklich dankbar, daß du Thorkjeld die Sache mit Oozaks Teich abgenommen hast, weil er doch sowieso schon hoffnungslos überlastet ist. Sie füttert ihn ordentlich mit Hering, um ihn über sein Tief zu bringen, sagt sie, doch selbst die therapeutische Wirkung von Heringen hat ihre Grenzen. Übrigens, du könntest eigentlich auch ein paar Heringe einkaufen, falls du heute in die Nähe des Fischmarkts kommst.«

»Ich habe keine Ahnung, in welche Nähen ich heute noch komme, wahrscheinlich eher in die Nähe eines Nervenzusammenbruchs, würde ich spontan vermuten.«

Nachdem Helen gegangen war, verbrachte Shandy einige Zeit sinnierend über seinem eiverschmierten Teller. Schließlich stand er auf, räumte das Geschirr fort und zog sich einen seiner nicht mehr neuen, aber immer noch guten grauen Kammgarnanzüge an. Er hatte keinen triftigen Grund, warum er zum Begräbnis der beiden Buggins gehen sollte, sah aber auch keinen, der dagegen sprach. Außerdem war er neugierig, ob nicht vielleicht Bracebridge quicklebendig und prozeßhungrig dort erscheinen würde. Je mehr er über den gerissenen Zwilling hörte, desto stärker neigte er zu der Überzeugung, daß diese absurde Klageandrohung höchst auffällig nach Bracebridge roch.

Doch Bracebridge zeigte sich nicht, und offenbar schien ihn auch niemand erwartet zu haben. Zu Shandys Überraschung tauchte jedoch Hesperus Hudson auf, sauber und ordentlich, in einem recht manierlichen Anzug, der höchstwahrscheinlich Zack gehörte. Hudson wirkte beträchtlich geknickter als die meisten anderen angeblich Trauernden, was schließlich auch verständlich war bei einem Menschen, dessen prägende Jugenderfahrungen so eng mit dem Wirken von Trevelyan verwoben gewesen waren. Zweifellos war er auch bekümmert, weil es jetzt niemanden mehr gab, der die Brennerei weiterführen konnte, aber wenigstens war Hudsons Trauer echt.

Marietta Woozle hatte sich offenbar bei der Pied Pica Press den Morgen freigenommen, entweder um an den Trauerfeierlichkeiten teilnehmen zu können oder um ein wachsames Auge auf ihren Onkel zu werfen. Sie gehörte zu den eleganteren Trauergästen und trug einen blauen Mantel und einen weißen Pelzhut, dazu weiße Stiefel und eine rote Handtasche.

Kapitän Flackley und seine Frau waren ebenfalls anwesend, beide trugen Sherpamäntel und sahen sehr ernst aus. Shandy bemerkte keine schmachtenden Blicke zwischen Flackley und dessen modebewußter Nachbarin, doch das war schließlich unter den gegebenen Umständen auch kaum zu erwarten. Wenn er Marietta Woozle mit der attraktiven Yvette Flackley verglich, fiel es Shandy sowieso sehr schwer, sich vorzustellen, daß es überhaupt je zu einem Blickaustausch kommen könnte, und fragte sich, wie er überhaupt auf diese absurde Idee gekommen war.

Auch Miss Minerva Mink war gekommen, allerdings ohne ihre Bingo-Chauffeuse. Einer der Minks mußte sie abgeholt und hergebracht haben. Sie saß bei ihrer Familie, wie es sich auch gehörte, da sie immerhin die Tante von Purvis und den Verblichenen Halt und Stütze gewesen war. Darüber hinaus war sie möglicherweise auch noch die Erbin des Buggins-Besitzes. Shandy überlegte, ob Trevelyan Buggins wohl je dazu gekommen war, ein Testament zu machen. Es wäre wirklich eine rührende Geste gewesen, wenn er seine Brennerei Hesperus Hudson vermacht hätte.

In der Kirche hatte sich eine ganz beträchtliche Menschenmenge versammelt. Shandy erkannte diverse Damen aus dem Gartenclub. Grace Porble war nicht dabei. Sie stand vorn bei Sephy und den Minks und sah aus, als hätte sie jemand rückwärts durch ein Astloch gezogen, schaffte es jedoch, vor der Trauergemeinde ihr Gesicht zu wahren.

Porble hatte diesmal jedenfalls einen hieb- und stichfesten Grund für seine Abwesenheit. Er haßte es ohnehin, bei jedweder Art von Zeremonie mitmachen zu müssen, und hegte höchstwahrscheinlich auch keinerlei zärtliche Gefühle für die Buggins, selbst wenn er, wie Harry Goulson es gestern so subtil ausgedrückt hatte, ihr Ableben nicht selbst in die Hand genommen hatte.

Auch Polizeichef Ottermole war selbstverständlich nicht anwesend. Shandy hatte nichts anderes erwartet. Dasselbe galt für Edna Mae. Sie war sicher zu Hause und häkelte gerade einen Überwurf für das Notbett. Die Gattin von Silvester Lomax war dagegen da und zweifellos auch die Frau von Clarence, die Shandy allerdings bis jetzt noch nicht persönlich kennengelernt hatte. Betsy Lomax war ebenfalls auf dem Posten und trug ihren soliden schwarzen Mantel mit Bisamkragen und Bisamaufschlägen, den sie von einer Tante geerbt hatte, die den Apotheker drüben in Hoddersville geheiratet hatte und herrlich und in Freuden lebte. Aus der hintersten Reihe ertönte hin und wieder ein gedämpftes Niesen und ziemlich häufiges Schniefen, was darauf schließen ließ, daß Cronkite Swope wieder in Aktion war.

Mike Woozles Gespielin war nicht nur nicht mit Miss Mink gekommen, sondern überhaupt nicht erschienen. Shandy hielt vergeblich Ausschau nach der roten Perücke und dem schäbigen Webpelzmantel. Vielleicht hatte sich Flo von Marietta überreden lassen fortzubleiben, vielleicht hatte sie es aber auch einfach nicht geschafft, rechtzeitig aufzustehen. Halb neun war recht früh für eine Beerdigung, doch äußerst günstig für diejenigen, die an der Beisetzung teilnehmen und trotzdem noch ihr Tagewerk verrichten wollten. Daher war es bei den Leuten in Balaclava Junction eine beliebte Zeit, wenn der Jet Set draußen an den Seven Forks vielleicht auch anderer Meinung war.

Ob Flo gestern abend noch im ›Dirty Duck‹ aufgekreuzt war? Wahrscheinlich nicht, da Mikes Bruder dort herumgelungert hatte. Aber Shandy war geneigt anzunehmen, daß sie den Rest des Abends nicht unbedingt in Marietta Woozles Küche verbracht hatte. Nun ja, alles Fleisch war wie Gras, wie der Pfarrer gerade den Trauergästen ins Gedächtnis rief, und Gras brauchte schließlich Feuchtigkeit, um zu gedeihen. Shandy rutschte unruhig auf der Eichenbank hin und her und fragte sich ein weiteres Mal, was um Himmels willen er hier überhaupt zu suchen hatte.

Die Trauerfeier dauerte recht lange, allerdings nicht deshalb, weil der Geistliche in seiner Trauerrede besonders viel über Mr. und Mrs. Buggins zu sagen wußte. Er bereicherte die Feier mit diversen alten Kirchenliedern, die das Ehepaar angeblich zu Lebzeiten immer so gern gemeinsam gesungen hatte. Was durchaus in Ordnung war, denn Shandy sang selbst gern Kirchenlieder. Außerdem bot sich ihm dadurch die Gelegenheit, aufzustehen und sich unauffällig ein wenig zu strecken. Er war angenehm überrascht, auch Hesperus Hudson singen zu hören, und zutiefst gerührt von der Inbrunst, die er in das Lied legte, in dem vom Trinken an einem Brunnen, der nie versiegt, die Rede war. Als man schließlich »Rock of Ages« intonierte, kam Shandy plötzlich die Erleuchtung.

Von diesem Moment an saß er wie auf heißen Kohlen und konnte das Ende der Trauerfeier kaum erwarten. Als sie schließlich, wie alles im Leben, vorüber war, mußte er zunächst stehenbleiben und warten, während die Trauernden hinter dem inzwischen geschlossenen Doppelsarg, der nur knapp durch den engen Mittelgang paßte, die Kirche verließen, wobei Harry Goulson als Lotse vorausging und zwei von Arabellas Vettern, die manchmal aushalfen, von hinten für sicheres Durchkommen sorgten.

Persephone Mink hatte ihr Taschentuch hervorgezogen und betupfte ihre Wangen. Purvis Mink sah verlegen aus, wie wohl jeder Ehemann in seiner Situation, hatte eine Hand tröstend auf die Schulter seiner Frau gelegt und tat auf diese Weise vor den

Augen der gesamten Öffentlichkeit seine liebevolle Fürsorge kund. Grace Porble schaute starr nach vorn und bewegte sich wie ein Roboter. Miss Mink sah sittsam und selbstgerecht aus. Die übrigen wirkten lediglich müde und ein wenig erleichtert.

Da Shandy es vorgezogen hatte, ziemlich weit hinten zu sitzen, gehörte er, gemeinsam mit dem schniefenden Swope, zu den letzten Trauergästen, die das Gotteshaus verließen. »Gehen Sie noch zum Friedhof, Professor?« erkundigte sich der Reporter und unterstrich seine Frage mit einem Niesen.

»Gesundheit«, sagte Shandy. »Nein. Habe ich nicht vor. Aber lassen Sie sich bitte von mir nicht abhalten.«

»Oh, ich gehe auch nicht hin. Beerdigungen fallen in Arabellas Bereich. Ich habe mich nur gerade gefragt, ob es in dem Mordfall irgendwelche neuen Erkenntnisse gibt.«

»Das hatte ich mir beinahe gedacht. Leider sind wir momentan noch nicht sehr viel weiter gekommen.«

»Also Professor, Sie wollen doch Doktor Porble nicht etwa weiter im Knast schmachten lassen, oder?«

»Schmachtet er denn dort? Ich habe ihn heute noch gar nicht gesehen.«

»Ich auch nicht, aber was sollte er sonst tun? Ich würde bestimmt schmachten. Und Sie auch, oder?«

»Swope, falls Sie etwa vorhaben, einen rührseligen Artikel im Sinne von ›Bibliothekar schmachtet in Zelle‹ vom Stapel zu lassen ...«

»Meine Güte, Professor, wofür halten Sie mich?« jammerte der virusgeplagte Journalist. »Ich habe noch kein einziges Wort über Doktor Porbles Verhaftung geschrieben und habe es auch nicht vor, es sei denn, man zwingt mich dazu. Fred Ottermole hat gedroht, mir das Genick zu brechen, falls ich es täte, aber ich würde es auch so nicht machen.«

»Wie bitte? Wollen Sie damit sagen, daß Ottermole sich freiwillig die Gelegenheit entgehen läßt, mit seinem nagelneuen Haarschnitt im *Gemeinde- und Sprengel-Anzeyger* zu erscheinen, und Sie ihn dabei sogar noch unterstützen?«

»Na klar. Warum auch nicht? Sie haben doch oft genug mit uns zusammengearbeitet. Sehen Sie, Fred hat sich gedacht, daß er in Anbetracht der Beweislage etwas gegen Doktor Porble unternehmen mußte, aber er glaubt trotzdem nicht, daß Doktor Porble schuldig ist. Deshalb behält er ihn so lange bei sich, bis Sie mit dem richtigen Mörder auftauchen. Fred denkt, daß er dann wenigstens nicht wie ein absoluter Hirni dastehen wird.«

»Wie ein was?«

»Ein Hirni, ein dummer Trottel, der nichts gerafft hat.«

»Mhmja, dann scheint es sich in diesem Fall ja durchaus um ein *mot juste* zu handeln. Ich muß schon sagen, Ihre gemeinsame Zurückhaltung erfüllt mich mit Bewunderung und Dankbarkeit. Vielleicht sollten wir uns zusammentun und nachschauen, wie es momentan um Doktor Porbles Schmachtzustand steht. Ich habe sowieso noch etwas mit Ottermole zu besprechen. Haben Sie übrigens Ihre Kamera dabei?«

»Direkt bei mir habe ich sie im Moment leider nicht. Ich dachte, der Pfarrer würde es nicht gern sehen, wenn ich sie mit in die Kirche bringe. Aber sie liegt im Kofferraum des Pressewagens. Wollen Sie damit etwa andeuten, daß ich doch noch ein Foto von Doktor Porble im Knast machen soll?«

»Keinesfalls, und ich würde Ihnen auch nicht raten, sich zu diesem Thema irgendwelche weiteren Gedanken zu machen, es sei denn, Sie beabsichtigen, dem *Gemeinde- und Sprengel-Anzeyger* eine Klage an den Hals zu hängen. Ich wollte lediglich wissen, ob die Kamera einsatzbereit ist, falls wir sie brauchen sollten.«

»Ach so. Na klar doch, Professor. Voll Power und absolut startklar. Genug Filme, genug Blitzbirnchen. Sie brauchen mir bloß noch die Richtung zu zeigen und Bescheid zu sagen, wann ich abdrücken soll. Hey, ich glaube, meine Erkältung ist auf einmal weg.«

»Göttliche Intervention vielleicht. Kommen Sie, Swope.«

Sie schafften es noch rechtzeitig, sich durch die Menge auf den Kirchenvorplatz zu schieben, um zu sehen, wie Grace Porble einen besorgten Blick in Richtung Polizeirevier warf, bevor sie in eine der schweren Limousinen stieg, die ebenfalls zu Goulsons besonderem Dienst an Nachbarn und Freunden gehörten und nicht eigens bezahlt zu werden brauchten. Die arme Frau. Wahrscheinlich ging es ihr hundsmiserabel. Aber mit ein wenig Glück würde sie vielleicht schon in Kürze das Jammertal, das sie gerade durchschritt, wieder verlassen können.

Aus Rücksicht auf Swopes geschwächten Zustand fuhren sie im Pressewagen zum Polizeirevier, obwohl man lediglich ein paar hundert Meter zurückzusetzen brauchte und sich sofort wieder einen neuen Parkplatz suchen konnte. Als sie im Polizeirevier angekommen waren, stellten sie fest, daß Doktor Porble keineswegs in seiner Zelle schmachtete. Ganz im Gegenteil, er saß an Ottermoles Schreibtisch, Edmund auf dem Schoß, hatte eine Tasse Kaffee in Reichweite und Stapel von Akten vor sich auf dem Tisch.

»Morgen, Peter«, sagte er recht zerstreut, den Blick immer noch auf die Akten geheftet.

»Hallo, Phil«, antwortete Shandy. »Hat man Sie zum Kalfaktor befördert?«

»Ich versuche nur ein effizienteres Ablagesystem zu entwickeln, damit sich Ottermole nicht mit dem ganzen unnötigen Papierkram abzugeben braucht. Es ist einfach ungeheuerlich, wie diese Stadt mit ihren lächerlich unterbezahlten Angestellten herumspringt. Ich werde bei der Bürgerversammlung einiges dazu zu sagen haben, das dürfen Sie mir glauben.«

»Meine uneingeschränkte Zustimmung und Unterstützung haben Sie. Wo ist denn unser Polizeichef?«

»Ottermole klärt gerade einen Raubüberfall auf. Jemand ist in die Küche der Truthahnfarm eingedrungen und hat sechs Truthahn-Pies gestohlen.«

»Heiliger Strohsack, will er jetzt etwa einen Fuchs verhaften?«

»Ein Fuchs hätte wohl nicht auch noch sechs Plastikmesser und -gabeln mitgehen lassen, um die Pies damit zu essen. Ottermole ist dieser Tatbestand sofort aufgefallen. Er hat gerade angerufen, um mitzuteilen, daß er den Missetäter aufgrund von Spuren im Schnee aufgespürt hat und ihn sich schnappen wird. Er fragte mich, ob ich nicht freundlicherweise die Comics unter der Feldbettmatratze verstecken könnte, damit die Zelle einen offizielleren Eindruck macht.«

»Comics?«

»Ja, seine Jungs haben darauf bestanden, sie herzubringen, als sie erfahren haben, daß ich Bibliothekar bin, damit ich auch etwas zu lesen habe. Alle Hefte waren in alphabetischer Reihenfolge geordnet. Höchst erfreulich, daß es auch heute noch junge Menschen gibt, die das Alphabet beherrschen. Ich habe seit ungefähr 45 Jahren kein *Superman*-Heft mehr in der Hand gehabt. Allem Anschein nach hat sich nicht sehr viel verändert, aber ich muß zugeben, daß ich mich an die genaueren Einzelheiten nur noch vage erinnern kann. Wie kommt Helen in der Bibliothek zurecht?«

»Sie hat zwar alles unter Kontrolle, aber sie ist nicht besonders glücklich über die ganze Arbeit. Verwaltungsarbeit ist nicht ihre Stärke. Sie wird heilfroh sein, wenn sie sich wieder mit der Sammlung Buggins beschäftigen kann.«

»Über Geschmack läßt sich bekanntlich streiten«, knurrte Porble. »Sind Sie zufällig hier, um mich wieder herauszuholen?«

»Leider noch nicht. Aber hoffentlich bald.«

»Na, dann verschieben Sie das Ganze am besten noch um ein oder zwei Stunden, wenn Sie können. Ich hasse es, meine Arbeit nicht zu Ende führen zu können. Ah, da ist ja Ottermole schon. Wo haben Sie denn Ihren Gefangenen gelassen, Polizeichef?«

»Tja, es war bloß ein armer Schlucker in einem kaputten Lieferwagen mit einer Frau und zwei kleinen Kindern. Hat oben in einer Fabrik in New Hampshire gearbeitet und seinen Job verloren. Sein Arbeitslosengeld ist ausgelaufen, und man hat die Familie aus ihrer Wohnung geworfen. Also haben sie ihr ganzes Zeug in einer Garage abgestellt und sind losgefahren, um zu sehen, ob er hier vielleicht Arbeit finden kann. Aber bisher hatte er kein Glück, und jetzt haben sie zwei Tage nichts zu essen gehabt. Was zum Teufel sollte der arme Kerl da machen? Ich habe Jack Pointer überredet, dem Burschen einen Job zu geben. Jetzt kann er Truthahnställe säubern. Ist zwar nicht viel, aber wenigstens haben sie jetzt was zu essen. Hier hätte ich sie sowieso nicht alle reinquetschen können. Wie kommen Sie weiter, Doc?«

»Ganz gut. Ich finde es übrigens recht entspannend.«

»Ich nicht. Hallo, Professor. Hey, Cronk, was machst du denn hier? Du weißt doch hoffentlich noch, was ich dir gesagt habe: kein Wort davon in die Zeitung!«

»Keine Sorge, Ottermole«, sagte Shandy. »Swope ist, eh, mit mir hergekommen. Ich wollte Sie bitten, uns beide als Deputies zu vereidigen, und ich möchte, daß Sie, Phil, dabei als Zeuge fungieren. Ich nehme doch an, daß sich das machen läßt, Ottermole, da Porble schließlich nicht offiziell verhaftet worden ist.«

»Was meinen Sie mit verhaftet?« Ottermole klang verletzt. »Der Doktor ist nur hier, um meine Akten in Ordnung zu bringen, während er sich als wichtiger Zeuge in Schutzhaft befindet.«

Zeuge für was? Shandy schenkte sich die Frage. Er stand nur da und wartete, während Polizeichef Ottermole in helle Aufregung geriet, als er versuchte, sich an die korrekte Formel für die Vereidigung eines Deputy zu erinnern. Er hatte sowohl Shandy als auch Swope schon früher vereidigt, indem er einfach irgend etwas gesagt hatte, etwa: »Okay, Jungs, jetzt seid ihr meine Deputies, also nichts wie ran!« Aber diesmal wollte Ottermole verständlicherweise vor seinem provisorischen Assistenten eine möglichst gute Figur abgeben.

Das gelang ihm in der Tat auch recht gut. Er ließ sich sogar von Cronkite Swope dabei ablichten, wie er Professor Shandy vereidigte, unter der Voraussetzung, daß Doktor Porble auch ganz bestimmt nicht mit auf das Bild kam. »Dann ist es offizieller«, erklärte er. »So, Cronk, jetzt vereidige ich dich auch, und der Professor kann uns fotografieren.«

Shandy war wegen dieser unnötigen Verzögerung ein wenig ungeduldig, seine Vernunft sagte ihm jedoch, daß eigentlich kein Grund zur Eile bestand. Wenn sein Instinkt ihn nicht trog, hatte sein Opfer nicht die Absicht, sich in nächster Zeit abzusetzen, und Ottermole hatte sich ein wenig Anerkennung redlich verdient. Also machte er das Foto.

»Und zu guter Letzt möchte ich noch, daß Sie einen Hausdurchsuchungsbefehl für mich ausstellen.«

»Klar, Professor, wie Sie wollen. Wo haben Sie denn vor zu suchen?«

Shandy sagte es ihm. Porble zog zwar die Augenbrauen hoch, äußerte sich jedoch nicht und fuhr mit seiner systematischen Überprüfung der Akten fort, während der Polizeichef den Durchsuchungsbefehl ausstellte.

»Okay, Professor, das müßte genügen. Wollen Sie, daß ich auch mitkomme?«

»Ganz im Gegenteil. Es wäre mir sogar lieb, wenn Sie nicht mitkommen würden«, antwortete Shandy. »Seien Sie mir nicht böse, Ottermole, aber momentan habe ich nichts weiter als ein komisches Gefühl. Einen, eh, offiziellen Polizeibeamten dabeizuhaben könnte die einzige Chance, die ich habe, ruinieren, so daß ich womöglich niemals herausfinde, ob ich mich auf dem Holzweg befinde oder nicht. Übrigens, brauche ich noch eine weitere Vollmacht, um jemanden festnehmen zu können?«

»Nö, Sie brauchen sie nur herzubringen. Der Doc kann sich dann um den Papierkram kümmern. Jessas, ich hoffe, Sie fangen den richtigen Mörder erst, nachdem wir die Akten hier in Ordnung gebracht haben.«

»Doktor Porble hat sich auch schon in diesem Sinne geäußert. Mir persönlich wäre es allerdings lieber, wenn ich die Sache so schnell wie möglich hinter mich bringen und meine Frau wieder zurückbekommen könnte. Sie hat nämlich ein Moratorium bezüglich unseres häuslichen Lebens ausgesprochen, und zwar für die gesamte Dauer meiner Verbrecherjagd. Swope, Sie können mitkommen, wenn Sie mögen.«

»Will ich mir auf keinen Fall entgehen lassen. Wohin fahren wir?«

»Zuerst einmal zu mir nach Hause.«

Das war offenbar nicht die Art von *Blazing-Saddles*-Start, die Swope sich vorgestellt hatte, doch er kam trotzdem frohen Mutes mit und unterhielt Jane Austen mit einem Papierknäuel, das an einer Schnur baumelte, während Shandy einige Zeit und zweifellos auch eine größere Geldsumme in mehrere lange Ferngespräche investierte.

»Alles klar, Swope. Bainbridge Buggins ist immer noch offiziell als vermißt gemeldet. Die Reederei weiß nicht, wo Boatwright Buggins sich aufhält. Townbridge befindet sich seit etwa drei Wochen auf einer geologischen Exkursion, und Bracebridge ist seit 1972 nicht mehr im ›Wayfarers' Rest‹ gesichtet worden. Jetzt weiß ich, glaube ich, wohin wir zu fahren haben. Na, dann mal los zu unserem großen Auftritt!«

Kapitel 19

Sie hatten den Pressewagen draußen in der Einfahrt stehen lassen, was den Gepflogenheiten auf dem Crescent widersprach. Mirelle Feldster von nebenan stand draußen auf den Treppenstufen vor ihrer Haustür, um ihnen die Meinung zu sagen, doch Shandy nickte ihr nur kurz zu und stieg zu Swope in den Wagen.

»Wohin fahren wir, Professor?«

»Richtung Seven Forks«, informierte ihn Shandy, »Gott sei Dank, daß Sie fahren und nicht ich. Ich habe das Gefühl, daß ich inzwischen schon eine richtige Furche in diese Straße gegraben habe.«

»Sollen wir wieder zurück zum Buggins-Haus?«

»Später. Zuerst schauen wir kurz im ›Dirty Duck‹ vorbei.«

»Ach herrje, warum das denn?«

»Um zu sehen, ob wir Hesperus Hudson noch erwischen können, ohne seiner Nichte zu begegnen. Vor den Klauen dieser Frau wären Sie keine Minute sicher.«

»Ist das etwa die Frau mit den weißen Stiefeln, die ihn mit zur Beerdigung gebracht hat?«

»Genau die.«

»Dann haben Sie wahrscheinlich recht.« Cronkite klang eher ängstlich als geschmeichelt. »Von der Sorte habe ich schon mehrere getroffen, als ich herumgegangen bin und Leute zu aktuellen Themen interviewt habe, beispielsweise, um herauszufinden, was sie davon hielten, wenn die Hundesteuer auch auf Katzen ausgedehnt würde. Eine Frau hat sogar – na ja, ich habe mich schließlich damit herausgeredet, daß ich als kleiner Junge Mumps gehabt hätte. Schließlich hat sie mir den Namen eines ihrer Freunde gegeben, der sich für einen Wunderheiler hält, wie diese Typen auf den Philippinen mit dem rostigen Klappmesser, und hat mir gesagt, ich soll wiederkommen, wenn ich geheilt bin. Inzwischen weiß ich mir besser zu helfen. Ich setze einfach grundsätzlich keinen Fuß mehr ins Haus. Als Journalist ist es sehr wichtig, daß man lernt, möglichst weit weg von großen, weichen Sofas zu bleiben. Ich habe diesbezüglich an den Großen Fernkurs für Journalisten geschrieben, damit sie diesen Punkt in ihren Lehrplan aufnehmen, aber irgendwie glaube ich nicht, daß sie es tun werden.«

»Mhmja, vielleicht sind sie ja der Ansicht, daß es auch Dinge geben sollte, die man aus eigener Erfahrung lernt«, sagte Shandy. »Aha, wir kommen gerade rechtzeitig. Da ist er schon!«

In der Tat verließ Hesperus Hudson gerade den Wald. Marietta war offenbar nicht so dumm gewesen, ihn in dem guten Anzug von dannen ziehen zu lassen, denn inzwischen trug er wieder die scheußlichen Klamotten, die er am Abend zuvor angehabt hatte. Die Wirkung des Bades war noch gut erkennbar, und er hatte natürlich auch noch nicht die Möglichkeit gehabt, sich wieder einen Schnurrbart wachsen zu lassen, was jedoch nur eine Frage der Zeit war. Er steuerte mit einem Ausdruck glücklicher Erwartung auf das ›Dirty Duck‹ zu. Als Shandy aus dem Wagen stieg und auf ihn zuging, änderte sich dies schlagartig.

»Sie kenne ich doch!«

»Ich kenne Sie auch, Mr. Hudson«, antwortete Shandy freundlich. »Heute morgen in der Kirche haben Sie wirklich gut gesungen.«

»Höh? Sie wollen wohl Krach mit mir anfangen?«

Überraschenderweise schnellte Hudsons rechte Hand aus seiner Tasche, ausgerüstet mit einem zwar etwas angelaufenen, aber durchaus einsatzfähigen Schlagring.

»Sehr eindrucksvoll«, sagte Shandy. »Ist das derselbe, mit dem Sie damals das Kinn von Bracebridge Buggins aufgeschlagen haben?«

»Ich hab' ihn aber nich' umgebracht!«

»Das habe ich ja auch gar nicht behauptet. Was halten Sie davon, sich zehn Dollar zu verdienen?«

»Ich hab' schon zehn Dollar. Aber ich hätte gern, wenn Sie sich schnellstens wieder verziehen würden, Mister, damit ich hier rein un' sie ausgeben kann.«

»Aber dann wären die zehn Dollar doch fort, und Sie wären wieder durstig. Wenn Sie noch zehn Dollar dazu hätten, könnten Sie doch viel länger trinken.«

»Führe nicht den Kelch der Versuchung an deines Bruders Lippen.« Hudson steckte wirklich voller Überraschungen.

»Ich führe keineswegs einen Kelch an Ihre Lippen«, erwiderte Shandy gereizt.

»Wär' auch verdammt besser, wenn Sie das bleiben ließen. Ich trink' sowieso lieber aus der Flasche. Okay, dann mal her mit dem Zehner.«

»Ich habe nicht gesagt, daß Sie ihn sofort bekommen. Sie müssen ihn sich zuerst verdienen.«

»Ich hab' doch gleich gewußt, daß da 'n Haken war. Un' was muß ich dafür machen?«

»Sie brauchen lediglich mich und meinen Freund hier zu Trevelyan Buggins' Brennerei zu führen.«

»Wieso? Da is' doch nichts mehr drin. Ich hab' doch selbs' nachgesehen.«

»Das weiß ich, aber ich möchte sie mir trotzdem gern einmal anschauen. Gestern abend haben Sie mir nämlich eine erstaunliche Geschichte erzählt, ob Sie sich nun daran erinnern oder nicht.«

»Wer? Ich?«

»Ja, Sie.« Wieso glitten sie bloß immer wieder in dieses Abbott-und-Costello-Gerede ab? »Sie sagten, Sie seien in die Brennerei gegangen und hätten einen Mann gefunden, den Sie als Bracebridge Buggins, verkleidet als Henry Wadsworth Longfellow, erkannt hätten. Und daß er tot gewesen sei.«

»Na und? Gibt ja wohl noch kein Gesetz, das es einem verbietet, 'ne Leiche zu finden, oder? Sie wollen doch wohl damit nich' sagen, daß ich ihn umgebracht hab'?«

»Keineswegs, Mr. Hudson. Ich bin Ihnen lediglich äußerst dankbar für Ihre Information. Deshalb habe ich Ihnen gestern abend auch den Zehner gegeben.«

»Dann war der Zehner also auch von Ihnen?«

»Allerdings. Was haben Sie denn gedacht, von wem Sie ihn bekommen haben?«

»Ich hab' glatt gedacht, es wär' die Zahnfee gewesen.«

»Sie sind wirklich ein Witzbold, Mr. Hudson. Ein echtes Original. Wie weit ist es von hier zur Brennerei?«

»Die liegt da hinten.«

Er wedelte genauso mit dem Arm wie in der Nacht zuvor. Shandy konnte sich nur mit Mühe beherrschen.

»Wo genau da hinten? Ist das hier der kürzeste Weg, oder wäre es günstiger, wenn wir über First Fork hinfahren würden?«

»O ja, First Fork wär' schneller. Nehmen Sie mich in Ihrem Auto mit?«

»Klar, wenn Sie möchten«, sagte Cronkite Swope. »Klettern Sie ruhig rein.«

»Aber ich wollte mich doch besaufen gehen.«

»Hier«, sagte Shandy, der diesen Widerstand bereits vorhergesehen hatte und entsprechend ausgerüstet war. »Trinken Sie das hier.«

Der Flachmann, den er mitgebracht hatte, enthielt zwar kaum mehr einen ordentlichen Drink, doch er wollte, daß Hudson gerade soviel trank, daß seine Mandeln funktionstüchtig waren, solange ihre Mission andauerte.

Wenigstens gelang es ihnen mit diesem Köder, ihn ins Auto zu locken, wo er mit lauter Stimme äußerst verwirrende Richtungsanweisungen von sich gab. Trotz dieser Hilfe gelang es ihnen schließlich, den Wagen unter üppig wuchernden immergrünen Pflanzen abzustellen und den ausgetretenen Pfad ausfindig zu machen, der zu der kleinen, verwitterten Bretterbude führte. Von der Second-Fork-Seite her führte noch ein Weg zur Hütte.

»Den hab' ich ganz allein gemacht«, berichtete Hudson mit beträchtlichem Stolz. »Jedenfalls das meiste davon.«

»Wie das? Kommen denn auch andere Personen hierher?« erkundigte sich Shandy.

»Nehm' ich doch stark an. Junge Leute, die sich 'n ruhiges Plätzchen suchen, wo sie mal endlich ungestört sein können, un' auch Jäger, die sich ausruhen und aufwärmen wollen. Wenn man hier unter'n Kessel 'n kleines Feuerchen anmacht, dauert es nur 'n paar Minuten, dann is' die Hütte warm. Dann kann man sich sogar 'n Karnickel braten, wenn man eins kriegt. Oder 'n Waldhuhn. Waldhuhn schmeckt wirklich lecker. Man könnte auch 'n Sack faule Kartoffeln herbringen un' sich was Feines zum Trinken damit brauen, wenn man Lust dazu hat.«

»Haben Sie so etwas selbst schon einmal gemacht, Mr. Hudson?«

»Nee, hab' ich nich'. Viel zuviel Arbeit.« Ohne das verrostete Vorhängeschloß zu beachten, das am Türriegel hing, zog Hudson die Schrauben aus dem morschen Holz hinter den Scharnieren und öffnete die Tür von der falschen Seite her. »Fühlen Sie sich wie zu Hause.«

Die Hütte hatte tatsächlich etwas Anheimelndes. Da der alte Buggins einen Großteil seines Lebens damit verbracht hatte, sich um seine Brennerei zu kümmern, hatte er sein zweites Zuhause auch mit einigen Bequemlichkeiten ausgestattet. So gab es beispielsweise einen alten Veranda-Schaukelstuhl mit einem durchgesessenen Sitz aus Binsengeflecht und einem schmutzigen braunen Sofakissen aus Plüsch, das in das Loch gestopft worden war. Auf dem Gesims daneben befanden sich mehrere rostige Tabakdosen, eine Pfeife, deren Stiel fast völlig durchgebissen war, ein ausgefallener Aschenbecher und ein Stapel Zeitschriften. Shandy war ein wenig erstaunt, als er unter anderem einige Ausgaben des *Collier's Weekly* entdeckte. Er konnte sich noch schwach erinnern, daß sein eigener Vater auf der Veranda vor ihrem damaligen Haus in seinem Schaukelstuhl gesessen und den *Collier's Weekly* gelesen hatte.

Doch dies war wohl kaum der geeignete Zeitpunkt, um in Kindheitserinnerungen zu schwelgen. »Wie hat denn der Körper gelegen, Mr. Hudson?« fragte er.

»Flach«, antwortete sein Hauptzeuge prompt. »Oder haben Sie schon mal 'ne Leiche aufrecht liegen sehen?«

»Eine sehr prägnante Beobachtung«, schnaubte Shandy. »Lag sie vielleicht hier?«

Er deutete auf den Boden neben dem Schaukelstuhl, ungefähr die einzige Stelle, auf der ein erwachsener Mann in voller Länge hätte liegen können. In den Ecken der Hütte befanden sich Brennholzstapel und leere Essigflaschen, und die Mitte des kleinen Raumes füllte der Kamin aus Feldsteinen mit der viereckigen Feuerstelle, auf der der große geschlossene Kessel mit der Kühlschlange aus Kupfer stand, die unter dem Deckel herausragte und über einem Plastikeimer endete, der ursprünglich ein Pflegemittel für Fußböden enthalten hatte. Shandy fragte sich, ob Buggins das Zeug wohl zur geschmacklichen Verfeinerung seines Höllengebräus benutzt hatte.

»Jawoll«, sagte Hudson gerade. »Genau da, wo Sie gerade hinzeigen, da hat er gelegen. Sein Kopf war gegen 'n Schaukelstuhl gelehnt, un' seine Füße haben zur Tür gezeigt. Er hat richtig friedlich ausgesehen, als hätt' er so viel gesoffen, daß er umkippte. Bloß daß seine Augen so gestiert ham un' sein Mund offenstand.«

Swope kritzelte wie besessen auf seinen Notizblock. »Hey, Professor, darf ich das so drucken?«

»Ich sehe nichts, was dagegen sprechen könnte. In ein paar Stunden werden wir wahrscheinlich sowieso die ganze Geschichte kennen. Vielleicht würden Sie gern noch ein . . . Aha!«

Shandy ging vorsichtig über den Bretterboden und deutete auf ein paar lange weiße Haare, die an einem Span hängengeblieben waren. »Sehen Sie das? Ich wette meinen letzten Cent, daß die von dem falschen Bart stammen, den der Tote getragen hat.«

Er begann auf den Brettern umherzukriechen, wobei sich der Stoff seiner Hose an den Knien mehr als einmal im Holz verfing. »Und da ist auch ein schwarzer Faden und da noch einer. Wenn wir jetzt hinten an dem alten Rock noch die Stellen finden, von denen sie stammen, denke ich, daß wir eindeutige Beweise dafür haben, daß der Körper hier geparkt wurde, nachdem man den Mann umgebracht hat, genau wie Hudson es auch bezeugen kann. Es ist sogar ziemlich wahrscheinlich, daß er auch hier umgebracht worden ist. Haben Sie eine kleine Stichwunde hinten an seinem Kopf gesehen, als Sie ihn bewegten, Hudson?«

»Höh? Geblutet hat er jedenfalls nich'.«

»Nein, das habe ich auch gar nicht erwartet. Es war nur ein ganz kleines Loch. Von einem Eispickel oder etwas Ähnlichem.«

»Brace hat immer gern Eis in seinen Drinks gehabt«, sagte Hudson. »Wir sind früher immer zusammen in Flackleys Kühlhäuschen geschlichen un' haben Eis rausgehackt un' hergebracht, damit er sich soviel reintun konnte, wie er wollte.«

»Ich dachte, Sie hätten gesagt, daß Sie es heiß aus dem Destillierapparat getrunken haben, mit einem Stück Schilfrohr als Strohhalm?« fragte Shandy.

»Damit hab' ich doch bloß mich un' Bain gemeint. Bain hat sich 'n Teufel drum geschert, un' bei mir war's nich' anders. Aber Brace, der war 'n richtiger Pingel! Der hat sogar vorher das Sägemehl abgewischt, bevor er sich Eis in seinen Becher getan hat. Der hat immer so 'nen kleinen Becher, den man auseinanderziehen konnte, inner Tasche mit sich rumgeschleppt.«

»Hatte er auch einen Eispickel?« fragte Shandy.

»Nöh. Hat er auch gar nich' gebraucht. War doch immer einer im Kühlhäuschen.«

»Verstehe. Wissen Sie vielleicht zufällig, ob das Kühlhäuschen noch existiert?«

»Ich denk' schon. Die Flackleys ham immer gern, daß alles so bleibt, wie's is'.«

»Aber jetzt hacken sie sicher kein Eis mehr, oder?«

Hudson zuckte mit den Achseln. »Warum auch?«

»Aber sie haben wahrscheinlich immer noch einen Eispickel in ihrem Kühlhäuschen?«

»Woher zum Teufel soll ich'n das wissen? Warum fragen Sie die Flackleys nich' einfach selbs'?«

»Glauben Sie, daß der Eispickel der Flackleys die Mordwaffe gewesen sein könnte, Professor?« erkundigte sich Swope.

»Ich glaube gar nichts, bis ich nicht absolut sicher bin, ob die Flackleys überhaupt noch einen Eispickel besitzen«, antwortete Shandy etwas gereizt. »Falls Sie sich nützlich machen wollen, Swope, warum knipsen Sie dann nicht einfach ein paar Fotos von mir, wie ich diese Fäden hier als Beweismaterial vom Boden aufhebe? Nicht für die Zeitung, nur für die Beweisaufnahme.«

»Ich könnte doch eins für Sie und eins für die Zeitung aufnehmen.«

»In Ordnung, aber beeilen Sie sich bitte. Wir sind nämlich noch nicht fertig.«

»Wieso? Was müssen wir denn sonst noch machen?«

»Unter anderem müssen wir noch den Mörder fangen. Mr. Hudson, Sie haben uns sehr geholfen. Hier haben Sie Ihren Zehner und noch einen dazu. Swope wird Sie jetzt zum ›Dirty Duck‹ zurückbringen, und ich wäre Ihnen sehr verbunden, wenn Sie mit keinem Menschen über das, was hier passiert ist, sprechen würden.«

»Huh. Is' sowieso niemand da, mit dem man reden könnte, jedenfalls so früh noch nich', bloß die dicke alte Schlampe Margery, die anner Bar arbeitet, bis Jack kommt, un' die kann mich nich' leiden. Die sagt immer, ich würd' dem Ruf vom ›Dirty Duck‹ schaden, wenn ich da bin.«

»Ein Kunststück, das wohl nur sehr wenige Menschen fertigbringen«, sagte Shandy höflich. »Leben Sie wohl, Mr. Hudson. Swope, nehmen Sie bitte Ihren Presseausweis von Ihrer Windschutzscheibe. Lassen Sie Ihren Wagen am ›Dirty Duck‹ stehen, und kommen Sie zu Fuß durch den Wald zurück, wenn Sie sich zutrauen, den Weg zu finden, ohne sich zu verlaufen. Ich gehe jetzt zum Buggins-Haus. Falls Sie einen Wagen in der Auffahrt stehen sehen oder einen anderen Hinweis darauf, daß jemand da ist, versuchen Sie bitte nicht, ins Haus zu kommen. Lassen Sie sich nicht blicken, und passen Sie auf, daß Sie keine Fußabdrücke im frischen Schnee hinterlassen«, fügte er noch hinzu, in Erinnerung an die verräterischen Fährten des Truthahn-Pie-Diebs. Wenn Cronkite Swope jetzt in die falschen Hände geriet, würde er sicher nicht mit heiler Haut davonkommen.

»Schon verstanden, Professor«, antwortete Swope. »Kommen Sie, Mr. Hudson.«

Shandy verabschiedete sich und marschierte schnurstracks zum Haus, in der Hoffnung, noch nicht allzuviel Zeit vertan zu haben. Er ging davon aus, daß Miss Mink zuerst zum Friedhof und dann mit dem Rest der Familie zum Haus ihres Neffen gegangen war, doch er traute dem alten Drachen durchaus zu, Kopfschmerzen oder irgendein Zipperlein vorzutäuschen und darauf zu bestehen, nach Hause zurückgebracht zu werden, um nur ja auf dem Stückchen Land, das sie für das ihre hielt, die Stellung zu halten.

Nein, Gott sei Dank, sie war noch nicht da. Es war überhaupt niemand da, in der Auffahrt stand kein Wagen, nirgendwo ein Lebenszeichen. Trotzdem war die Tür überraschenderweise nicht abgeschlossen. Shandy hatte damit gerechnet, einbrechen zu müssen, da er vermutete, daß Miss Mink alle Luken dicht gemacht hatte, bevor sie zur Beerdigung gegangen war. Vielleicht war sie aber auch so sehr von ihrer Trauer überwältigt gewesen, daß ihr alles gleichgültig gewesen war, wovon man ihr in der Kirche allerdings nichts angemerkt hatte. Vielleicht war aber derjenige, der sie abgeholt hatte, auch nur in Eile gewesen und hatte sie so nervös gemacht, daß sie es völlig vergessen hatte.

Jedenfalls erleichterte ihm die offene Tür sein Vorhaben ungemein. Shandy tastete sich Schritt für Schritt vorwärts, ging sogar auf Nummer Sicher, indem er nachprüfte, ob sich auch niemand hinter den zugezogenen Vorhängen versteckte, und begab sich dann auf dem schnellsten Weg nach oben.

Zunächst suchte er Trevelyans Höhle auf. Hier fand er genau das, was er erwartet hatte: zwei schlecht gepolsterte Sessel, auf deren Lehnen grellbunte Steppdecken mit Dacronfüllung lagen, ein betagtes Fernsehgerät, zahlreiche Zeitschriften und die gesammelten Werke von Corydon Buggins, in weiches Wildleder gebunden, mit der Widmung »Für meinen geliebten Neffen Knightsbridge Buggins zu seinem 18. Geburtstag«.

Das mußte Trevelyans Vater gewesen sein, der Sohn eben jenes Ichabod, der die Familientradition begründet hatte, es zu nichts zu bringen. Shandy nahm das Buch in die Hand. Es öffnete sich ganz von selbst genau auf der Seite, auf der das schreckliche Ende von Augustus Buggins beschrieben war, allerdings noch ergänzt durch die düstere Radierung einer finster dreinblickenden Stute und einer treibenden Wasserleiche. Er fragte sich, wie sehr Knightsbridge es wohl genossen hatte, im Kreise seiner Familie das grausame Hinscheiden seines Vetters aus dem erfolgreichen Zweig der Familie vorzulesen, und ob Trevelyan seine Begeisterung geteilt hatte.

Shandy legte das Buch wieder dorthin zurück, wo er es gefunden hatte, und nahm einen Pappkarton vom Regal, um darin nach möglichen Enthüllungen über die Klageandrohung zu suchen. Trevelyan hatte tatsächlich einen eigenen Schnellhefter mit der eindrucksvollen Aufschrift »Dokumente bezüglich des Rechtsstreits der Familie Ichabod Buggins gegen das Balaclava Agricultural College in der Streitsache Oozaks Teich«, doch es befand sich darin weiter nichts als ein Durchschlag des Briefes, dessen Erhalt Präsident Svenson so erzürnt hatte. Shandy kramte noch ein wenig herum, sah sich die Schlafzimmer an, konnte jedoch nichts von Interesse finden und begab sich daher nach oben auf den Speicher.

Die Buggins waren wirklich große Sammler, daran bestand kein Zweifel. Hier oben lagerten genügend Ausgaben von *Life, Look* und *Liberty Magazine,* daß man damit einen ganzen Zeitungskiosk der dreißiger Jahre hätte bestücken können. Hier gab es Geschenkkartons ohne Geschenke, Pralinenschachteln ohne Pralinen, leere Tüten, leere Körbe, leere Relikte eines leeren Lebens. Und genügend Kleidungsstücke, um damit eine Mottenfarm aufzumachen, selbstverständlich ohne Motten. Bei allen hatte man die Taschen sorgfältig mit Mottenkugeln gefüllt und sie in ehemals weiße Laken oder Tüten aus der Reinigung gehüllt. Shandy hatte ganz vergessen, daß diese Tüten früher immer aus glänzendem Papier bestanden hatten. Sie waren inzwischen jedoch verstaubt, vergilbt und im Laufe der vielen Jahre brüchig geworden. Nur eine davon war erst vor kurzem aufgerissen worden.

Shandy bewegte sich auf leisen Sohlen über den schmutzigen Bretterboden und riß die Tüte noch ein wenig weiter auf. Hier fand er endlich den Beweis, nach dem er die ganze Zeit gesucht hatte. Jetzt wußte er, woher der alte Anzug gekommen und warum er aus seiner Papierhülle verschwunden war. Und jetzt kannte er sogar den Namen des Mannes, den er aus Oozaks Teich gefischt hatte.

Kapitel 20

Verdammt noch mal, wo blieb denn Swope bloß so lange? Shandy wollte von seinem neuesten Fund unbedingt ein Foto, auf dem genau zu sehen war, wo er gehangen hatte. Und was hatte das leise Geräusch zu bedeuten, das von unten im Haus zu ihm hochdrang? Es klang ganz so, als versuchte jemand vorsichtig ein Fenster zu öffnen.

Shandy erinnerte sich, daß unmittelbar neben dem Fenster von Trevelyans Höhle ein Baum stand, der unbedingt gestutzt werden mußte. Ein Ast streifte sogar die Hauswand. Er bewegte sich so leise wie möglich, achtete sorgfältig darauf, daß er auf kein Brett trat, das aussah, als könnte es knarren, kletterte die ausgetretene Speichertreppe hinunter und schlich durch den Flur. Dank einer Grille des Schreiners öffnete sich die Höhlentür nach außen statt nach innen, so daß man vom Fenster aus nicht gesehen werden konnte. Shandy spähte durch die Türritze und sah eine leuchtend grüne neue Gummisohle, der alsbald der restliche Maine-Jagdstiefel durch das Fenster folgte.

Blitzschnell sprang er ins Zimmer. »Swope, warum in Dreiteufelsnamen kommen Sie denn nicht zur Tür herein?«

Der junge Zeitungsreporter grinste. »Fenster sind sozusagen eine Marotte von mir. Was glauben Sie wohl, wie ich heute morgen meiner Mutter entwischt bin? Ich habe mir gedacht, daß Mr. Buggins bestimmt nie die Zeit gefunden hat, oben im Haus Schlösser anzubringen. Was ist denn passiert, Professor?«

»Kommen Sie.«

Shandy scheuchte ihn nach oben auf den Speicher, riß das, was von der Reinigungstüte übriggeblieben war, herunter und sagte: »Abdrücken, Swope.«

»Klar, wie Sie wünschen. Aber es ist doch nur eine ...«

»Pst!«

Unten im Haus tat sich offenbar etwas. Zuerst war nur ein Knarren zu hören, gefolgt von einem weiteren Knarren, dann ertönte eine ganze Reihe von Knarren in gleichbleibendem Rhythmus. Kurz darauf stieg Pfeifenduft den Treppenschacht hoch.

Heiliges Kanonenrohr, dachte Shandy, war Trevelyan Buggins etwa von seinem eigenen Begräbnis heimgekehrt, die desinfizierte Pfeife in seiner wächsernen Hand, und genehmigte sich noch ein letztes Pfeifchen, um sich alsdann zum letzten, ewigen Schlaf neben seine Gattin zu betten? Doch so ganz konnte Shandy dies nicht glauben. Er erinnerte sich wieder an seinen zweiten Besuch bei Minerva Mink. Auch an jenem Abend hatte er Pfeifenduft gerochen, und der alte Buggins war zu diesem Zeitpunkt bereits tot gewesen. War es möglich, daß die nicht mehr ganz junge Haushälterin einen Freund hatte?

»Ich gehe jetzt nach unten«, flüsterte Shandy kaum hörbar. »Sie bleiben hier und bewachen das Beweismaterial. Falls jemand hochkommt, verpassen Sie ihm eins. Und niesen Sie um Gottes willen nicht!«

Swope preßte bereits verzweifelt einen Finger gegen seine Oberlippe. Wahrscheinlich reizte der Staub seine angegriffenen Atemwege. Er nickte wie ein gehorsamer Soldat, und Shandy entfernte sich.

Die Stufen wären ziemlich riskant gewesen, doch Shandy hatte Glück. Genau in diesem Moment fuhr nämlich ein Auto auf den Hof, und er hörte Minerva Mink zu jemandem sagen, daß er oder sie nicht mit ins Haus zu kommen brauche, da sie dringend ein wenig Ruhe nötig hatte. Er legte sich mit dem Bauch auf das ehemals lackierte Treppengeländer, betete, daß es nicht so instabil sein möge, wie es aussah, und glitt lautlos nach unten. Als Miss Mink die Küche erreichte, befand er sich bereits in dem tristen kleinen Wohnzimmer und spähte durch das Schlüsselloch.

Sie zog sich gerade den Mantel aus und sagte: »Puh! Bin ich froh, daß es endlich vorbei ist!«

»Da haben wir die beiden ja gut deponiert, was?« Die andere Stimme gehörte Flo, genau wie Shandy erwartet hatte.

»Du hast ja wirklich eine nette Art zu reden, das muß man schon sagen.« Die Worte mochten zwar tadelnd sein, Miss Minks Stimme klang jedoch durchaus freundlich. Shandy nickte. Sein Instinkt hatte ihn also nicht getrogen. »Was trinkst du denn da?« fragte sie jetzt.

»Was soll man denn hier schon groß trinken? Ein Toast auf den Alten. Soll er auf ewig in seinem eigenen Saft schmoren!«

Doch das fand Miss Mink nun ganz und gar nicht lustig. »Paß bloß auf, daß du nicht die falsche Flasche erwischst!«

»Keine Panik, Liebchen. Du hast das Gift doch bloß in die offene Flasche geschüttet, oder nicht?«

»Ich habe haargenau das getan, was du gesagt hast. Ich hatte ja keine Ahnung, was für ein Zeug das war. Du brauchst mich also nicht zu behandeln, als wäre ich eine Mörderin.«

»Genau das bist du aber, liebste Minerva.«

»Und was bist du? Wenigstens habe ich keinen rostigen alten Eispickel genommen und damit ...«

»Also wirklich, Minnie, jetzt mach aber mal halblang. Schließlich sind wir Partner. Hast du das vergessen?«

»Und ich bekomme den gleichen Anteil wie du. Ich hoffe, das hast du nicht vergessen.«

»Na klar kriegst du den, Süße. Nun komm schon, entspann dich. Trink doch auch was.«

»Herzlichen Dank. Ich trinke höchstens aus dem Glas, aus dem du gerade getrunken hast. Du kannst dir doch ein neues Glas holen.«

»Bravo, Min! Schlau wie ein Fuchs, und verdammt viel hübscher noch dazu. Als ich dich das erste Mal gesehen habe, wußte ich sofort, daß du die Frau meines Lebens bist.«

»Zu wie vielen anderen hast du das wohl schon gesagt? Und wann hörst du endlich damit auf, diese lächerlichen Kleider zu tragen?«

»In ungefähr einer halben Stunde. Bin nur eben vorbeigekommen, um mich zu verabschieden. Mike hat nämlich mit mir Schluß gemacht, weil er ein Verhältnis mit jemandem vom Wachpersonal angefangen hat, und ich gehe jetzt und bringe mich um. Oder vielleicht entschwinde ich auch nur langsam mit gebrochenem Herzen im Sonnenuntergang. Ich habe mich noch nicht endgültig entschieden. Für einen Selbstmord bräuchte ich natürlich eine weibliche Leiche, die ungefähr ein Meter achtundsiebzig groß ist und falsche Zähne hat, und das könnte schwierig werden.«

»Ich wüßte, wo du eine herbekommen könntest, und es ist außerdem ganz in der Nähe.«

»Also Minnie, das finde ich jetzt aber gar nicht nett von dir. Sie sind doch ganz nützlich gewesen, und vielleicht brauchen wir sie ja auch noch. Außerdem hat sie keine falschen Zähne.«

»Warum sollte dich das abhalten? Du könntest sie doch einfach rausreißen, genau wie du es bei ...«

»Wir hatten doch abgemacht, daß wir darüber nicht mehr sprechen wollten, oder?«

Flo erhob sich von ihrem Schaukelstuhl und holte sich einen neuen Drink. Durch das Schlüsselloch konnte Shandy beobachten, wie Miss Minks Komplizin hinüber zum Küchenschrank ging. Endlich konnte er jetzt auch ihre Hände sehen, die bisher immer in Handschuhen verborgen gewesen waren, und auch ihr Gesicht, das diesmal nicht von einer Perücke umgeben war. Ohne den wilden roten Haarschopf, der vorher die Augen fast völlig verdeckt hatte, konnte Shandy sogar die Augenfarbe erkennen, ein merkwürdig trübes dunkles Grau, das an Schiefer erinnerte.

»Auf uns beide, Min.« Flo war betrunken genug, um euphorisch zu sein. »Drei rausgeworfen und keiner mehr im Weg, es sei denn Sephy und dieser tapfere Zinnsoldat, mit dem sie verheiratet ist, machen uns noch Schwierigkeiten. Wie geht es denn unserer lieben kleinen Gracie?«

»Sie ist natürlich völlig fertig mit den Nerven.«

»Freut mich zu hören. Arrogantes kleines Miststück.«

»Klein ist sie jetzt wirklich nicht mehr. Sie ist genauso groß wie ... Willst du nicht wissen, wie die Beerdigung war?«

»Nein, erzähl mir lieber mehr von Gracie. Ist sie genauso groß wie ich?«

»Nein, viel kleiner.« Miss Mink klang ängstlich. »Und sie ist auch viel zierlicher.«

»Wie schade. Also gut, wer war sonst noch auf der Beerdigung?«

»Sämtliche Bauerntrottel aus der Gegend, wie zu erwarten war. Deine Freundin hat sogar ihren besoffenen alten Onkel mitgebracht.«

»Hesp Hudson? Mach keine Witze! Wie hat er sich denn benommen?«

»Relativ nüchtern zur Abwechslung. Allerdings hat er die Kirchenlieder so laut herausgebrüllt, daß man ihn in der ganzen Kirche hören konnte. Ich hatte schon Angst, mir würde das Trommelfell platzen.«

»Hesp Hudson singt Kirchenlieder? Das ist ja irre!«

Flo konnte sich vor Lachen kaum noch einkriegen und fiel dabei fast vom Schaukelstuhl. Shandy wünschte, daß sein Schlüsselloch strategisch etwas günstiger plaziert wäre, und sprang auch schon wie ein angeschossenes Kaninchen nach hinten, denn Flo war aufgestanden und gerade im Begriff, in das kleine Wohnzimmer zu kommen, in dem er sich befand.

»Komm mit, Min, laß uns doch auch ein paar Kirchenlieder zusammen singen. Du kannst doch Harmonium spielen, oder?«

»Du willst dich doch nur darüber lustig machen.«

»Teufel auch, von wegen lustig machen! Denk nur mal daran, wie ehrenhaft wir klingen werden, wenn die Nachbarn uns gleich ihre blöden Kuchen vorbeibringen. Diese dämlichen Spießer, wo bleiben sie eigentlich so lange?«

»Wenn du Kuchen haben möchtest, hier ist ein schöner, den Mrs. Flackley gebracht hat.«

»Nein, ich möchte bestimmt kein Stück von dem schönen Kuchen, den die liebe, nette Mrs. Flackley gebracht hat«, antwortete Flo mit piepsiger, affektierter Stimme. »So, dann wollen wir doch mal beide noch ein kleines Schlückchen von diesem leckeren Getränk zu uns nehmen, um uns die Kehle ein bißchen zu ölen, wie man bei uns in Liverpool immer zu sagen pflegt. Also, los geht's!«

Gott sei Dank gab es in der Stube noch eine weitere Tür. Shandy eilte hinaus ins Treppenhaus und bemühte sich, wie eine Standuhr auszusehen, als Minerva Mink kurz darauf in die Pedale trat und mit beiden Händen in die Tasten griff. In alten Häusern blieben Türen nie lange offen, wenn man nicht gerade einen Ziegelstein davorlegte, daher gelang es ihm ohne viel Mühe, sich vor dem Gesangsduo in Sicherheit zu bringen.

»Mitten im Leben sind wir vom Durst umfangen. Wer ist's, der uns Hilfe bringt, daß wir Schnaps erlangen?« Flos Darbietung des alten Liedes konnte nicht gerade als schicklich bezeichnet werden, doch Trevelyans letzte Lage war offenbar ein äußerst wirkungsvolles Schmiermittel für die Bronchien. Auch Miss Mink war offenbar inzwischen ganz schön angeheitert. Sie zog die lauten Register und pumpte auf Teufel komm raus. Bei dem Höllenlärm, den die beiden veranstalteten, wagte Shandy sogar schließlich, nach dem Telefon zu greifen, aus seinem Mantel ein Zelt zu machen, um die Lautstärke zu dämpfen, und zu wählen. Dazu mußte er allerdings in die Hocke gehen, sich den Apparat zwischen die Knie klemmen, den Hörer zwischen Kinn und Schulter balancieren, was reichlich unbequem war, und seine winzige Taschenlampe auf höchst merkwürdige Art und Weise mit fast allen Fingern der rechten Hand umklammern, während der Zeigefinger freiblieb, damit er wählen konnte. Die andere Hand brauchte er, um den Mantel zu halten, doch er ließ sich nicht beirren und schaffte es schließlich. Er hatte sogar die richtige Nummer gewählt.

»Ottermole«, flüsterte er, »ich bin hier im Buggins-Haus in First Fork. Kommen Sie bitte, so schnell Sie können, her. Bringen Sie Porble mit. Benutzen Sie seinen Wagen, auf Ihren Klapperkasten können Sie sich sowieso nicht verlassen. Sie ist auch da? Gut. Soll auch mitkommen.«

Die beiden Sänger auf der anderen Seite der Tür brüllten immer noch, was die Lungen hergaben. Daher riskierte Shandy, jetzt, wo er den Dreh einmal heraushatte, noch einen weiteren Anruf. Danach wartete er ein wenig, halb erstickt in Melton-Wollstoff, und wagte schließlich einen dritten Anruf. Dann stellte er das Telefon wieder zurück und wartete weiter.

Mariette Woozle, die er als letzte angerufen hatte, traf als erste ein. Trotzdem hatte sie länger gebraucht, als man bei einer so kurzen Strecke eigentlich erwarten sollte. Shandy hatte ganz richtig vermutet, daß sie nach der Beerdigung nicht mehr zum Verlag, sondern nach Hause gegangen war. Jetzt schloß er aus der Verzögerung, daß sie dort in etwas Bequemeres geschlüpft war, da sie wohl eher damit gerechnet hatte, einen Besucher zu empfangen, als selbst jemandem einen Besuch abzustatten, und sich daher nochmals hatte umziehen müssen. Sie war herausgeputzt wie ein Feuerwerkskörper und verhielt sich auch dementsprechend.

»Was zum Teufel ist denn hier los?« brüllte sie, als sie die Tür aufriß, wobei sie offenbar, wenn Shandy das Geräusch richtig deutete, die Klinke durch die Wand bohrte. »Man kann euch auf der ganzen Straße hören. Stecht ihr gerade ein Wildschwein ab, oder was?«

»Oh, hallo, liebste Marietta!« Das war die Person, die sich Flo nannte. »Was machst du denn hier? Ich dachte, wir hätten etwas ganz anderes abgemacht?«

»Das habe ich auch gedacht, du Miststück.«

»Na, na, Süße, reg dich doch nicht so auf. Minerva und ich haben nur eben eine kleine Privatfeier abgehalten, da ich ja kaum in aller Öffentlichkeit trauern konnte. Nimm dir doch einen Stuhl, und mach dir was zu trinken.«

»Nicht mit mir, Lover. Ich kenne die Art von Drink, die ihr beide mixt. Hör mir mal gut zu, du widerlicher Typ ...«

Mariettas Dezibelpegel stieg stetig an. Miss Mink versuchte zwar, Anstoß zu nehmen, schien dabei jedoch gewisse Schwierigkeiten mit ihren Zischlauten zu haben.

»Darf ich Sie daran erinnern, daß Sie sich in einem Trauerhaus befinden?«

»Aber sicher dürfen Sie das. Beim nächsten Mal würde ich es aber an Ihrer Stelle mal mit dem Gebiß im Mund probieren.«

»Siehst du, was habe ich dir gesagt?« verlangte Miss Mink von ihrem Mitsänger zu wissen.

»Ja, was hat sie dir denn wohl gesagt?« schrie Marietta. »Ich kann dir genau sagen, was sie dir gesagt hat. Sie hat dir gesagt, du sollst mich abmurksen, oder etwa nicht? Ihr zwei habt einen vorgetäuschten Selbstmord geplant, und ich soll dabei die Leiche abgeben. Du wolltest mir alle Zähne ausreißen, damit man mich nicht mehr identifizieren kann, genau wie du es bei ...«

»Schnauze!« Shandy konnte hören, wie Marietta geohrfeigt wurde. »Wo hast du das denn schon wieder her?«

»Wenn du noch einmal wagst, mich zu schlagen, Mistkerl, wird es das Letzte sein, was du in deinem Leben tust. Wo ich das her habe, geht dich überhaupt nichts an. Schließlich ist es ja wahr, oder etwa nicht?«

»Natürlich ist es nicht wahr! Wer hat dir so was erzählt?«

»Das ist meine Sache.«

»Wenn hier jemand Lügen über mich verbreitet, will ich auch wissen, wer es ist. Außerdem ist es erst ...«

»Ein paar Minuten her, daß ihr darüber gesprochen habt. Ich weiß.«

»Dann hast du dich also ins Haus geschlichen und gelauscht, was? Das ist ja ein tolles Ding.« Flos Stimme wurde zu einem leisen Schmeicheln. »Schätzchen, vertraust du mir etwa nicht mehr?«

»Aber natürlich. Wie 'ne Klapperschlange 'ner Kobra. Du gibst also zu, daß du es gesagt hast.«

»Ich gebe überhaupt nichts zu. Schau mal, Baby, du kennst doch den Plan. Ich muß diese Flo-Rolle wieder loswerden, und zwar so, daß sich diese verdammten Nachbarn nicht überall ihre verfluchten Mäuler darüber zerreißen, was mit mir passiert ist. Erst dann kann ich in meiner wahren Identität zurückkommen.«

»Wer zum Teufel das auch sein mag.«

»Gott, bist du süß. Genau das liebe ich so an dir, Baby. Jedenfalls haben Min und ich hier ein bißchen herumgealbert, als wir überlegt haben, wie ich mich am besten von hier verabschieden kann, und ich habe dann den blöden Witz mit dem vorgetäuschten Selbstmord und der Ersatzleiche gemacht, die ich statt dessen zurücklasse.«

»Und diese Ersatzleiche soll ich wohl spielen. Vielen herzlichen Dank.«

»Also jetzt hör aber mal, dein Name ist überhaupt nicht gefallen. Minerva hat bloß gesagt, daß es jemanden gibt, der von der Größe her passen würde, das ist alles. Vielleicht ist sie ja ein klitzekleines bißchen eifersüchtig oder so.«

»Diese alte Vogelscheuche? Mein Gott, sag bloß, der hast du's auch besorgt!«

»Wenn du glaubst, ich bliebe mit dieser Schlampe hier im selben Zimmer«, begann Miss Mink zu kreischen.

»Moment mal! Moment mal!« brüllte die Person, die sich Flo nannte. »Wir sitzen doch schließlich alle im selben Boot, oder? Was hackt ihr also beide auf mir rum? Ich habe euch doch versprochen, dafür zu sorgen, daß ihr beide euren Anteil bekommt! Ich habe euch versprochen, daß ich euch decke, egal, was ihr auch macht. Okay, Minverva hat den beiden alten Leutchen das Tetra in den Schlummertrunk geschüttet ...«

»Aber ich habe doch nicht gewußt, daß sie daran sterben würden! Ich habe doch bloß getan, was du mir gesagt hast!«

»Na klar hast du das, Süße. Aber das wird dir kein Geschworenengericht der Welt abkaufen. Schau mal, du hast uns allen einen großen Gefallen getan. Marietta weiß das genauso sehr zu schätzen wie ich auch. Nicht wahr, Marietta, Baby? Genau wie du ein bißchen heftig mit dem Eispickel zugeschlagen hast draußen in der Brennerei.«

»Jetzt reicht es mir aber, du miese Ratte! Okay, Lover, dann hör mir mal genau zu. Ich habe den Eispickel aus dem Kühlhäuschen in Forgery Point geholt, in derselben Nacht, als ich auch das Tetra aus dem Schuppen geholt habe, genau wie verabredet. Aber ich habe dabei Handschuhe getragen, was wir nicht vorher vereinbart hatten, weil du gehofft hast, daß ich nicht von selbst daraufkommen würde. Und ich habe dir den Eispickel so gegeben, daß ich ihn an der Spitze festgehalten habe, und du hast ihn dann mit der bloßen Hand am Griff genommen, weil du nämlich lange nicht so gottverdammt clever bist, wie du immer glaubst. Und nachdem du ihm das Ding in den Schädel gerammt und es wieder herausgezogen und hinter der Brennerei weggeworfen hast, bin ich hingegangen und habe es zurückgeholt.«

»Verdammter Mist! Wann?«

»Als du zurück ins Haus gegangen bist, um den Anzug zu holen, da habe ich es gemacht! Und ich habe den Eispickel ganz vorsichtig aufgehoben, in Papiertücher gewickelt und in meiner Tasche versteckt, weil ich 'ne Menge von Lebensversicherungen halte, genau deshalb, mein Lieber. Und dann habe ich ihn versteckt, mit deinen Fingerabdrücken dran, und zwar an einer Stelle, die du auch in 'ner Million Jahre nicht finden würdest. Aber die Polizei wird sie finden, dafür habe ich schon gesorgt. Also hör bloß auf mit diesem Scheiß von wegen heftig zugeschlagen, Freundchen.«

»Menschenskind, Marietta ...«

»Außerdem habe ich auch noch gesehen, wo du die Zange hingeworfen hast, mit der du ihm die Zähne rausgerissen hast. Und wo du die Zähne hingeworfen hast, weiß ich auch. Ich habe genau gesehen, wo sie hingefallen sind, weil ich ein fotografisches Gedächtnis habe, und ich vergesse nie etwas, wie du ja verdammt gut weißt.«

»Marietta! Du würdest mich doch nicht etwa ...«

»Der Polizei ausliefern? Mach dir bloß nichts vor, Lover. Wenn du noch mal versuchen solltest, mir krumm zu kommen, bist du erledigt. So, und jetzt wollen wir zur Abwechslung mal vernünftig miteinander reden.«

»Ja, das finde ich auch«, sagte Miss Mink zaghaft.

Marietta gab jetzt den Ton an. »Es ist doch total egal, wer hier was getan hat. Wir haben alle drei verdammt viel in die Sache investiert, und wir werden sie auch weiter durchziehen. Bis jetzt kann uns keiner was am Zeug flicken. Okay, ich habe einiges riskiert, als ich denen weisgemacht habe, ich hätte Porbles Wagen gesehen, aber das hat doch schließlich hingehauen, oder nicht? Schließlich sitzt er ja jetzt im Knast, oder?«

»Nur in der Arrestzelle«, korrigierte Miss Mink.

»Keine Sorge, das kriegen wir schon hin. Die können uns gar nichts wollen. Wir müssen nur damit aufhören, uns gegenseitig an die Hälse zu gehen, und genauso weitermachen wie geplant. Ich gehe jetzt wieder nach Hause und vergesse den anonymen Telefonanruf. Flo, du fährst jetzt runter zum Laden und klagst denen dein Leid, weil Mike dir den Laufpaß gegeben hat. Zieh ruhig 'ne richtige Schau ab. Kauf dir 'ne Schachtel Mäusegift oder so was.«

»Vielen Dank, Süße.«

»Keine Ursache, Lover. Und dann kommst du heulend zu mir gelaufen, wenn Zack schon zu Hause ist, und ich fahre dich zum Busbahnhof mit deinen eigenen Sachen im Koffer.«

»Und wie komme ich wieder zurück?«

»Ruf irgendeinen von der Familie an, Blödmann. Leg 'ne Riesenszene hin, weil du dich so freust, sie endlich wiederzusehen, und dann sagst du, du wolltest ihnen auf keinen Fall irgendwelche Ungelegenheiten bereiten, und da Minerva allein hier wohnt, würdest du ihr 'nen großen Gefallen tun, wenn du hier bei ihr bleiben würdest. Und Sie, Min, legen sich ins Bett und spielen die arme Kranke. Das können Sie bestimmt hervorragend.«

»Moment mal«, sagte Flo, »und was ist mit diesem anonymen Anruf?«

»Und was ist,wenn Professor Shandy wieder herkommt und herumschnüffelt?« jammerte Miss Mink. »Ich traue ihm nicht über den Weg.«

»Den könnt ihr vergessen. Der sitzt wahrscheinlich oben in seinem College und kaut an seinen Fingernägeln, weil ihm nicht einfällt, was er als nächstes tun soll.«

Ein gutes Stichwort. Shandy öffnete die Wohnzimmertür und trat in den Raum. »Eh, falsch geraten. Ich bin nämlich bereits hier.«

Er erhob seine Stimme. »Kommen Sie herunter, Swope, Sie können jetzt schießen!«

Kapitel 21

Nicht schießen!« Die Person, die sich Flo nannte, riß die Arme hoch.

Marietta Woozle sah sie verächtlich an. »Ein wahrer Held! Gott im Himmel, da macht ja sogar Zack noch 'ne bessere Figur!«

Cronkite Swope stürmte die Treppe herunter. »Wen soll ich aufs Korn nehmen, Professor?«

»Alle drei, sobald sie auch nur mit der Wimper zucken«, sagte Shandy grimmig. »Also, kraft der mir durch Polizeichef Ottermole und die Balaclava Junction Police Force erteilten Befugnis verhafte ich Sie alle drei wegen gemeinschaftlich ausgeführten Mordes. Es wird noch weitere Anklagepunkte geben, unter anderem Betrugsversuch mit der Absicht, das Balaclava Agricultural College um eine unbekannte Geldsumme zu prellen, aber ich glaube nicht, daß es nötig ist, die Einzelheiten schon jetzt zu untersuchen. Deputy Swope, würden Sie den dreien bitte ihre Rechte vorlesen? Ich habe meine Brille vergessen.«

»Das ist rechtswidrig«, rief Minerva Mink. »Sie hatten nicht das Recht, sich hinter meinem Rücken hier hereinzuschleichen.«

»Wenn Sie es genau wissen wollen, ich habe das Haus betreten, als Sie noch bei Ihrem Neffen waren«, klärte Shandy sie auf. »Und wir hatten dazu jedes Recht. Ich habe nämlich hier irgendwo auch noch einen Durchsuchungsbefehl.«

»Aber es gab nichts, wonach Sie hätten suchen können.« Sie war anscheinend nicht kleinzukriegen.

»Doch, das gab es sehr wohl. Wir haben nach etwas ganz Bestimmtem gesucht und es auch gefunden. Das Spiel ist aus, um es einmal ganz prosaisch auszudrücken. Alles ist aufgeflogen, und Sie sind auf dem Weg ins Kittchen. Mrs. Woozle, da Sie vor kurzem noch Ihr Interesse bekundet haben, als Zeugin aufzutreten, denke ich, daß jetzt der Zeitpunkt gekommen ist, sich ernsthaft mit dieser Möglichkeit zu befassen.«

»Hey, Professor, da ist auch schon Polizeichef Ottermole«, rief Swope.

»Gut«, sagte Shandy. »Dann habe ich mich doch nicht getäuscht, eben kam es mir nämlich so vor, als ob draußen ein paar Autos die Straße hochkämen. Ehrlich gesagt, war das auch der Grund, daß ich dieses interessante Gespräch unterbrochen habe. Ich dachte mir, es würde uns allen eine Menge Ärger und Aufregung ersparen, wenn wir unsere Verstärkung sofort mit vollendeten Tatsachen konfrontieren könnten. Am besten, Sie beeilen sich, Swope, und lesen ihnen ihre Rechte vor.«

»Aber sicher doch, Professor.« Cronkite Swope las im Eiltempo den Inhalt des Vordrucks herunter, den Ottermole ihnen mitgegeben hatte, ohne auch nur ein einziges Komma auszulassen. »Kann ich jetzt abdrücken?«

»Können Sie.«

»Aber wir haben uns doch bereits ergeben!« Marietta schrie, als das Blitzlicht aufleuchtete.

»Tut mir leid«, entschuldigte sich Swope. »Ich fürchte, ich habe Sie mit offenem Mund erwischt. Möchten Sie, daß ich noch eins schieße?«

»Herrgott, ein Fotograf«, jammerte sie. »Hören Sie, wenn ich sowieso bereit bin auszupacken, muß ich doch nicht auch noch fotografiert werden, oder?«

»Ich werde ebenfalls auspacken«, bot Miss Mink mit fester Stimme an.

»Wie Sie sehen, Mr. Buggins, verlassen die Ratten das sinkende Schiff«, sagte Shandy. »Hallo, Ottermole. Hier haben Sie Ihre Mörder. Darf ich vorstellen, von links nach rechts: Mrs. Marietta Woozle, Miss Minerva Mink und Mr. Bracebridge Buggins.«

»Bracebridge?« rief eine Stimme aus dem Hintergrund. Inzwischen hatten sich ziemlich viele Menschen ins Haus gezwängt. »Sind Sie sicher, daß es nicht doch Bain ist, Professor?«

»Oh, hallo, Goulson. Sie hatte ich hier gar nicht erwartet.«

»Ich kam zufällig gerade vorbei, als Fred und die anderen sich auf den Weg machten. Sie haben gesagt, ich sollte ruhig mitkommen. Haben Sie den lieben Verstorbenen vielleicht auch schon identifiziert?«

»Darauf komme ich gleich noch zu sprechen, Goulson. Wo ist meine Frau?«

»Hier bei mir.« Präsident Svenson drängte sich mit Helen im Schlepptau durch die Menge. »Alle drei?«

»Ich nicht!« kreischte Marietta. »Min war es, die den Tetrachlorkohlenstoff in die Essigflasche geschüttet hat!«

»Aber ich habe nicht gewußt, daß sie daran sterben würden«, protestierte Miss Mink. »Ich habe es bloß getan, weil er es gesagt hat.«

»Und sein Ziel bestand darin, nehme ich an«, sagte Shandy, »die Zahl der Personen, die von dem Rechtsstreit, den Mr. Buggins so sicher zu gewinnen glaubte, profitieren würden, möglichst klein zu halten. Seine Eltern wurden zweifellos als erste aus dem Weg geräumt, weil er sie am leichtesten loswerden konnte.«

»Moment mal, Professor«, protestierte Ottermole. »Der Mann im Teich war doch das erste Opfer. Wenn dieser Kerl hier Bracebridge ist . . .«

»Ist er. Sehen Sie, Goulson, da ist auch die dreieckige Narbe unter seinem Kinn, nach der Sie und ich gestern abend bei der Leiche so lange vergeblich gesucht haben. Zu Ihrer Information, Ottermole, Hesperus Hudson hat ausgesagt, daß er Bracebridge diese Narbe vor vielen Jahren selbst beigebracht hat, und zwar mit einem Schlagring aus Messing, der vorher Bainbridge gehörte.«

»Dann war Bainbridge der Mann im Teich, richtig?«

»Falsch. Bainbridge Buggins ist vielleicht zwar noch am Leben und hält sich an einem uns nicht bekannten Ort auf, auch wenn die Regierung anderer Meinung ist, doch mit dieser Verschwörung hier hat er offenbar nichts zu tun. Der Mann im Teich gehörte nicht zu dem Personenkreis, der von der Klage profitiert hätte. Es tut mir leid, Grace, aber der Tote ist Ihr Bruder Boatwright.«

»Boatwright?« rief Harry Goulson. »Ich habe Boat persönlich gekannt! Meine Güte, das ist ja – ich sollte es eigentlich aus Mitgefühl für die trauernden Hinterbliebenen nicht sagen –, aber das ist ja großartig, denn Boatwright ist wenigstens jemand, für den man freundschaftliche Gefühle empfinden kann.«

»Boatwright?« Grace Porble wandte sich nicht an Shandy, sondern an ihren Gatten. »Phil, das kann doch nicht stimmen, oder?«

»Ich kann mir nicht vorstellen, daß Shandy für seine Identifizierung nicht auch eindeutige Beweise hat«, antwortete Doktor Porble. »Wo sind Ihre Beweise, Peter?«

»Sie hängen oben auf dem Speicher. Wir haben die Uniform von Kapitän Buggins gefunden.«

»Genau«, sagte Swope. »Ich habe ein paar Fotos davon gemacht, als Beweis.«

»Die Papiere Ihres Bruders befinden sich noch in den Taschen«, fügte Shandy hinzu. »Ich nehme an, Bracebridge dachte, sie könnten ihm noch für irgendeine seiner Rollen nutzen. Sehen Sie, Grace, ich wußte die ganze Zeit, daß es einen Grund dafür geben mußte, daß die Leiche im Teich diesen altmodischen Anzug trug. Der falsche Bart und die Steine in den Taschen mögen zwar als letzte Huldigung an die Schwäche Ihres Bruders für ausgefallene Scherze gemeint gewesen sein, aber sie haben uns trotzdem auf die Spur des Täters geführt.«

»Wie meinen Sie das, Peter?«

»Weil sie zu den Requisiten gehörten, mit denen der Mord an einem gewissen Augustus Buggins, der vor etwa 80 Jahren begangen wurde, neu in Szene gesetzt wurde.«

»Balaclavas Enkel«, erläuterte Helen.

»Vielen Dank, Liebes. Das Verbrechen wurde, eh, poetisch von Corydon Buggins für die Nachwelt festgehalten. Wir haben oben in Trevelyans Zimmer eine Ausgabe von Corydons gesammelten Gedichten gefunden. Der Mörder mußte die Geschichte kennen, sonst hätte er die Sache mit den Steinen nicht gewußt. Da Sie das Buggins-Archiv stets gemieden haben wie die Pest, Phil, kommen Sie als Täter nicht in Frage.«

»Ich hoffe, Sie haben nicht auch noch angefangen, Helen zu verdächtigen?«

»Das glauben Sie doch wohl selbst nicht. Bracebridge Buggins selbst in seiner, eh, Flo-Rolle hat sich bei mir darüber beklagt, daß Trevelyan Buggins die Angewohnheit hatte, immer und immer wieder dieselben Geschichten zu erzählen, sobald er ein Opfer gefunden hatte. Und da Trevelyan in seinem Leben nicht viel herumgekommen ist, war die Zahl der möglichen Zuhörer begrenzt. Da war zuerst einmal Grace, was absolut lächerlich war, dann Persephone und Purvis Mink, was sehr unwahrscheinlich gewesen wäre, schließlich noch Miss Mink, Beatrice oder Trevelyan selbst, von denen jedoch keiner stark genug gewesen wäre, Boatwright zu transportieren, oder die Möglichkeit gehabt hätte, ihn zu Oozaks Teich zu schaffen. Es mußte aber jemand sein, der einige Zeit mit Trevelyan zusammengewesen war. Bracebridge war seit vielen Jahren fort, hatte aber zu Hause gelebt, bis er eingezogen wurde. Zweifellos hat er oft genug auf dem Schoß seines lieben alten Daddys gesessen und sich die Geschichte von Augustus' Mord erzählen lassen. Außerdem war es genau die Art Geschichte, die seinem, eh, äußerst merkwürdigen Sinn für Humor entsprochen hätte.«

»Wirklich verdammt merkwürdig«, schnaubte der Präsident. »Und warum das rote Kleid?«

»Er hat sich bis jetzt als Frau namens Flo ausgegeben, die angeblich mit einem gewissen Mike Woozle befreundet ist, der hier in der Nähe wohnt und momentan, eh, einsitzt.«

»Acht Jahre«, erläuterte Polizeichef Ottermole. »Raubüberfall und tätliche Beleidigung. Aber Menschenskind, Professor, Mike mag ja seine kleinen Macken haben, aber so einer ist er nun wirklich nicht.«

»Ich wage zu bezweifeln, daß Mike Woozle Bracebridge Buggins je im Leben begegnet ist«, meinte Shandy. »Vergessen Sie nicht, daß Mariette Woozle die Schwägerin von Mike ist. Als Mike ins Gefängnis ging, hat er wahrscheinlich seine Haus- und Wagenschlüssel seinem Bruder gegeben. Wie genau sie Bracebridge kennengelernt hat, werden wir bestimmt aus ihrer Zeugenaussage erfahren, wenn sie erst einmal angefangen hat zu singen, doch ich nehme an, wir werden herausfinden, daß er ihre Bekanntschaft gesucht hat, weil sie genau das besaß, was er brauchte.«

»Paß bloß auf, Freundchen«, zischte Marietta Woozle, »wohl noch nie was von Rufmord gehört, wie?«

»Nicht schlecht, Mrs. Woozle. Ich hatte allerdings nur gemeint, daß Sie, da Sie Mikes Schlüssel besaßen, in der Lage waren, Bracebridge ein Dach über dem Kopf zu besorgen und ihm einen Wagen zu verschaffen. Indem er vorgab, Mikes Freundin zu sein, hatte er eine gute Entschuldigung, in sein Haus zu ziehen und seinen Wagen zu benutzen. Sie hatten sogar die richtige Größe, um ihm ein paar Ihrer alten Kleider auszuleihen. Daher ist das Kleid, das Bracebridge trägt, auch rot, Präsident. Für den Fall, daß es jemand erkannt hätte, wäre man sicher davon ausgegangen, daß sich Mrs. Woozle ihrer potentiellen Schwägerin gegenüber großzügig gezeigt hatte. Eben erst haben die drei noch Pläne geschmiedet, wie Bracebridge die Stadt als Flo verlassen und als er selbst wieder zurückkommen sollte. Ich nehme an, dann hätte er Boatwrights Leiche als die seines Zwillingsbruders identifiziert und versucht, uns davon zu überzeugen, daß es Bainbridge gewesen ist, der ihre Eltern, und möglicherweise inzwischen auch ihre Schwester, ermordet hätte.«

»Aber wie hätte Brace uns davon überzeugen können, daß Bain Sephy umgebracht hat, wenn er doch angeblich schon die ganze Zeit tot war?« rief Grace Porble. »Das ist doch völlig unmöglich, Peter.«

»Oh nein, das hätte er durchaus bewerkstelligen können. Er hätte einfach eine Methode wählen können, die erst nach längerer Zeit wirksam wurde, irgendeinen Trick, den Bainbridge angeblich noch vor seinem Tod geplant hatte. Er hätte zum Beispiel Miss Mink veranlassen können, ihr ein Glas vergiftete Konfitüre zu geben, mit der Erklärung, ihre Mutter habe sie eigens für sie gemacht, kurz bevor sie gestorben sei, oder er hätte eine Rasierklinge, die mit Kurare bestrichen war, im Einband des Lieblingsgedichtbandes ihres Vaters anbringen können.«

»Wo hätte er denn Kurare herbekommen?«

»Wer weiß? Es war ja auch nur eine Hypothese. Es gibt genügend weniger exotische Tricks, die wahrscheinlich ebenfalls hervorragend funktioniert hätten.«

Grace' Verstand schien momentan nicht richtig zu arbeiten, was unter den gegebenen Umständen auch nicht weiter verwunderlich war. »Sie wollen also damit sagen, daß Brace meinen Bruder umgebracht hat, weil er seine Kapitänsuniform haben wollte?«

»Keineswegs. Ich wollte damit nur sagen, daß die Kleidung Ihres Bruder ausgetauscht werden mußte, sonst hätte man doch sofort gewußt, daß es sich um Boatwright und nicht um Bainbridge handelte. Bracebridge wollte auf jeden Fall, daß sein Zwillingsbruder für tot gehalten wurde, so daß niemand unnötig Zeit damit verschwendete, nach einem vermißten weiteren Erben zu suchen, wenn es zu dem Rechtsstreit kam, den er ja, wie er glaubte, auf jeden Fall gewinnen würde.«

»Aber wie hat Brace Boat gefunden?«

»Ich vermute, daß die beiden im Laufe der Jahre sporadisch Kontakt miteinander hielten. Vielleicht erinnern Sie sich noch, daß Bracebridge einmal kurz nach dem Krieg in einer Marineuniform hier aufgetaucht ist. Möglicherweise hatte er sie sich von Ihrem Bruder geliehen und mit ein paar falschen Abzeichen aufgemotzt, einfach so zum Spaß. Boatwright hat wahrscheinlich dabei mitgemacht, weil er ja ebenfalls einen recht ausgefallenen Sinn für Humor gehabt haben muß, wenn man bedenkt, daß er Ihnen zur Hochzeit zwei Kratzhändchen geschenkt hat.«

Grace versuchte, vor den anderen zu verbergen, daß sie weinte. »Ich kann aber wirklich nicht verstehen, warum Boat nicht bei mir vorbeigekommen ist und mich besucht hat, wenn er doch schon hier in First Fork war.«

»Höchstwahrscheinlich hatte er genau das vor. Vielleicht hat Bracebridge ihm eine Lügengeschichte aufgetischt, etwa daß Sie inzwischen wieder in First Fork lebten, und er hat ihm geglaubt. Sie haben doch selbst gesagt, daß Sie Ihrem Bruder schon seit langem nicht mehr geschrieben haben.«

»Warum sollte ich das auch, wenn Boat doch sowieso nie zurückgeschrieben hat? Und warum sollte er glauben, daß ich jetzt hier lebe?«

»Warum sollte er es nicht glauben, wenn sein eigener Vetter es ihm erzählte?« Das war Helen, die versuchte, eine vernünftige Erklärung zu finden. »Man glaubt wahrscheinlich alles, wenn man jahrelang nichts mehr voneinander gehört hat. Es könnte doch sein, daß Bracebridge ihm erzählt hat, du hättest dich mit Phil zerstritten und wärst zurück zu deinen Eltern gezogen. Oder dein Haus wäre abgebrannt, und du hättest schnellstens ein Dach über dem Kopf gebraucht. Oder in First Fork zu leben wäre auf einmal groß in Mode gekommen, und du wärst hergezogen, um endlich von den Trotteln oben am College wegzukommen.«

»Von welchen Trotteln?« verlangte Thorkjeld zu wissen.

»Die, von denen Bracebridge das Kurare bekommen hat. Ich will doch bloß zeigen, wie einfach es gewesen wäre. Hören Sie schon auf, Gesichter zu schneiden, Thorkjeld. Sehen Sie nicht, wie durcheinander Grace ist?«

»Bin selbst durcheinander, verdammt noch mal. Jedenfalls ist die Klage hiermit vom Tisch. Ein Mörder kann von seinem Verbrechen schließlich nicht mehr profitieren. Ich hoffe doch, daß er tatsächlich ein Mörder ist?«

»Daran besteht kein Zweifel. Mrs. Woozle hat gesehen, wie er Boatwright umgebracht hat, und sie wird uns die Tatwaffe mit seinen Fingerabdrücken übergeben. Habe ich recht, Mrs. Woozle?«

»Das können Sie laut sagen, Süßer. Dieser Mistkerl hier hat versucht, mir die Sache anzuhängen, genau wie er es mit den beiden andern Morden bei Min getan hat.«

»Wir waren beide nur Marionetten in seinem Spiel«, warf Miss Mink mit zitternder Stimme ein.

»Aber sicher«, sagte Ottermole. »Das dürfen Sie mir jetzt gleich auf dem Revier alles erzählen. Also hat Brace die ganze Zeit mit Boatwright Kontakt gehalten, wie?«

»Ich würde nicht sagen, die ganze Zeit«, wandte Shandy ein. »Beide haben ein recht unstetes Leben geführt. Ich nehme an, daß sich ihre Wege dabei gelegentlich kreuzten. Bracebridge hätte seinen Vetter außerdem jederzeit ausfindig machen können, wenn er gewollt hätte, indem er einfach mit der Schiffahrtsgesellschaft Kontakt aufnahm, für die Boatwright gearbeitet hat. Genau das habe ich heute auch getan, bevor ich mit Swope hergekommen bin. Man sagte mir, Kapitän Buggins' Schiff sei vor zwei Wochen in Boston eingelaufen, er habe das Ladungsverzeichnis abgegeben, was auch immer das bedeuten mag, und sei dann zum Auslaufen nicht erschienen. Daher habe man die restlichen Schiffsoffiziere entsprechend befördert und sei ohne ihn ausgelaufen.«

Grace Porble schnappte nach Luft. »Hat denn niemand die Polizei benachrichtigt?«

»O nein. Ich vermute, solche Zwischenfälle kommen bei dieser speziellen Gesellschaft relativ häufig vor. Den Verantwortlichen liegt mehr daran, nichts davon an die Öffentlichkeit dringen zu lassen, als ihre Leute wieder zurückzubekommen.«

»Aber wenn sie jemand schanghait hätte?« erkundigte sich Cronkite Swope, dessen Phantasie zuweilen bizarre Blüten trieb.

»Ich hatte eher den Eindruck, daß sie von der Polizei erwischt worden sind, weil sie Rauschgift geschmuggelt haben. Da Kapitän Buggins bekanntlich Verwandte in der Gegend hatte, entschied man sich möglicherweise in seinem Fall, Gnade vor Recht ergehen zu lassen, und ging stillschweigend davon aus, daß er lediglich vergessen hatte zu erwähnen, daß er verlängerten Landurlaub nahm.«

»Also, ich muß schon sagen«, begann Grace Porble.

»Mußt du das jetzt sofort, oder kann es noch ein wenig warten?« unterbrach sie ihr Gatte. »Weil ich nämlich glaube, wir sollten schnellstens zu Purve und Sephy fahren und ihnen alles erzählen, bevor sie es von jemand anderem hören. Sephy hat schlimme Zeiten hinter sich, und die neue Situation wird ihre Lage auch nicht gerade erleichtern.«

Grace seufzte. »Du hast recht, Phil. Obwohl ich nicht glaube, daß Sephy sich irgendwelchen Illusionen über Brace hingibt. Sie war von Anfang an gegen die Klage, aber ihre Eltern hatten ihre ganze Hoffnung darauf gesetzt. Sie hat es nicht übers Herz gebracht, sich ihnen entgegenzustellen. Sie haben nie auch nur das geringste besessen, und diese Klage war ihre letzte Chance. Und außerdem wäre Brace dann wieder zurück nach Hause gekommen. Sie waren richtig aufgeregt deswegen. Es war alles schon so lange her, daß sie völlig vergessen hatten, wie er wirklich war. Als er sie anrief und ihnen von dem Dokument erzählte, das er gefunden hatte ...«

»Was für ein Dokument?« verlangte Helen zu wissen.

»Ich weiß auch nichts Genaues. Sephy wollte es mir nicht sagen. Ich bin mir nicht einmal sicher, ob sie es selbst kennt.«

»Es ist eine Übertragungsurkunde von Abelard Buggins auf seinen Sohn Ichabod«, trumpfte Miss Mink auf. »Ich habe das Dokument selbst gesehen. Ich hoffe, Sie denken nicht etwa, daß ich dumm genug gewesen wäre, mich auf diese Geschichte einzulassen, wenn Bracebridge mir nicht eindeutige Beweise dafür vorgelegt hätte, daß er den Prozeß gewinnen würde.«

»Und wo ist das Dokument jetzt?« insistierte Helen.

»Irgendwo, wo du es bestimmt nicht finden wirst, Blondie«, stieß Bracebridge hervor.

»Nun hör schon auf mit dem Scheiß, Humphrey Bogart«, fauchte Marietta Woozle. »Es ist in der Innentasche seines Mantels in einem Ausweismäppchen aus Kunstleder.«

Polizeichef Ottermole ging auf den Gefangenen zu. »Okay, Buggins, ich werde mir das Dokument jetzt nehmen.«

»Scheren Sie sich zum Teufel!«

»Dann wollen Sie also einen Polizeibeamten an der Ausübung seiner Pflicht hindern?«

Ottermole wäre darüber offenbar sehr glücklich gewesen. Er war einen halben Kopf größer als Bracebridge und mehrere Jahrzehnte jünger. Bracebridge befand sich so schnell auf dem Fußboden, und das Mäppchen lag in Ottermoles Hand, daß Cronkite Swope kaum genug Zeit hatte, den Auslöser zu betätigen.

»Bitte sehr, Professor«, triumphierte der Sieger. »Wollen Sie es laut vorlesen?«

»Er hat seine Lesebrille vergessen«, sagte Swope eifrig. »Geben Sie es doch mir.«

»In Ordnung«, meinte Shandy.

»Es ist in einer merkwürdigen altmodischen Schrift verfaßt, und die Tinte ist ziemlich verblaßt, aber ich glaube, ich kann es trotzdem entziffern.« Swope räusperte sich.

»›Ich, Abelard Bugginf, übergebe daf Ftück Land von der Größe von 40 Ar innerhalb der Grenzmarkierungen um Oozakf Teich meinem Fohn Ichabod an feinem 18. Geburtftag, da ich ef bei einer Wette mit meinem Bruder Balaclava Bugginf, der verfuchte, mein preifgekröntef Arbeitfpferd Famfon mit feiner eigenen schwarzen Ftute auf feiner eigenen Zucht bei einem Zugwettbewerb zu schlagen. Dief foll allen eine Warnung fein und eine Ermahnung an meinen Fohn, niemalf eine Wette einzugehen, wenn er unter Alkoholeinfluf fteht. Der Balaclava Black war nahe daran, den Wettkampf fiegreich zu beftehen, in welchem Fall ich 1000 Dollar hätte bezahlen müffen, die dem verrückten Hirngefpinft meinef Bruderf, daf er sein College nennt, zugute gekommen wären.

Mit eigener Hand und Fiegel
Abelard Bugginf

P. F. Balaclava war befoffener alf ich. Fonft hätte er nicht Land verfpielt, deffen Verluft er fich nicht leiften konnte.‹«

»So!« sagte Miss Mink. »Da sehen Sie selbst!«

Swope gab das Blatt an Doktor Porble weiter. »Leider undatiert. Aber es sieht erschreckend authentisch aus, Präsident. Das Papier ist alt, die Tinte ganz verblichen, und Balaclava hat so lange damit gewartet, das College zu gründen. Die Wette ist möglicherweise ein allerletzter verzweifelter Versuch gewesen, doch noch ein wenig Geld aufzutreiben.«

»Nein, das ist völlig unmöglich«, sagte Helen Shandy. »Ichabod Buggins wurde am 4. August 1809 geboren, was bedeutet, daß er im Jahre 1827 18 Jahre alt war. Balaclava Buggins hat zwar damals bereits Pferde besessen, aber niemals eine schwarze Stute, bis er am 2. Oktober 1862 ein Füllen kaufte, das er Balaclava Betsy nannte, und zwar kaufte er es interessanterweise von einem Farmer namens Purvis Mink. Er hat dafür zehneinhalb Dollar bezahlt und ließ die Stute am 22. April des folgenden Jahres decken, wofür er einen Sack Saatkartoffeln als Deckgebühr entrichtete. Das Dokument ist daher eine Fälschung. Tut mir leid, Miss Mink.«

»Mir nicht«, sagte Thorkjeld Svenson. »Ottermole, ist mein Bibliothekar jetzt wieder auf freiem Fuß?«

»Höh? Ja sicher doch, Doktor Svenson.«

»Dann gehen Sie zurück an Ihre Arbeit, Porble. Leiten Sie Ihre Bibliothek, und überlassen Sie Helen die wichtigen Dinge.«

»Mit Vergnügen«, sagte der Bibliothekar. »Fahren Sie doch mit Grace und mir zurück, Harry. Scheint ganz so, als hätten wir noch etwas Geschäftliches miteinander zu besprechen. Es sei denn, Sie brauchen den Wagen, Ottermole?«

»Ich bin gerne bereit, die Gefangenen im Pressewagen zu transportieren«, bot Cronkite Swope dienstfertig an. »Das wäre eine weitere Exklusivmeldung für den *Gemeinde- und Sprengel-Anzeyger.*«

»›Soll Strafe in Bälde ereilen
Die schändlichen Mörder unverhohlen,
Denn Dieben soll niemand Gnade erteilen,
Wenn ein Teich sie gestohlen‹«,

murmelte Peter Shandy.

»Kommen Sie schon, Präsident, ich glaube nicht, daß der Pressewagen Ihr Gewicht auch noch verkraften kann. Ich würde vorschlagen, wir nehmen Buggins mit und überlassen Ottermole und Swope die beiden Damen. Es macht dir doch nichts aus, den Wagen zu fahren, Helen?«

»Nicht das geringste.«

Doch Helen fuhr nicht sofort los. Sie saß im Wagen und blickte dem großen schwarzen Auto nach, das Marietta Woozle mit so boshafter Genauigkeit beschrieben hatte. »Jetzt wissen wir also, wer der Tote ist. Die arme Grace. Sie nimmt sich das Ganze sehr zu Herzen. Kein Wunder. Weißt du, Peter, Corydon Buggins hätte bestimmt einen wunderbaren Vers darüber verfaßt.«

»Hat er doch bereits«, meinte Shandy. »Er befindet sich sogar in deinem Archiv, Liebes:

›Doch selbst wenn mit Wasser er vollgesogen,
Ist seine Seele nicht um trock'ne Ewigkeit betrogen.
Und immer noch liebevoll gedenkt sie gleich
Der bleichen Leiche in Oozaks Teich.‹«

Nachwort

In Balaclava County, Charlotte MacLeods erschriebenem Bezirk im ländlichen Massachusetts, passiert eigentlich nicht viel – jedenfalls galt das, bis Peter Shandy, Professor für Nutzpflanzenzucht an der renommierten Landwirtschaftlichen Hochschule von Balaclava, über seine erste Leiche stolperte (»Schlaf in himmlischer Ruh'«, DuMont's Kriminal-Bibliothek Nr. 1001). Um so wichtiger waren da von der Hochschule selbst zu kreierende Ereignisse, und in der Tat hat das College – und seine Schöpferin! – auf diesem Feld in der Vergangenheit beachtliche Kreativität bewiesen. Charlotte MacLeods besondere Vorliebe gilt tumultuösen Massenszenen mit all ihren Möglichkeiten zu Mißverständnissen, komischen Un- und tragischen Zwischenfällen. Die Weihnachtszeit begeht man mit in der Großen Depression erfundenen Lichterwochen, die zur Touristenattraktion geworden sind; und im Frühjahr findet der große regionale Landwirtschaftliche Wettbewerb mit Wettpflügen, Schnellmelken und Preishüten statt (»... freu dich des Lebens«, DuMont's Kriminal-Bibliothek Nr. 1007).

Im vorliegenden Band lernen wir ein weiteres die Jahreszeiten festlich markierendes Ereignis kennen: den Tag des Murmeltieres. Begangen wird er am Ende der kirchlichen Weihnachtszeit, dem Lichtmeßtag am 2. Februar, der im Volksglauben den Vorfrühling einläuten sollte. Wenn nach einer neuenglischen Bauernregel allerdings das Murmeltier an diesem Tage seinen Schatten sehen kann, dauert der Winter noch sechs Wochen an. Nun tendieren Murmeltiere im Winterschlaf wenig dazu, sich um ihre Schatten zu kümmern, und so wird ihnen mit besagtem Volksfest auf die Sprünge geholfen. Eigens für diesen Anlaß unterhält das auf seine Unabhängigkeit bedachte College mit Balaclava Beauregard ein universitätseigenes Murmeltier, das ganzjährig betreut und beschützt wird, nur um am 2. Februar aus seiner Höhle geholt und in den

Schnee gesetzt zu werden, wo der emeritierte Ordinarius für die einheimische Fauna zum Auguren für das Frühlingswetter wird und Beauregards schattenwerfende Qualitäten begutachten muß – schließlich ist ja für eine Landwirtschaftliche Hochschule das Wetter von ausschlaggebender Bedeutung.

Wohn-, Schlaf- und eintägige Arbeitsstätte des sozusagen beamteten Murmeltiers sind die Ufer von Oozaks Teich, der für das College vielfache Bedeutung hat. An ihm wurden in früheren Zeiten die Tiere der Hochschule zur Tränke geführt, bis der Neffe des Gründers auf die Idee kam, die Wasser des Teichs über eine Mühle zu leiten, die dann lange Zeit das Universitätsgetreide mahlte. Im 20. Jahrhundert wurde der Abfluß aus dem Teich zum Teil des universitätseigenen Kraftwerks, das höchst fortschrittlich und umweltbewußt unter anderem mit dem reichlich anfallenden Dung aus den College-Stallungen betrieben wird. Daneben spielt der Teich aber auch eine düstere Rolle in der Geschichte der Gründerfamilie: In ihm wurde einst die Leiche von Augustus Buggins, dem Enkel des Universitätsgründers Balaclava Buggins, von seinem Mörder nach einem dubiosen Pferdehandel, mit Steinen in den Taschen beschwert, versenkt. Corydon Buggins, sein unermüdlich Reime schmiedender Vetter, hat das schreckliche Geschehen einst in eine endlose Ballade verwandelt, mit der sich Peter Shandys Frau Helen als Kustodin der Sammlung Buggins bei Romananfang gerade beschäftigt. Kein Wunder, daß das Paar die Befürchtung äußert, Augustus Buggins könne als Gespenst beim morgigen Murmeltiertag plötzlich auftauchen und durch unziemliches Betragen das Mißfallen der auf Etikette bedachten Gattin des College-Präsidenten, Sieglinde Svenson, erregen.

Was dann wortwörtlich am nächsten Tag auftaucht, ist zwar nicht Augustus Buggins, aber sein Double: Das schmelzende Eis des Teiches gibt eine männliche Leiche frei, die der allgemeinen Familienähnlichkeit wegen ein Buggins sein muß, mit ihrem langen Bart und ihrem altmodischen Gehrock durchaus ins vorige Jahrhundert weist und die – wie Peter Shandy durch einen ahnungsvollen Griff schnell verifiziert – mit Steinen in den Taschen ebendieses Gehrocks versenkt wurde. Ein Mord in Form eines schaurig-makabren Zitats – das ist Peter Shandy noch nicht vorgekommen. Natürlich wird er, der sich in den vorangehenden Romanen als hauseigener Privatdetektiv der Universität fest etabliert hat, vom Präsidenten sofort mit der Weiterverfolgung des Falles beauftragt, was, wie stets bei Charlotte MacLeod, im besten Einvernehmen mit dem stets über Mangel an Personal und Mitteln klagenden Polizeichef Ottermole geschieht, dessen Hilfssheriff Peter Shandy im Verlauf der Ermittlungen einmal mehr wird.

Seit Shandy als Detektiv wirkt, hat Ottermoles Bezirk die höchste Mordrate der ganzen Region - aber nur, weil Shandy nicht bereit ist, noch die auffallendsten Indizien unter den Teppich zu kehren, bloß um den Frieden der ausnahmslos miteinander versippten Nachbarschaft nicht zu stören. So ist er auch diesmal nicht willens, den in der Nacht vom 1. auf den 2. Februar erfolgten Tod des betagten Ehepaars Trevelyan und Beatrice Buggins ohne weiteres als natürlich hinzunehmen, wie es der Hausarzt getan hat. Da mit dem Tode unzweifelhaft Atem und Herz stillzustehen pflegen, schreibt dieser bei seinen verblichenen älteren Patienten entweder »Lungenversagen« oder »Herzstillstand« auf den Totenschein - dieses Mal hatte er seine Lieblingsdiagnosen einfach gerecht auf beide Tote zu verteilen. So wenig wie diese phantasiearmen Totenscheine will Peter als Zufall hinnehmen, daß die beiden diese Erde just zu dem Zeitpunkt verlassen, da Trevelyan als Erbe von Abelard Buggins der Landwirtschaftlichen Hochschule als Erbin von Balaclava Buggins die Liegenschaft mit dem für den College-Betrieb so unentbehrlichen Oozaks Teich streitig macht, der damit neben seiner eher lustigen Funktion als Beauregards Heim- und Schlafstatt und seiner schaurigen Aura als Ort eines sich reimartig wiederholenden Mordes auch eine zentrale Bedeutung für das ökonomische Überleben des College bekommt. Entsprechend groß ist der Druck, den Präsident Svenson auf seinen Hausdetektiv ausübt - und man sagt dem in jeder Hinsicht gewichtigen Svenson nach, sein Großvater sei ein Walfänger und seine Großmutter ein Mörderwal gewesen.

Peters Frau Helen spielt bei der Klärung dieser Rätsel und Ungereimtheiten eine wichtigere Rolle als in früheren Fällen. Nicht nur die bis ins Detail getreue Wiederholung eines Mordes aus dem 19. Jahrhundert, sondern auch die Zivilklage des alten Trevelyan Buggins gegen die Universität weist in eine tiefe Vergangenheit: Sein Urgroßvater Abelard soll die strittige Liegenschaft von seinem Urgroßonkel Balaclava einst aufgrund einer Wette gewonnen haben. Da erweist es sich als hilfreich, daß Helen sich in der letzten Zeit intensivst mit den Familienpapieren und den Nachlässen der diversen Buggins-Stämme und der einzelnen Familienangehörigen beschäftigt hat, nachdem sie im ersten Band der Serie überhaupt die Bedeutung dieses vergessenen Archivs erkannt hatte. Später einmal waren ihre Spezialkenntnisse von Belial, dem schwarzen Schaf der Familie, einem saufenden Schürzenjäger, Tunichtgut und Verfasser guter, aber für den Druck ungeeigneter Verse, hilfreich bei der Klärung der Geheimnisse um eine angebliche Wikinger-Inschrift (»Über Stock und Runenstein«, DuMont's Kriminal-Bibliothek Nr. 1019). Diesmal gilt es zunächst einmal herauszufinden, welcher Buggins die unbekannte Leiche im Teich sein könnte, und dann, wie gerechtfertigt der Anspruch des Abelard-Buggins-Zweiges ist und wer dem lebenslangen Versager Trevelyan auf seine alten Tage diese Idee gesteckt hat. Wie Thomas Manns *Buddenbrooks* mit Vetter Christian werden der Sippe des sparsamen, weitblickenden und um das Gemeinwohl besorgten Balaclava Buggins bürgerlich höchst unerfreuliche, aber desto farbigere und fesselndere Seitentriebe beigegeben, die in der gegenwärtigen Generation variantenreiche Täter-Opfer-Kombinationen zulassen. Denn zufällig sind alle vier offiziellen Buggins, die für die Rolle der anonymen Leiche in Frage kämen, seit Jahrzehnten von der Bildfläche verschwunden - von denkbaren illegitimen Nachkommen Belials ganz zu schweigen.

Dieser Sachverhalt kommt Peter Shandys Methode entgegen, die bei diesem Fall besonders deutlich wird. Er, der zwanghafte Zähler aller zählbaren Phänomene, reagiert auf jede neue Information oder Beobachtung gleich: Wie ein Computer spielt er, ohne Rücksicht auf persönliche Sympathien oder Abneigungen, wechselnde Hypothesen durch, indem er so lange in rasender Geschwindigkeit Motiv, Gelegenheit, familiäre oder erotische Beziehungen, Alibimanipulationen, Mittäter und schweigende Helfer für wechselnde denkbare Täter kombiniert, bis er die wahrscheinlichste, allen Fakten gerecht werdende Lösung gefunden hat. Und bald überstürzen sich nicht nur die Hypothesen und Verdächtigungen, sondern auch die Ereignisse, gilt es doch nicht nur, die so vielfältig sich berührenden und durchkreuzenden Mordfälle und Erbansprüche zu klären und zu lösen, sondern auch ein zwar nicht geliebtes, aber höchst respektables Mitglied der Fakultät vom Mordverdacht zu reinigen, unter dem es in der von Ottermole recht liebevoll hergerichteten einzigen Zelle der Polizeiwache schmort. So bleibt auch dieses Mal Charlotte MacLeod dem Genre treu, das sie seit Jahrzehnten als weltweit anerkannte Meisterin pflegt: dem klassischen Detektivroman mit dem zentralen Täterrätsel in seiner burlesken Spätform.

Volker Neuhaus

DuMonts Kriminal-Bibliothek

Band 1002	John Dickson Carr	**Tod im Hexenwinkel**
Band 1006	S. S. van Dine	**Der Mordfall Bischof**
Band 1010	Phoebe Atwood Taylor	**Ein Jegliches hat seine Zeit**
Band 1011	Mary Roberts Rinehart	**Der große Fehler**
Band 1014	John Dickson Carr	**Der Tote im Tower**
Band 1016	Anne Perry	**Der Würger von der Cater Street**
Band 1019	Charlotte MacLeod	**Über Stock und Runenstein**
Band 1021	Phoebe Atwood Taylor	**Wie ein Stich durchs Herz**
Band 1022	Charlotte MacLeod	**Der Rauchsalon**
Band 1025	Anne Perry	**Callander Square**
Band 1026	Josephine Tey	**Die verfolgte Unschuld**
Band 1027	John Dickson Carr	**Die Schädelburg**
Band 1033	Anne Perry	**Nachts am Paragon Walk**
Band 1035	Charlotte MacLeod	**Madam Wilkins' Palazzo**
Band 1036	Josephine Tey	**Wie ein Hauch im Wind**
Band 1040	Ellery Queen	**Der Sarg des Griechen**
Band 1044	Anne Perry	**Rutland Place**
Band 1046	Charlotte MacLeod	**Stille Teiche gründen tief**
Band 1050	Anne Perry	**Tod in Devil's Acre**
Band 1052	Charlotte MacLeod	**Ein schlichter alter Mann**
Band 1063	Charlotte MacLeod	**Wenn der Wetterhahn kräht**
Band 1066	Charlotte MacLeod	**Eine Eule kommt selten allein**
Band 1070	John Dickson Carr	**Mord aus Tausendundeiner Nacht**
Band 1072	Charlotte MacLeod	**Teeblätter und Taschendiebe**
Band 1073	Phoebe Atwood Taylor	**Schlag nach bei Shakespeare**
Band 1076	Ellery Queen	**Die Katze tötet lautlos**
Band 1077	Anne Perry	**Viktorianische Morde** (3 Romane)
Band 1078	Charlotte MacLeod	**Miss Rondels Lupinen**
Band 1080	Edmund Crispin	**Mord vor der Premiere**
Band 1082	Lee Martin	**Keine Milch für Cameron**
Band 1083	William L. DeAndrea	**Schneeblind**
Band 1084	Charlotte MacLeod	**Rolls Royce und Bienenstich**
Band 1085	Ellery Queen	**... und raus bist du!**
Band 1086	Phoebe Atwood Taylor	**Kalt erwischt**
Band 1087	Conor Daly	**Mord an Loch acht**
Band 1088	Lee Martin	**Saubere Sachen**
Band 1089	S. S. van Dine	**Der Mordfall Benson**
Band 1090	Charlotte MacLeod	**Aus für den Milchmann**
Band 1091	William L. DeAndrea	**Im Netz der Quoten**
Band 1092	Charlotte MacLeod	**Jodeln und Juwelen**
Band 1093	John Dickson Carr	**Die Tür im Schott**
Band 1094	Ellery Queen	**Am zehnten Tage**
Band 1095	Michael Innes	**Appleby's End**
Band 1096	Conor Daly	**Tod eines Caddie**

Band 1097	Charlotte MacLeod	**Arbalests Atelier**
Band 1098	William L. DeAndrea	**Mord live**
Band 1099	Lee Martin	**Hacker**
Band 1100	**Jubiläumsband**	**Mord als schöne Kunst betrachtet – Noch mehr Morde**
Band 1101	Phoebe Atwood Taylor	**Zu den Akten**
Band 1102	Leslie Thomas	**Dangerous Davies und die einsamen Herzen**
Band 1103	Steve Hamilton	**Ein kalter Tag im Paradies**
Band 1104	Charlotte MacLeod	**Mona Lisas Hutnadeln**
Band 1105	Edmund Crispin	**Heiliger Bimbam**
Band 1106	Steve Hamilton	**Unter dem Wolfsmond**
Band 1107	Conor Daly	**Schwarzes Loch siebzehn**
Band 1108	S. S. van Dine	**Der Mordfall Skarabäus**
Band 1109	Ellery Queen	**Blut im Schuh**
Band 1110	Charlotte MacLeod	**Der Mann im Ballon**
Band 1111	Steve Hamilton	**Der Linkshänder**
Band 1112	Phoebe Atwood Tayor	**Todernst**
Band 1113	Lee Martin	**Der Tag, als Dusty starb**
Band 1114	Michael Innes	**Applebys Arche**
Band 1115	Ellery Queen	**Das Geheimnis der weißen Schuhe**
Band 1116	William DeAndrea	**Mord von ganzem Herzen**
Band 1117	S. S. van Dine	**Der Mordfall Terrier**
Band 1118	Ellery Queen	**Vom Ursprung des Bösen**
Band 1119	Mary Roberts Rinehart	**Die Wand**
Band 1120	Josephine Tey	**Warten auf den Tod**
Band 1121	Steve Hamilton	**Nördlich von Nirgendwo**
Band 1122	S. S. van Dine	**Der Mordfall Drachen**
Band 1123	Edmund Crispin	**Der wandernde Spielzeugladen**
Band 1124	Ellery Queen	**Der nackte Tod**
Band 1125	Lee Martin	**Mord bleibt in der Familie**
Band 1126	Phoebe Atwood Taylor	**Es liegt auf der Hand**
Band 1127	Charlotte MacLeod	**Tödliche Weihnachten** (Oktober 2003)
Band 1128	Steve Hamilton	**Himmel voll Blut** (Oktober 2003)
Band 1129	Edmund Crispin	**Schwanengesang** (Oktober 2003)
Band 2001	Lee Martin	**Neun mörderische Monate** (3 Romane)
Band 2002	Charlotte MacLeod	**Mord in stiller Nacht** (Sonder-Doppelband)
Band 2003	Charlotte MacLeod	**Der Balaclava-Protz** (Dünndruckausgabe; 4 Romane)
Band 2004	Charlotte MacLeod	**Der Balaclava-Bumerang** (Dünndruckausgabe; 5 Romane)
Band 2005	Anne Perry	**Mehr viktorianische Morde** (2 Romane)
Band 2006	Leslie Thomas	**Dangerous Davies. Die heimlichen Fälle** (3 Romane)